Dear Life
親愛的人生

Alice
Munro

艾莉絲·孟若——著

木馬文學 76

親愛的人生：諾貝爾獎得主艾莉絲・孟若短篇小說集2
Dear Life

作者	艾莉絲・孟若（Alice Munro）
譯者	王敏雯、汪芃、謝佳真、王寶翔、李佳純
社長	陳蕙蕙
副總編輯	戴偉傑
電腦排版	極翔企業有限公司
讀書共和國集團社長	郭重興
發行人兼出版總監	曾大福
出版	木馬文化事業股份有限公司
發行	遠足文化事業股份有限公司 地址　231新北市新店區民權路108之4號8樓 電話　02-2218-1417　傳真　02-8667-1891 email: service@bookrep.com.tw 郵撥帳號　19588272　木馬文化事業股份有限公司 客服專線　0800221029
法律顧問	華洋國際專利商標事務所 蘇文生 律師
印刷	成陽印刷股份有限公司
初版18刷	2019年12月
定價	新臺幣320元

ISBN　978-986-5829-74-2

國家圖書館出版品預行編目(CIP)資料

親愛的人生 / 艾莉絲・孟若（Alice Munro）著；王敏雯等譯. -- 初版. -- 新北市：木馬文化出版：遠足文化發行, 2013.12
　面；　公分. --（木馬文學；76）（諾貝爾獎得主艾莉絲・孟若短篇小說集；2）
譯自：Dear life
ISBN 978-986-5829-74-2（平裝）

885.357　　102023940

目錄
contents

抵達日本

彼得替她把行李拿上火車後，就一副急著想脫身的樣子，但不是真的要走——他向她解釋，他只是擔心火車突然開動而已。他回到月臺上以後，抬起頭望著她們座位旁的窗戶，站著不住揮動手臂，一面微笑一面揮手。他望著凱媞的微笑毫無保留、像陽光那樣溫煦、沒有一丁點的懷疑，彷彿深信她和他永遠都是彼此眼中的驚奇。他望著妻子的微笑看起來充滿希望、信賴，還帶著一抹堅決，是很難以語言說明的，或許永遠也不會說出口。假如葛蕾塔真提起這樣的事，他肯定會說別鬧了，而她也會同意他的說法，覺得天天見面的兩個人還需要任何解釋，那不是很奇怪嗎。

彼得還在襁褓中的時候，他媽媽抱著他一連走過幾座山頭——葛蕾塔老是記不住他說的那些山名——一心想早點離開遭蘇聯入侵的捷克斯洛伐克，到西歐去。當然還有其他人同行。彼得的爸爸打算一道走，卻在準備偷偷離開的前幾天，臨時被派到療養院去。他本來想找機會抽身，追上他們，結果沒走成就死了。

彼得第一次告訴她這件事時，葛蕾塔聽完之後說：「我讀過類似的故事。」她還說那些故事裡，小嬰兒一定會開始哭，然後大人就只能摀住他的口鼻或乾脆勒死，以免嬰孩發出的聲音洩漏行蹤，大夥兒全都完蛋。

彼得說他從沒聽過這種故事，也不曉得他母親在這種情況下會怎麼做。

他母親倒是帶著他來到加拿大卑詩省，在這裡練好英文，然後在高中找到一份教職，教一門當時叫「商業慣例」的課。她獨力養大彼得，供他上大學，現在他是一名工程師。他們剛結婚時住公寓，後來買了獨棟房屋。她每次去他們家，總是在客廳裡坐著，從不肯進廚房，除非葛蕾塔請她進來坐。她就是這樣，將「視而不見」貫徹到極致，不多看、不干涉、什麼意見也沒有，儘管她持家的能力與布置家居的藝術才能，比媳婦要高明得多。

她把原本跟兒子同住的公寓賣掉——彼得就在那裡長大的——換了間比較小的公寓，連臥室都沒有，只夠放一張摺疊躺椅。所以是不讓彼得回家看媽媽囉？葛蕾塔這樣揶揄她，但她彷彿嚇了一跳。任何笑話都讓她難受。可能是語言的關係吧？但她現在每天都說英語啊，那也是彼得唯一會說的語言。他也有修「商業慣例」，雖然不是媽媽開的課；葛蕾塔修的是失樂園，任何有用的東西她都避之如瘟疫。他跟她剛好相反。

現在他們之間隔著玻璃，凱媞還是大力揮著手。他們扮著滑稽或實在很蠢的鬼臉互逗，樂此不疲。她想他真帥，但他自己似乎完全沒意識到。他理了個平頭，照著當時流行的樣式剪，那時工程師之類的人都剪成那樣。白淨的膚色從不會像她那樣發紅、也沒有曬斑，無論什麼季節都曬成均勻美好的淺棕色。

他的意見也像他的膚色那樣乾淨。每次兩人去看電影，看完以後他從不跟她討論，頂多說這部不錯、或很好，或者還可以。他不覺得有繼續討論的必要。看電視或看書也是這樣，他對這種事情充滿容忍，總說導演或作者已經盡力了。葛蕾塔曾經激烈地爭辯，問他如果是一座橋，他也會這麼說嗎？建造橋樑的人已經盡最大的努力，只是蓋得不夠好，橋還是倒塌了。

他也不跟她辯，只是笑。

「那不一樣。」

不一樣？

不一樣。

葛蕾塔應該了解，這種兩手一攤、什麼事都能容忍的態度對她來說是一大祝福，因為她是詩人，詩裡總會提到不甚愉快、或難以解釋的事物。

（彼得的母親和同事知道她寫詩的，還是叫她女詩人。她已經訓練他別用這個字眼，除了他，也沒人需要訓練了。她不再來往的親戚們，還有她當了主婦跟母親以後才認識的那些人，都不需要訓練，反正他們也不知道她這個怪癖。）

在她往後的人生中，什麼時候說什麼話是可以的，而什麼話不能說，會變得很難解釋。妳可能會說，最好別提女性主義，但這時又得解釋女性主義根本不是人們會用的字眼。接著妳就不得不忙著說明，只要表露任何認真的意見，更別說有企圖心了，甚至只是讀一本真正有內容的書，都會被當成可疑分子，彷彿妳的孩子感染了肺炎似的；而在辦公室派對中發表政治意見，可能會讓妳先生從此無法升職。跟妳是哪一黨無關，重點是他們不能接受一個女人家口無遮攔。

人們會笑著說，噢當然妳只是開玩笑，然後妳就得說是啊沒錯，但也不完全是開玩笑。然後她會說，不過要是你寫詩，身為女人總比男人安全些。女詩人這個字眼這時就會順理成章出現，像是棉花糖紡成的網。她說，彼得並不這麼覺得，但別忘了他是在歐洲出生，不然他也該懂得，跟他共事的那群人對這種事會有什麼感受。

那年夏天，彼得要到隆德去負責一項工作，會待上一個月甚至更久，那個地點遠在北歐大陸，事實上是遠在你所能及的最北端。那裡沒有房子給凱媞跟葛蕾塔住。

不過葛蕾塔一直與她過去在溫哥華圖書館共事的女孩子保持連絡，那女孩結婚後搬到多倫多去住。那年夏天她跟先生要到歐洲待上一個月（她先生是個老師），她寫信給葛蕾塔，問葛蕾塔一家能否幫他們一個忙——她措辭非常客氣——搬到他們那兒去住一段時間，別讓房子空太久。葛蕾塔回信告訴她彼得即將出差，不過她可以帶著凱媞去住一段時日。

這就是為什麼他們現在分別在月臺上跟火車車廂裡，揮手揮個沒完。

那時有一本雜誌，叫作《回聲的答案》，在多倫多不定期出版。葛蕾塔在圖書館發現了這本雜誌，把自己寫的幾首詩寄給他們。他們登出其中兩首。去年秋天這本雜誌的編輯來到溫哥華，邀請她跟其他作家參加一場宴會，跟他見個面。宴會在一名作家的家中舉行，那作家的名字她從小就耳熟能詳。宴會在接近傍晚時舉行，彼得還沒下班，所以她請了個人來照顧孩子，搭上往北溫哥華的巴士，穿過獅門橋與史丹利公園。之後她得在哈德遜灣前面等，再換一班車（這段路程會很長）前往大學校園，那名作家就住在那兒。巴士轉過最後一個彎後，她就下車，找到那條街，一面走一面注意門牌號碼。她那天穿著高跟鞋，走路比平常慢得多。她還穿上最優雅的那件黑色洋裝，拉鍊開在背部，腰身寬鬆，臀部總是略緊。在沒有鋪設人行道的彎曲街道上，她步履有些不穩地走著，太陽逐漸西沉，附近只有她一個人，這樣的穿著顯得有些荒謬，她心想。現代化房屋、大片落地窗，跟一般郊區的高級樓房沒兩樣，完全不是她想像中的樣子。她不禁想是不是走錯了，根本不是這條街，這麼想竟覺得有點高興。她可以回巴士站，在站牌邊的長椅上脫掉鞋子休息一會兒，等候獨自一人返家的漫長車程。

這時她發現路上停著幾輛汽車，看到門牌號碼，想轉身已經太遲。關著的大門後面傳來嘈雜聲，她按了兩次電鈴才有人來應門。

開門迎她進屋的是個女人，看起來像在等另外一個人。「迎」這個字用在這裡不恰當——這女人打開門，葛蕾塔問說，宴會應該是在這裡舉行吧？

「妳覺得呢？」這女人倚在門框上回問。她擋住了路，最後葛蕾塔只好說：「我能進去嗎？」她才稍稍挪了一下，彷彿這動作讓她十分痛苦。她沒叫葛蕾塔跟她走，但葛蕾塔不管三七二十一尾隨了進去。

沒人注意到她，或跟她說話。不過沒多久，一個十幾歲的女孩呈上一個托盤，上面放了像是粉紅檸檬水一類的飲料，於是葛蕾塔拿了一杯，彷彿渴得要命似地一口氣喝乾，又拿了一杯。她向這女孩道謝，試著打開話匣子，跟她聊自己走了很長的路過來，天氣又熱，但對方完全不感興趣，轉身繼續她的工作。

葛蕾塔開始走動，臉上保持微笑，但見到她的人完全沒露出欣喜或認得她的表情。他們看見她有什麼好高興的？人們朝她瞟一眼，然後繼續聊他們的。眾人笑著，每個人都有跟自己一國的朋友、笑話、半公開的祕密，都能找到可以講話的人，落單的就葛蕾塔一個。歡迎葛蕾塔的只有那兩個繃著臉、不斷分派飲料的年輕人。

不過她不肯放棄。喝下飲料讓她覺得舒服得多，她決定等會兒有人端托盤過來時，再拿一杯。她注視著談話的眾人，仔細觀察哪一群有空隙，可以讓她插進去。她聽到有人提到幾部電影的名字，是那一陣子開始在溫哥華上映的歐洲電影，她覺得可以加入這一群。其中有部電影她是跟彼得一道去看的，是楚浮導演的《四百擊》。她說：「噢，那部我看過。」她盡量用熱情活潑的聲音大聲說，這群人看著她，當中一個顯然是意見領袖，說：「是嗎？」

葛蕾塔的確醉了，一口氣灌下調粉紅葡萄柚汁的皮姆一號酒，不醉也難。對方態度這麼冷淡，換作平常，她一定會耿耿於懷，但今天她完全不介意，只是慢慢走開，知道自己有點失態，但同時感覺到這個房間的氛圍是輕飄飄的、隨便你怎樣都行，在這裡沒有朋友不要緊。她可以到處走走看看，想發表什麼意見就講。

拱廊那邊聚著幾個人，個個來頭不小的樣子，她認出其中一位是主人，他的名字和面貌，她很早以前便十分熟悉。他講話很大聲、興奮到滿臉通紅，待在他跟他身邊幾個人周圍看來很危險，他們隨時可能轉過來看你，出言羞辱。她開始明白，先前她想打入的小團體，就是這幾個人的太太。

來開門的那個女人不屬於這兩個團體，她本身是個作家。有人叫她的名字，她轉過身回應。她是那本雜誌的投稿者之一，葛蕾塔的詩也在上頭發表過。既然有這段淵源，她主動走上前，跟她做自我介紹，難道不行嗎？儘管她來開門時一臉冷漠，彷彿拒人於千里之外，但她跟她是平起平坐的。

但現在這女人把頭靠在喚她名字的男人肩上，他們肯定不喜歡有人打擾。

這麼想著，葛蕾塔坐了下來，因為已經沒椅子了，她就坐在地板上。她想到一件事，有次她陪彼得去參加一場工程師的宴會，那裡的氣氛真是愉快，儘管談話內容有點無趣。那是因為在場的每個人都得到一定程度的重視，至少在當下是如此。但看看這裡，人人沒保障，人們會在你背後對你品頭論足，就算是知名人物或著作等身的人也一樣。這兒瀰漫著一種機巧或說神經緊繃的氣氛，無人得以倖免。

她迫切渴望有人來跟她說話，就算是無聊老掉牙的話也行。等她想清楚這裡的氣氛何以不愉快，得出一個理論之後，她不禁鬆了口氣，也不再在意有沒有人來跟她說話。她把高跟鞋脫下，覺得整個人更加輕鬆。她背靠牆坐著，兩腳往前伸，擱在一條比較窄的通道上，免得擋到人。她不想冒著飲料翻倒在地毯上的危險，因此趕緊先喝光。

一個男人站在那裡看著她，問：「妳怎麼來的？」

她望著他粗笨的大腳，心中感到一陣同情。任何必須站著的人都讓她覺得可憐。

她說有人邀請她來。

「嗯，但妳是開車來的嗎？」

「我走路。」這樣說不夠充分，因此過了一會兒她補充了剩下的部分。「我先搭公車，然後走路過來。」

剛剛在特殊圈子裡的一個男人，這時站在穿鞋的大腳男人後面，說：「這主意不錯。」他看起來真的打算找她講話。

第一個來攀談的男人不大關心這男人說什麼，只是取來葛蕾塔的鞋子，但她不肯穿上，解釋說穿起來很痛。

「那就拿著，不然我替妳拿。站得起來嗎？」

她希望那個看起來比較有來頭的男人來幫她一把，但看不到他的身影。現在她記起他是寫什麼的了。他寫了一部戲，關於俄國杜霍波爾教派信徒引起的紛爭，因此他們必須赤身露體。當然他們不是真的杜霍波爾人，他們是演員。而且怎麼說也不可能准許他們光著身子演戲。

她告訴扶她起身的男人，那個男的是寫什麼的，但他完全不感興趣。於是她問他寫什麼，他說他不是那類作家，而是一名記者。他跟兒子、女兒一起來，他們是主人的外孫跟外孫女。孩子們剛才在分送飲料。

「像在吃毒藥，」他說的是飲料，「簡直是犯罪。」

他們到了外面。她光著腳，只穿著絲襪走過草坪，差點踩到地上一灘東西。

「有人在這裡吐了。」她對這個護送的人說。

「沒錯，」他回答，讓她坐進車裡。接觸到外面的空氣，她的心情開始有了轉變，本來帶點激動的興奮變得有點尷尬，甚至是羞愧。

「北溫哥華，」他說。她一定有跟他提過。「可以嗎？那我們走吧。獅門橋。」

她希望他不會問她為什麼受邀參加宴會。要是她必須解釋自己是詩人，那麼她現在的處境、她的放縱，就會被視為理所當然了吧。天色還沒暗下來，但已經傍晚了。看起來開的方向沒錯，沿著河流朝前開，然後過橋。布勒街大橋。接著車流變多，她不斷地睜開眼睛看著一排排的樹往後飛逝，又不自主地閉上眼睛。車子停住時，她知道還沒那麼快到家，她的家。

枝葉茂密的樹木高聳在他們頭上，一顆星星也瞧不見。但水面閃閃發亮，在他們目前所處的地方與城市燈火之間。

「坐著好好想想。」他說。

她聽到「想」這個字，突然覺得非常高興。

「好好想想。」她說。

「比方說，妳要怎麼走進屋子。妳可以保持尊嚴嗎？但不能做得太過火。還是裝作沒事？妳應該有老公吧。」

「我會先謝謝你開車載我回家，」她說，「你得告訴我你叫什麼名字。」

他說他已經告訴過她，可能講過兩次了。不過沒關係，他可以再說一次：哈利斯·班寧特。班寧特。他是今天宴會主人家的女婿，負責分派飲料的是他的兒子女兒。他跟孩子從多倫多過來探親。這樣夠了嗎？

「他們有母親嗎？」

「當然有，但她在醫院。」

「很難過聽你這麼說。」

「沒必要難過，那是一家很好的醫院，專門治療心理問題，或說情緒問題。」

她迫不及待告訴他，她先生叫做彼得，是個工程師，他們倆有個女兒叫凱媞。

「唔那很好。」他說，開始有點意興闌珊。

汽車開上獅門橋，他說：「很抱歉我剛剛說了那些話。我剛才在想要不要吻妳，最後決定不要。」

她想他是在說，因為她身上有某種特質，所以不值得吻。她突然感到一陣羞恥，整個人像是被打醒了。

「過橋以後是走濱海大道嗎？」他說，「妳得告訴我。」

見過面以後那年秋天、冬天，甚至翌年春天，她幾乎沒有一天不想到他。就像是入睡以後，老作同樣一個夢。她常坐在沙發上，頭倚著沙發背墊，想像自己躺在他臂彎裡。你可能以為她不會記得這人的長相，但她記得，連細節都非常清楚：臉上有不少皺紋、一臉倦怠，帶點嘲諷玩世的味道，是個居家型男人。就連他的身體她也記得：是有點年紀了沒錯，但還算強壯，非常有味道，令人渴望。

她幾乎渴望到想哭。然後彼得回家了，這一切幻想突地消失，至少是暫時退隱。夫妻日常的親密相處一躍變成生活重心，跟過去一樣教人感到安心。

這場夢就像溫哥華的天氣，是鬱悶不舒的渴念、是陰雨連綿如夢似真的悲傷、擱在心上沉甸甸的。

但他不肯吻她該做何解釋？是覺得這樣做缺乏紳士風度嗎？

她把這段記憶抹去，打算徹底忘掉。

那麼她的詩呢？一行也沒寫成，一個字也沒有。彷彿她從來不曾喜歡寫詩。

當然她大多等到凱媞睡午覺時，才會開始遐想。有時她會大聲喊出他的名字，絲毫不怕這麼做看來像個白癡。過後她會感到一陣火燒般的羞恥，瞧不起自己。真的好蠢，根本是個白癡。

生活突然起了變化，彼得必須長期在隆德工作，多倫多有房子可住。風雲變色，冒險的大門敞開。

她發現自己在寫一封信。並不是用聊天的口氣，開頭不是親愛的哈利斯。沒問他還記得我嗎。

給你寫這封信就像在寫瓶中信一樣，
希望它
能抵達日本。

應該是這段時間以來最接近詩的一段話吧。

她不知道對方地址，傻傻地（但也夠勇敢）打電話去問辦宴會的人。接電話的是個女人，但她突然嘴巴發乾，膨大有如一望無際的北極凍原。她掛掉電話。她用推車推凱媞去公立圖書館，找到了多倫多地區的電話簿。姓班寧特的人很多，卻找不到一個叫哈利斯的人，或H．班寧特這名字。

突然間她有個恐怖的念頭——是不是該查訃聞？她克制不了這股衝動。她等著閱覽室的男人把報紙看完。平常她不看多倫多的報紙，因為得過一座橋才能買到。彼得帶回家的是《溫哥華太陽報》。她心急地翻動報紙，最後看到一篇專欄上頭有他的名字。所以他還活著，是報紙專欄作家。想當然他不會喜歡別人打電話到他家，指名找他。

他寫政治，感覺上他的文章很有深度，但她根本不關心這個。

她把信寄到報社去。其實她無法確定拆信的是不是他本人，但如果在信封上寫上「私人信件」，只會引來更多麻煩。因此她只寫上預定抵達的日期及火車時刻，就在瓶中信那段小詩後面。沒署名。她想不管拆開這封信的人是誰，看到信裡東一句西一句，都會以為是家中長輩寫的。絕不會給他惹麻煩，就算報社把這封奇怪的信轉寄到他家裡，拆信的是他已出院的妻子。

凱媞顯然不明白，彼得站在外面月臺上是表示不能跟他們一塊兒去的意思。火車開始前進，但他還留在原地。之後車速愈來愈快，把他遠遠拋在後面。凱媞哭鬧不休，無法接受跟爸爸分開。過了一會兒她便安靜下來，跟葛蕾塔說爸爸早上就會回來了。

第二天早上葛蕾塔很擔心凱媞會問，但凱媞不再提爸爸不在這回事。葛蕾塔問她會不會餓，她說餓，還跟媽媽解釋——把葛蕾塔上火車前跟她說的話複述一遍——她們現在應該脫下睡衣，到另外一個房間吃早餐。

「妳早餐想吃什麼？」

「脆豆豆。」意思是她想吃家樂氏出的爆脆米花。

「不知道他們有沒有，我們來找找看囉。」

找到了。

「現在我們要去找爹地了嗎？」

她們找到了一個兒童遊樂區，可是很小，而且已經被一個男孩跟一個女孩占領了，身上穿著同樣的小兔兔衣服，看起來是兄妹。他們各自騎一部小車，朝對方衝過去，最後一刻才偏轉車頭，撞擊聲此起彼落，碰！

「她是凱媞，」葛蕾塔跟兩個小孩說，「我是她媽媽。你們叫什麼名字？」

碰撞聲響變得更大了，但他們頭也不抬。

凱媞說：「爹地不在這裡。」

葛蕾塔決定還是先回去拿凱媞的小熊維尼故事書，到圓頂遊覽車廂上讀給她聽。她們不會吵到別人，因為早餐時間還沒結束，山頂風景導覽行程尚未開始。

問題是當她讀完其中一個角色——克里斯多弗．羅賓——的故事後，凱媞要她再讀一遍，立刻、馬上。讀第一遍時，凱媞安靜地聽，這次她開始跟著唸最後一句。第三次時，她每個字都跟著唸，儘管還沒辦法靠自己唸。葛蕾塔可以想像，等到車廂裡坐滿乘客，大家一定會覺得很煩。凱媞這年齡的小孩不怕單調重複，甚至可以說她們母女倆很喜歡反覆說其中幾個熟悉的字彙，樂此不疲，彷彿這幾個字是糖果，可以一遍又一遍地吃，滋味無窮。

一名男孩跟一名女孩走上階梯，在她們母女對面坐下。兩人跟她們道早安，聲調相當愉悅，葛蕾塔也跟他們打招呼。凱媞很不願意她跟他們說話，眼睛仍然看著書本，輕聲複誦書上的話。

坐在對面的男孩開始說話，聲音幾乎跟凱媞一樣輕：

白金漢宮的侍衛在換班——

克里斯多弗・羅賓跟愛麗絲一起下去。

他唸完這首短詩，繼續讀另外一首，「『我不喜歡吃，山姆我是』。」[1]

1「山姆我是」（Sam-I-Am）是兒童繪本《綠雞蛋與火腿》中一個愛搗蛋的角色。

葛蕾塔笑了，但凱媞沒有。葛蕾塔看得出她有點生氣。書上說的那些可笑的話她懂，但這人手上沒有拿書、直接說出這些話，她聽不懂。

「不好意思，」男孩對葛蕾塔說，「我們是幼稚園的人，這是我們的讀本。」他身體往前，輕輕地、十分認真地對凱媞說：「這本書很棒，對不對？」

「他的意思是說，我們在幼稚園裡工作。」這女孩對葛蕾塔說，「不過我們自己有時也會搞混。」

男孩繼續逗凱媞說話。

「搞不好我可以猜到妳叫什麼喔。是什麼呢？是洛芙思？還是洛華？」

凱媞緊緊咬住嘴唇，但還是忍不住口氣很兇地回答：「我又不是狗。」

「沒錯，我怎麼會這麼笨呢。我是男孩，我叫葛瑞格，她是蘿芮。」

這時蘿芮說：「他是在跟妳玩啦。要不要我打他？」

凱媞思考了一下，說：「不要。」

「愛麗絲要嫁給其中一名侍衛，」葛瑞格繼續唸，「愛麗絲說：當士兵真的很辛苦。」

唸到第二個「愛麗絲」時，凱媞輕聲和著。

蘿芮對葛蕾塔說，他們在不同的幼稚園間巡迴，演有趣的短劇給小朋友看，幫助小孩做好閱讀的準備。嚴格說來，他們是演員。她打算在賈斯柏下車，她在那裡找到一份暑期工作，在餐廳裡當侍應生，有時會做一點喜劇表演。不算是閱讀準備，應該說是成年人的娛興節目吧，大家都這麼說。

「天啊，」她說。她笑了，「隨便妳怎麼想囉。」

葛瑞格暫時沒工作，打算在薩斯卡頓下車，家人住在那裡。

他們倆都很漂亮，葛蕾塔心想。高眺、肢體柔軟靈活、不可思議地苗條；他一頭深色鬈髮，她則黑髮如瀑，滑順如絲，讓人聯想到聖母瑪利亞。聊了一會兒，她提到他們倆長得很像，兩人都說，有時在外面找房間住時，他們會利用這一點，事情就變得簡單得多。不過他們必須記得要兩張床，過夜之後要把兩張床都弄得亂亂的。

他們告訴她，現在可以不必煩惱了，也不再怕別人說閒話，他們在一起三年，現在已經分手了。他們早已禁欲了好幾個月，至少沒跟對方有親密關係。

「現在不要再說白金漢宮了，」葛瑞格對凱媞說，「我要來做練習囉。」

葛蕾塔以為他是說要到下面去，或至少到走道上做健身操，誰知他跟蘿芮兩人頭往後一仰，伸長喉嚨，開始模仿鳥的聲音，有時婉轉好聽、有時像烏鴉叫，間或加入幾句怪異的簡單曲調。凱媞很開心，覺得他們是專門為她表演的，因此她表現出一名觀眾應有的禮貌，從頭到尾坐得直直的，表演結束後才哈哈笑出來。

原本打算上來的幾個人都止住腳步，留在下面，他們不像凱媞那麼喜歡這場表演，也不知道這是怎麼回事。

「抱歉。」葛瑞格說，雖然沒多作解釋，但口氣裡有一種親暱的和善。他把手伸向凱媞。

「我們去找找看有沒有遊戲室。」

蘿芮與葛蕾塔跟在後面。葛蕾塔希望他不是那種人，跟小孩親近只為了證明自己的魅力，之後才發現孩子的感情永遠不會疲乏，於是開始厭煩，態度出奇地惡劣。

午餐時間還沒到，她就知道自己多慮了。葛瑞格並未因為凱媞黏著他玩，顯現出疲憊，事實上還有幾個小孩也在爭取他的注意力，但他看起來完全沒有疲倦的樣子。

他並不希望小孩競爭。他的方式是先讓孩子注意他，然後讓他們熟悉彼此，最後帶孩子專心玩遊戲。遊戲本身相當活潑、甚至有點瘋狂，但不會引起爭吵。現場沒有一個小孩亂發脾氣，常見的小霸王消失得無影無蹤——他們根本沒空發脾氣，遊戲一個接一個，都那麼好玩。這簡直是奇蹟，地方這麼小，他卻似乎不花力氣就讓他們服服貼貼，盡情笑鬧，卻沒人吵架。而且孩子體力耗盡以後，下午一定會好好睡午覺。

「他太厲害了。」葛蕾塔對蘿芮說。

「他把渾身本事都使出來了，」蘿芮說，「完全沒有保留。妳知道嗎？很多演員都留一手，尤其是男演員，在臺下像死人一樣。」

葛蕾塔想，我不就是這樣嗎。我幾乎樣樣都保留，對凱媞小心翼翼，對彼得也是。在她與彼得已經跨入、而她甚至根本沒特別留意的十年婚姻裡，想必會有更多這一類的事需要關注。來到這個階段，就會遇到以前不曾遇到的事。那就順其自然吧。多給予。有些人給得多，有些人沒那麼願意給。擋在妳頭腦裡面和外面的那道障礙早該踩扁，想做真實的自己就必須這麼做；有些事，比方葛蕾塔的詩、進展不大順利的事物，總是招致懷疑甚至嘲諷。當然她還是照自己的方式在過，爭辯、刺探，不動聲色地對抗主流文化，像根鐵釘一樣固執堅硬。但現在看到自己的小孩被葛瑞格收服，乖乖地照他的話做，她只覺滿心感激。

葛蕾塔料想得不錯，下午時孩子們都跑去睡午覺，幾名母親也跟著小孩一道休息，其餘的則開始玩牌。蘿芮在賈斯柏站下車，葛瑞格和葛蕾塔跟她揮手道別，她站在月臺上向他們飛吻致意。然後一個年紀較長的男人出現了，替她拿行李，滿臉愛憐地吻她，朝列車上望著，對葛瑞格揮揮手。葛瑞格也朝他揮手。

他說：「他什麼都聽她的。」

列車要開了，大家又揮了一會兒手，然後他和葛蕾塔帶凱媞回車廂。她挨在他們倆當中睡著了，即使車子大力震了一下也沒醒。他們打開簾子，好讓空氣進來，反正現在不用怕小孩掉下去。

「有小孩真的太讚了。」葛瑞格說。葛蕾塔覺得他用的字眼很新，至少她沒聽過。

「很普通吧。」她說。

「妳真是平靜，接下來妳應該會說『這就是人生』。」

「我才不會這麼說，」她回他一句，瞪了他好一會兒，直到他搖搖頭笑了。

他告訴她，自己是因為宗教的緣故才開始演戲。他們家信奉基督教某一教派，是葛蕾塔從未聽過的。這個教派人數並不多，卻很有錢，至少有些教徒相當富有。他們在某個城鎮（位於加拿大大草原）上蓋了座附設戲院的新教堂，那個戲院是他第一次演出的地方，那年他還不到十歲呢。他們以《聖經》上的寓言故事或社會上發生的事當題材，主要是關於發生在缺乏信念的人們身上那些可怕的事。全家人都以他為榮，他自己也不例外。那些新加入的有錢教友繼續捐獻，表示一心虔信本教，而他根本沒想過要告訴他們，自己真正在想什麼。無論如何他真心想得到認可，也喜愛演戲。

有一天他突然想到，他可以演他想演的戲，不一定得待在教會裡，忍受教會的一切。他試著跟他們好好溝通，但他們說他是被魔鬼附身了，他說哈哈我知道被附身的人是誰。

再見囉。

「妳別誤會，我並不是說教會的一切都那麼糟；我還是相信禱告、教義等等。只是我沒辦法跟家人說我現在的情況，只要提一點點就讓他們受不了。妳應該也有認識這種人吧？」

她告訴他，她跟彼得剛搬到溫哥華時，她奶奶（住在安大略省）跟他們當地某一教會的牧師聯繫。牧師到他們家拜訪時，她用很惡劣的態度對待他。牧師說他會為她向神禱告，她回以相當於別麻煩了的話。那時她奶奶已經沒剩下多少日子可活。葛蕾塔一想到就覺得羞愧，因為羞愧而更覺生氣。

這一切彼得完全不懂。他母親從不去教堂，儘管她當年帶著他攀山越嶺逃出來時，想必對人說自己是天主教徒吧。他說或許天主教徒真的有其優勢，你可以保護自己的權益，直到最後一口氣。

分開這段時間，這是她第一次想到彼得。

事實上她跟葛瑞格是一面喝酒，一面聊天。儘管聊的是痛苦的往事，卻多少令人感到安慰。他拿出一瓶希臘茴香烈酒。她提醒自己不要多喝，自從那次作家聚會之後，她開始對酒保持警惕。不過酒還是在他們身上發揮了作用，他們先是撫摸對方的手，然後互相親吻、愛撫。旁邊就睡著一個小孩，他們還是忍不住這麼做了。

「我們不能這樣，」葛蕾塔說，「否則會搞到不可收拾。」

葛瑞格說：「那不是我們，是別人。」

「那就叫他們停止。你知道他們叫什麼嗎？」

「等一下喔。是瑞格。瑞格跟桃樂西。」

葛蕾塔說：「住手，瑞格。我該怎麼跟小孩交代？她不懂這些。」

「我有個臥鋪，我們可以去那裡。就在前面不遠。」

「可是我沒帶……」

「我那裡有。」

「你沒帶在身上？」

「當然沒有。妳把我看成什麼禽獸了？」

於是他們整整身上的衣物，把凱媞睡著的臥鋪每一個扣鈕仔細扣上，溜出隔間，然後裝作毫不在意的樣子，朝他的臥鋪走去。但其實根本不必，路上完全沒遇到人。乘客不是去了圓頂車廂拍永恆不變的山景，就是在餐車裡用餐，或正在假寐。

他們來到葛瑞格亂糟糟的臥鋪，繼續剛剛做到一半的事。地方實在太小，沒辦法同時躺兩個人，不過他們還是想辦法在彼此身上滾來滾去。剛開始兩人忍著不敢笑，沒多久他們就發現這歡愉強大又刺激，兩人只能望著對方靠得極近的大眼睛、互相咬住對方的肌膚，以免發出太大的聲響。

「很好，」葛瑞格說，「好得很。」

「我得回去了。」

「這麼快？」

「凱媞可能會醒來，發現我不在。」

「好吧好吧。反正我也準備在薩斯卡頓下車了。萬一做到一半到站了怎麼辦？哈囉媽、哈囉爸爸。等我一分鐘噢。啊哈不妙！」

她沒理他這些瘋話，力持鎮定，離開了他。其實她根本不在乎路上會碰到誰，她感到軟弱、驚嚇，卻又昂揚愉快，就像競技場中的格鬥士——她居然想出這個詞，不禁露出微笑——剛剛結束了一個回合的競技。

總之她誰也沒遇到。

簾子下方的鈕釦被解開了，她明明記得扣上了的。當然即使下面的釦子沒扣上，凱媞也不可能滾出來，更不會故意這麼做。有一次葛蕾塔要去洗手間，她再三向她說明，不可以跟著媽媽，凱媞的回答是：「我不會啦。」彷彿在說幹麼把她當成小小孩。

葛蕾塔把簾子整個拉開，卻發現凱媞不在那裡。

她簡直嚇瘋了，猛地拉開枕頭，彷彿凱媞這麼大的小孩能夠用枕頭把自己蓋住似的。她雙手捶打毯子，好像凱媞能夠躲在下面。她試著讓自己平靜下來，努力回想她跟葛瑞格在一起時，列車是否在哪裡停過。列車停下時——如果真的停下來過——會不會有個綁匪上了車廂，不知用什麼方法抱著凱媞離開。

她站在走道上，思考該怎麼做才能讓列車停下來。

她繼續思考，努力讓自己思考。不可能會發生那種事。別亂嚇自己了。凱媞一定是醒來發現她不在，跑去找她。自己一個人跑去找她。

那麼就在附近了，一定在這附近。車廂兩側的門都好重，她怎麼推也推不開。

葛蕾塔幾乎動不了，彷彿整個身體、心靈都掏空了。這怎麼可能發生。倒帶、倒帶，回到她跟葛瑞格一道離開之前。停住，在那裡停住。

走道對面有個座位目前空著，但位子上放著件女人的毛衣跟雜誌，表示有人坐。再過去一點，有個座位的簾子整個用鈕釦扣住，就像她的——像她們原本的座位一樣。她扯住簾子，往兩側拉開。睡在那裡的是個老人，這時翻了個身，但沒醒。他不可能在那裡藏任何人。

真是白癡。

突然升起一陣新的恐懼。萬一凱媞自己往車廂的哪一端走，自己打開了門怎麼辦。或者跟著前面的人走，而那人開了其中一道門？兩節車廂中間有一截短短的通道讓人行走，走在上面會感到列車行進的震動，有時大得令人害怕。這條通道的前後各有一道厚重的門，兩側的金屬門板發出鏗鈴匡啷的聲音。這些板子覆蓋著梯子，當列車停靠站時，梯子會降下來。

你總是急匆匆地走過通道，那兒劇烈的搖晃與聲響老讓你想到，不同的事物被兜在一起，有時候不見得是無法避免的。那一陣陣撞擊、搖晃，彷彿十分隨意，卻又透露出急切。

葛蕾塔覺得走道盡頭的門好重——還是她被恐懼抽乾了氣力？她兩肩用力地頂開那

道門。

就在那裡，在兩節車廂之間，在不斷發出噪音的金屬門板那兒，凱媞就坐在那裡。兩眼睜得開開，嘴唇微張，她獨自坐在那哩，一臉驚嘆的模樣。沒有哭，但見到她媽媽時全身顫動了一下。

葛蕾塔一把抓住她抱起來，步伐不穩地走過方才開啟的那扇門。

每一節車廂都有名字，有些是某些戰役或探險的名稱，有些是紀念傑出的加拿大人。她們那一節車廂叫康諾特。她永遠不會忘記。

凱媞毫髮無傷，連衣服也沒被通道上有銳角的金屬板勾破。

「我去找妳了。」

是什麼時候的事？是剛剛才去找、還是葛蕾塔前腳一走就去找她？

當然不是了。如果她跟到臥鋪，一定會有人看到她、把她抱起來，透過擴音器緊急尋找她的父母。

陽光不錯，但氣溫不那麼暖。她的臉和雙手都好冷。

「我以為妳在樓梯上。」她說。

葛蕾塔用她們座位的毯子裹住她，然後她整個人開始抖，好像發高燒那樣。她覺得想吐，喉頭似乎湧起一股嘔吐物。凱媞說：「不要推我。」還挪開了一些。

「妳臭臭的。」她說。

葛蕾塔移開抱住她的手，躺下來。

這真的太恐怖了，一想到可能會發生的事就覺得好恐怖。這孩子還在對她不高興，全身有點僵，離她遠遠的。

一定會有人發現她，某個好人——不是什麼壞蛋——看到她以後，把她帶到安全的地方。葛蕾塔會聽到擴音器裡傳來焦慮的聲音，有個小孩被人發現獨自留在車廂內。那小孩說她叫凱媞。然後她就得馬上結束正在做的那件事，裝成一副清白體面的樣子，趕忙出面認領自己的孩子，撒一個謊，說自己是去了洗手間。她可能會很驚慌沒錯，但至少不會看到方才的景象，看到凱媞獨自一人坐在嘈雜的通道上，那麼無助地坐在兩節車廂之間，既不哭也不抱怨，彷彿她打算天長地久地坐下去，不期待有人給她什麼解釋，不抱任何希望。在她領悟到有人來救她之前，她的眼神異乎尋常地空洞，嘴巴略張、嘴角微微下垂，彷彿隨時準備要哭。見到她以後，她才重新找回她的世界，找回受苦跟抱怨的權利。

現在她說她不睏，想起來玩了，還問葛瑞格人在哪裡。葛蕾塔回答說他在睡午覺。

他累了。

於是她跟葛蕾塔去圓頂車廂上度過剩餘的下午時光。整個車廂裡空蕩蕩的，大部分時間只有她們倆。那些拍照的人在落磯山脈間行走，肯定累壞了。就像葛瑞格說的，大草原把他們擺平了。

薩斯卡頓到了，列車暫停了一會兒，幾個人下了車，當中也有葛瑞格。葛蕾塔看到一對看起來像是他父母的夫婦走上前來，還有一名坐輪椅的老婦人，應該是祖母吧。一旁還有幾名年經人，看起來相當高興，但有點不好意思的樣子。葛蕾塔覺得他們看起來不像是屬於某一分支教派的人，也不像那些讓人不愉快的、特別嚴厲的人。

但妳怎麼能一眼就確定對方是哪種人呢？

葛瑞格轉過身來，眼神掃視著列車車廂的窗戶。她從圓頂客車這邊朝他揮手，他看到她了，也對她揮揮手。

「喏，葛瑞格在那兒，」她對凱媞說，「在下面那邊。他在招手耶，妳要不要也跟他招手？」

但凱媞好像找不到他在哪兒。或許她根本沒找。她只是有點拘謹、不大高興地轉過去。葛瑞格最後一次誇張地揮揮手後，轉身離開。葛蕾塔想，這孩子是不是在懲罰他拋下她走了，才不肯表現出想念的樣子。連看都不願看。

好吧，如果事情最後變成這樣，就算了。

「葛瑞格剛剛跟妳揮手。」列車重新開動時，葛蕾塔跟她說。

「我知道。」

那晚凱媞在她身旁的臥鋪睡著時，葛蕾塔寫了封信給彼得。信寫得很長，她打算寫得有趣些，告訴他列車上看到的形形色色人們，說他們寧可透過相機鏡頭看世界，也不願看真正的事物，諸如此類。凱媞大致上表現得很乖。沒丟東西、也沒遇到嚇人的事。大草原地區早已過去，現在列車車窗外是一望無際的黑色雲杉。她把信寄出。列車不知為何在一個叫作霍恩沛恩的偏僻小鎮停下。

過去這幾百哩路，她醒著的時候把全副心思都放在凱媞身上。她知道自己過去從未像現在這樣全心照顧她。當然彼得出門工作時，她會跟她在一塊兒，照顧她、替她打扮、餵她吃東西，但葛蕾塔在家裡總有其他事要做，她只能三不五時注意孩子的動靜，溫柔往往也只是一種策略。

不只是因為得做家事，也因為還有其他念頭讓她忘記孩子的存在。即使在她耗盡力氣、像個白癡一樣、無用地迷戀上那個住多倫多的男人之前，她也有其他事要做，像是寫詩，這是她大半生以來不斷在腦子裡做的事情。但她現在覺得，寫詩也算是不忠的行為——對凱媞、彼得，或人生都是。如今她腦海中不斷出現凱媞獨自一人、坐在兩節車廂中間的通道，兩側是發出聲響的金屬板的畫面；身為凱媞的母親，還有其他的事她不得不放棄。

這是罪惡。她居然把注意力轉移到其他事上面，滿心只想專注在其他事情上，卻不肯注意自己的孩子。這是罪惡。

她們在早晨十點多抵達多倫多。天空暗沉沉的，滾動著夏日的雷與閃電。凱媞從沒在西岸見過這種天氣，葛蕾塔告訴她不用怕，她看起來的確不害怕。先前列車在點著微弱燈光的隧道內停住，她們下車時看到的那片黑暗比現在的天空更黑，她也不怕。

她說：「晚上了。」

葛蕾塔就說，不，不是晚上，我們現在下了車，要走到隧道的盡頭去呢。然後可能再走幾階樓梯，也可能有電扶梯，然後我們就會進入一棟大樓，再走到外面去招計程車。計程車就是一輛車而已，會載著我們回家。那是我們的新家，我們會在那邊住上一陣子，再去找爹地。

她們走上一個斜坡，那裡有臺電扶梯。凱媞停下腳步，於是葛蕾塔也停下來，其他人超過她們往前走。然後葛蕾塔抱起凱媞，一隻手托住她的屁股，努力用另一隻手拖著行李箱，微微彎腰，行李箱擱在電扶梯的臺階上，一格一格顛簸著上去。到了電扶梯頂端，她把孩子放下來，她們重新手牽手，站在寬敞的聯合車站裡，眼前燈光明亮。

走在她們前面的人潮開始散去，一個個被接走：在大廳裡等待的人、頻頻呼喚他們名字的人，或乾脆上前替他們提起行李的人，將他們一個個都接走了。

就好像現在有人提起她們的行李。提起了行李、牽起了葛蕾塔的手、還吻了她—第一次吻她，態度是如此堅決而歡悅。

是哈利斯。

她先是感到驚嚇，接著覺得胃裡一陣翻攪。最後一股安穩感油然而生。

她想把凱媞拉在身邊，但這時孩子往後退開，掙脫她的手。

她沒有半點閃躲。只是站在那裡，靜靜等待無論將發生的任何事。

（王敏雯　譯）

亞孟森

我坐在車站外的長椅上等待。先前火車到站時，車站還是開放的，如今已經鎖上。椅子另一端坐了個女人，兩手拿著網袋，垂在兩膝中間，袋子裡有好些外頭裹著油紙的包裹。是肉吧，而且是生肉。你聞得出那味道。

對面鐵軌上停著電力火車，車廂空蕩蕩的，等乘客上車。

沒有其他乘客了。等了一會兒之後，站長（也是司機）伸出頭來叫道：「San」。我本來以為他叫的是某個男人的名字，Sam（山姆），因為我正巧看到一個穿著制服的男人從這棟樓後面走出來、跨越鐵軌，上了車。提著網袋的女人也站起來，跟在他後頭，於是我也跟著上車。這時街對面傳來一陣叫囂，其中一棟黑木瓦平頂樓房的幾扇門同時打開，幾個男人邊匆忙戴上帽子，邊拿手裡的便當盒砰砰砰地敲打著大腿。他們搞出這麼大的聲響，你可能會以為火車隨時要開走，但等他們上車坐好後，還是沒動靜。這幾個人開始清點人數，說某人還沒來，叫司機先別發車。然後其中一個想起，那個沒來的人今天排休。車子這才發動，但你搞不清司機到底有沒有在聽，還是根本沒理他們。

這些人在鋸木廠前下了車，那一帶相當荒涼——如果是步行，頂多走十分鐘吧——之後眼前隨即出現一座湖，湖面上覆蓋著白雪。湖前面是一棟長長的木造白色樓房。女人重新綁好裝肉的包裹，站起身來，我也跟著站起來。司機又喊了一聲「San」，門就開了。兩個女人等著上車，上來以後跟帶生肉的女人打招呼，那女人說今天又濕又冷。

我跟在帶肉的女人後面下車時，大家都避開不看我。

顯然最後一站不必再等誰了，車門關上時發出極大聲響，列車掉頭往回開。

然後是一片沉默，空氣有如冰凍。樺樹的枝枒尖尖地伸向天空，白樹皮上有黑色印記，幾棵矮小而不甚齊整的冬青樹交纏在一起，如同沉睡的熊。結凍的湖面並不平滑，沿著岸邊微微隆起，彷彿激起的浪花落下時變成了冰。後頭的建築物上有一排排結構精整的窗戶，房子兩邊都有門廊，以玻璃圍住。一切是如此簡約樸素，完全是北方風格。雲朵懸在高高的蒼穹上，人間是一幅黑白畫。

但你走近一些，會發現樺樹的樹皮並不是白的，而是泛灰的黃色，或泛灰的藍，總之灰撲撲的。

一切如此凝止，像是巨大的魔咒。

「妳去哪兒？」帶肉的女人叫住我。「會客時間三點就結束了。」

「我不是訪客，」我回答，「我是老師。」

「反正他們不會讓妳從前面進去，」這女人的聲音透著滿意。「妳最好跟我一起走。妳沒帶行李？」

「站長說他等一下會拿過來。」

「妳剛站在那裡的樣子，看起來像是不知道要往哪兒去。」

我說我停下來是因為這裡太美了。

「有人會這樣覺得啦。病得太厲害或太忙的人就沒感覺了。」

我們默默走進樓房後面的廚房，兩人都沒再說話。我很需要廚房的溫暖。但我還來不及看看四周，她就注意到我的靴子。

「妳最好先脫掉靴子，不要踩到地板。」

我花了番力氣才脫下靴子（因為沒椅子可坐），然後學那女人的做法，把靴子放到墊子上。

「妳還是把鞋拿在手上吧，我不知道他們會怎麼安置妳。妳最好也把外套穿上，衣帽間裡沒暖氣。」

沒暖氣，沒燈光，除了我手伸不到的一扇窗戶上透進來的一點亮光。像是學校在懲罰學生。送到衣帽間去。沒錯。就是那種永遠乾不透的冬衣散發出來的霉味，那種潮氣浸透靴子，浸濕髒襪子，染上很久沒洗的腳。

我爬到一張長凳上，還是看不到外面。有一層架子上堆滿了帽子、圍巾，我發現當中有個袋子，裡頭裝了無花果跟棗子。一定是有人偷摘之後藏在這裡，打算帶回家。突然間我覺得餓了。從早上開始就沒吃，除了搭乘安大略北地線電車時吃了個沒啥滋味的起司三明治。把賊偷來的東西偷走，我想了想這行為背後的問題。不過無花果會塞在牙縫上，馬上就讓人發現了。

我及時爬下凳子。有人走進了衣帽間。不是在廚房裡幹活兒的人，是個女學生，身上穿了件厚重的冬天外套，用頭巾包覆住頭髮。她衝進來——把幾本書往凳子上一扔，它們統統滾到了地上去——猛地扯下頭巾，露出一頭茂密的頭髮，同時踢脫靴子，先是一腳然後另外一腳，靴子骨嘟嘟地滾到衣帽間的另一頭。顯然剛剛沒人在門口攔住她，叫她一進廚房就脫鞋。

「嘿，我不是故意打到妳的，」這女孩說，「剛從外面進來，這裡真的太暗了，你看不到自己在做什麼。妳不覺得很冷嗎？妳是不是在等誰下班？」
「我在等福克斯醫生。」
「他很快就來了，我剛跟他一起從鎮上開車過來。妳該不是生病了吧？如果妳是生病，那妳不能來這裡，他只在鎮上看病。」
「我是老師。」
「是嗎？從多倫多來的？」
「是。」
對方靜默了一會兒，或許是出於敬意。
但不是，她仔細看著我的外套。
「真的很不錯。領子上是什麼毛皮？」
「波斯羔羊皮。其實是仿的。」
「我看不出來。我不知道他們為什麼要妳來這裡，肯定會凍壞妳的屁股。不好意思。妳想見醫生，我可以帶妳去。每樣東西在哪兒我都知道，我一出生就住這裡了；我媽是管廚房的。我叫瑪麗，妳呢？」
「薇薇。薇薇安。」

「如果妳是老師，不是應該這麼叫嗎？什麼老師？」

「海德老師。」

「剝你的皮喲[1]。」她說，「對不起，我突然想到這個。真希望妳是我的老師，可是我得去鎮上上學。真是愚蠢的規定，只因為我沒得肺結核。」

她一邊說話一邊帶路，領著我穿過衣帽間後面的門，然後沿著醫院裡常見的走廊往前走。地氈上上過蠟，死氣沉沉的綠色，有消毒水的氣味。

「既然妳來了，或許我可以叫睿迪讓我下班。」

「睿迪是誰？」

「睿迪・福克斯[2]。書上看來的。我跟安娜貝不久前開始這樣叫他。」

「誰是安娜貝？」

「現在不在了。她死了。」

「噢，很抱歉。」

---

1 獸皮（hide）跟海德（Hyde）諧音，瑪麗拿諧音開玩笑。

2 Reddy：這裡是文字遊戲，醫生姓Fox，頭髮又帶紅色，所以被叫做Reddy Fox（紅狐狸，常見的狐狸種類，皮毛是紅棕色）。

「不是妳的錯。這裡就是會發生這種事。我今年上高中，安娜貝從來沒真的上過學。我上公立小學時，睿迪說服了鎮上的老師，讓我多點時間待在家裡，跟她做伴。」

這時我們走到一扇門前，門半掩著，她吹了聲口哨。

「嘿。我把老師帶來了。」

一個男人的聲音說：「好，瑪麗，妳今天工作就到此為止吧。」

「好，知道了。」

她走開了，留下我獨自面對一個瘦瘦的男人，身材中等，微微泛紅的淺金色頭髮剪得極短，在走廊的人造燈光映照下閃閃發光。

「妳見過瑪麗了，」他說，「她話很多，不過她不在妳班上，所以妳不必每天忍受這個。有些人喜歡她，也有人受不了她。」

我覺得他應該比我大十到十五歲吧。一開始他是用年長者的態度跟我說話。有點心不在焉的未來雇主。他問我一路上的情況，又問我行李是否送到。他知道我先前住在多倫多，想知道我願不願意住在樹林裡、是否會感到無聊。

一點也不，我說，又加了一句這裡很美。

「就好像……好像置身於俄國小說裡的情景。」

他留神看了看我，從進來以後他第一次這麼看我。

「真的嗎？哪一本俄國小說？」

他的眼珠是明亮的淺灰藍色，一邊眉毛抬起來，像一頂小小的尖頭帽。

並不是說我沒讀過俄國小說，有些我從頭讀到尾，有幾本只讀了一半。但看到他的眉毛，還有他彷彿覺得挺有意思卻語帶質問，我突然什麼也想不起來，只記得《戰爭與和平》。我很不想說，因為誰都知道這本書。

「《戰爭與和平》。」

「唔，那我會說，我們這裡只有和平。不過如果妳感興趣的是戰爭，我猜想妳應該早就加入某個女性部隊，到海外去了。」

我很生氣，感到羞辱，因為我不是真的在炫耀，至少並非只想炫耀。我只是想說這裡的風景為我帶來多美妙的影響。

顯然他會故意問你問題，等著看你掉入他設下的陷阱。他就是那種人。

「我本來以為會看到一位年紀很大的女教師從木屋裡走出來，」他說，微微有點抱歉的樣子。「這年頭，好像有一定年紀跟資格的人都會回到體制裡。妳一開始沒打算當老師吧？妳有想過，拿到大學學位以後要做什麼？」

「繼續讀碩士。」我簡短地說。

「是什麼讓妳改變了主意？」

「我想應該要賺點錢。」

「這想法很明智。不過恐怕這裡的薪水不算優渥。很抱歉問妳一個私人問題，只是想確定妳不會突然跑掉、留下一個爛攤子讓我們收拾。還沒計畫要結婚吧？」

「沒有。」

「那好，那很好。我沒其他問題了，妳解脫了。我不會讓妳覺得氣餒吧？」

我剛剛把頭轉開。

「不會。」

「妳先到樓下的護士長辦公室，她會告訴妳該注意的事。妳就跟護士們一起用餐。她也會告訴妳睡覺的地方。不要讓自己感冒。我想妳應該沒接觸過肺結核吧。」

「噢我有看過……」

「我知道我知道。妳讀過《魔山》。」又一個陷阱，他似乎又恢復成老樣子。「我想現在情況已經跟那時不大一樣了。喏，這是我寫的一些東西，主要是關於這裡的孩子，以及我覺得妳可能會想採用的方式。有時候我寧可用寫的來表達心裡的意思。實情如何，護士長都會告訴妳。」

第一天發生的事顯得如此不可思議，而我來到這裡還不到一個星期。我沒再踏入廚房跟旁邊的衣帽間（那是工作人員放衣服、藏贓物的地方）；很可能以後也不會再踏進去一步。醫生的辦公室也不在我日常的活動範圍內。護士長辦公室是排解糾紛、重新安頓事情的地方。護士長本身個頭矮小，相當結實，粉臉緋紅，戴著副無框眼鏡，氣息粗重。無論你跟她要什麼，似乎總叫她吃驚，一副很難辦到的樣子，不過她最後都會替你搞定。她有時也在護士們的餐室用餐，吃著特別為她做的凍乳點心，把氣氛搞得有點詭異。她大多在自己的房間裡吃。

除了護士長以外，還有三位護士，全比我大三十歲以上，都已經到了退休年齡，卻仍然繼續服務，履行戰爭期間護理人員的責任。另外還有幾名護士助理，年紀跟我差不多，搞不好更小，多半已經結婚或訂婚，或正打算訂婚，對象普遍是軍人。只要護士長或護士不在，她們就不停地聊天。她們對我毫無興趣，一點也不想知道多倫多是什麼樣子，哪怕她們有認識的人去過多倫多度蜜月。她們也不關心我教書的狀況，或我來聖恩（San）之前是做什麼的。並不是說她們沒禮貌，她們會遞奶油給我（雖然她們叫它奶油，但其實是帶點橘色紋路的乳瑪琳，在廚房裡調的色，那時只有這樣做是合法的）。她們也會提醒我別吃牧羊人派，說那裡頭是土撥鼠肉。只是無論什麼事，只要是關於她們沒聽過的地方、不認識的人，或發生在不熟悉的年代，就肯定沒那麼值得關注。她們覺得這些話題既多餘又惱人。每次收音機開始報新聞，只要有機會她們一定立刻關掉，改放音樂。

「跟穿著破洞長統襪的洋娃娃跳舞……」

不論是護士或護士助理都不喜歡聽CBC（加拿大廣播公司），雖然我從小就聽大人說，CBC為窮鄉小鎮帶來文化。不過她們對福克斯先生頗為敬畏，泰半是因為他讀了很多很多書。

她們也說沒人像他那樣，只要他想訓你，準把你剝掉一層皮。

她們心裡是否覺得讀很多書跟很會訓人有連帶關係，我始終無法肯定。

一般教育學上的概念在這裡不適用。有些孩子會重新回到世界或體系裡，有些不會。最好不要給太多壓力。測驗、記憶、評等，都是無稽的廢話。

用不著理會打分數這回事。小孩晚一點自然會跟上，就是不打分數也沒問題。想進入這個世界，其實只需要非常簡單的技巧、某些特定事實就行。所謂資優兒童指的是什麼？這詞叫人噁心。假如他們在課業上表現聰明（儘管課業標準不無弔詭之處），他們很快就能趕上。

不要管南美洲的河流或《大憲章》是怎麼回事。

繪畫、音樂，或說故事，還比較有意思。

玩遊戲可以，但要注意別太過興奮，也別把競爭搞得太激烈。

在壓力與無聊之間保持平衡，的確是一大挑戰。無聊是住院最可怖之事，是詛咒。

如果無法跟護士長要到需要的東西，有可能是工友收在某個地方了。

一路順風！

出現的孩童人數不一定，有時來十五個，有時只有六個。只有早上上課，從九點上到中午，中間有休息時間。一旦體溫升高或必須做檢驗，就會把他們帶開。他們上課的時候，都表現得很安靜很乖，但沒有特別感興趣。他們很快就知道，這裡並非真的學校，只不過是做做樣子，沒人會要求他們真的學到知識，比方他們不用背九九乘法表，也不必背誦課文。他們倒不因此變得難以控制、也沒有因為太無聊而鬧事，全都很聽話，只是不大專心。輪唱時他們輕輕地唱，也會擁抱、親吻。但這個臨時組成的課堂，籠罩著一股挫敗的陰影。

我決定聽醫生的話。至少其中一部分吧，包括無聊是敵人這一句。

我在工友的檔案架上看到地球儀，要求他讓我拿出來用。我開始教簡單的地理：海洋、各大洲、氣候。風和洋流？世界各國與城市？北回歸線和南回歸線，有何不可？所以，何不教教南美洲的河流？

有些孩子以前就學過，但他們幾乎全忘光了。被這片湖水與森林隔開的世界正在一點一點地消失，我想他們重新學習過去就懂的知識，如同舊友重逢，也會感到高興。當然我不是一下子統統丟給他們，而且我也得考慮那些從沒學過這些知識的小朋友，他們很早就開始生病了。

不過那也沒關係。可以設計成遊戲啊。我把他們分成幾個小組，當我手上的教鞭移動時，他們必須喊出答案。我很小心，不讓小朋友興奮太久。不過有一天醫生走了進來，剛開完早上的刀，我當場被逮個正著。我不能馬上喊停，但我試著淡化小朋友競爭的氣氛。他坐了下來，看起來有點疲倦，不大想講話。他倒沒有表示反對，過了一會兒，他開始加入一起玩，喊出一些可笑的答案——不只是錯的，根本是幻想出來的。然後他慢慢放低聲音，愈來愈小聲，先是喃喃，之後變得像在講悄悄話，最後聽不到半點聲音。沒聲音。就這樣，或許看來有點荒謬，但他掌控了整間教室的氛圍。全班開始只動嘴唇，模仿他的方式。每個人都盯著他的嘴唇瞧。

他突然低吼一聲，全班都笑了。

「幹麼每個人都盯著我看？老師是這樣教你們的嗎？盯著某人瞧，而他又沒有打擾到你。」

大部分同學都笑了，但有幾個同學依舊一直瞧著他，等著看更多滑稽的動作。

「好啦，出去吧，到其他地方搗蛋去。」

他向我道歉，說不好意思打斷了這堂課。我開始對他解釋，何以上課方式要像真正的學校那樣。

「不過我很贊同你對壓力的看法……」我認真地說，「我同意你在教學指導裡面說的，我只是想……」

「什麼指導？噢，那不過是我偶爾想到的一些東西，我沒有要把它們變成規定。」

「我是覺得只要他們狀況不是太差……」

「我相信妳是對的，我覺得這沒關係。」

「不然他們總是不大有精神。」

「妳不必這麼又唱又跳地小題大作。」他說，一面慢慢走開了。

隨後他又轉身，馬馬虎虎地道了個歉。

「我們改天可以談談這件事。」

我想那天永遠也不會來。顯然他覺得我專搞麻煩，是個傻瓜。

吃午餐時，我從護士助理那裡得知，那天早上有個病人手術後死了。因此我沒理由生氣。也因為這樣，我更覺得自己像一個傻瓜。

每天下午都不必工作。學生們回去睡長長的午覺，我有時也會想這麼做。我住的房間很冷——這棟建築物每個地方都冷，比過去住的艾凡紐路還冷得多，儘管我祖父母都把暖氣調低，以示愛國。被子也是薄的——但有肺病的人不都需要暖些的東西嗎？

我當然沒得肺結核，也許他們對待像我們這樣的人比較慳吝，能省則省。

我覺得睏，可是睡不著。樓上傳來手推床滾輪的聲音，下午時她們會推病人到外面陽臺曬太陽，儘管氣溫很低。

這棟樓房、周圍的樹木，以及湖水，再也無法給我第一次見到時的那種感覺，那時面對這片自然的神祕與權威，我深受震撼。那天我覺得自己渺小到無形。如今看來，這似乎只是我的想像。

那是老師。她在做什麼？

她在看湖。

幹麼看湖？

沒更好的事可以做。

有些人真的很幸運耶。

每隔一陣子，我會跳過午餐不吃，儘管膳食包括在薪資裡。我搭車去亞孟森，找一家咖啡店吃飯。那裡的咖啡不是真正的咖啡，最好的三明治夾的是罐頭鮭魚——如果他們有的話。要是你點雞肉沙拉，注意別吃到雞皮或軟骨。但無論如何，我在那兒覺得比較舒服自在，覺得應該沒人認得我。

關於這一點，我也許錯了。

咖啡店裡沒有女士洗手間，所以你得走到隔壁的飯店，再穿過飯店附設啤酒吧敞開的大門，那裡總是燈光幽暗、十分嘈雜，散發出啤酒、威士忌的氣味，再加上香菸與雪茄混合的濃霧，包準把你擊倒。不過我在那兒總覺得相當輕鬆。伐木工人或鋸木廠的員工從不對你狂吠，不像多倫多的軍人或飛行員那樣。他們沉浸在男人的天地裡，大聲說出自己的故事，不是來這裡找女人。比起女人，他們更盼望早日脫離公司，現在不走，就永遠走不了了。

醫生在主街上有一間辦公室，是只有一層樓的小平房，所以他一定是住在別處。從那幾個護士助理的話聽來，他還沒有太太。我在唯一一條側街上發現一棟像是屬於他的房屋——外牆塗以灰泥，前門上端有個天窗，窗臺上堆疊著書。這地方給人一種蒼涼感，但十分齊整，有一種極簡而精確的舒適感，是一個孤獨的男人——懂得自我節制的孤獨男人——規劃出來的。

這條街道是唯一的住宅區，街的盡頭有間學校，是棟兩層樓建築。樓下給較低年級（到八年級）使用，樓上是九到十二年級。某天下午，我看到瑪麗在那裡玩打雪仗，似乎是男生跟女生各一邊的樣子。她看見我時大聲喊道：「欸老思。」她把手中幾個雪球隨意亂拋，然後跑過街來找我。「明天見。」她轉過頭朝他們喊，有點像在警告他們不准跟來。

「妳現在要回去嗎？」她說，「我也是。我常搭睿迪的車，但他都很晚才走；妳怎麼回去？搭電車？」

我說對，瑪麗又說：「噢我可以帶妳走另外一條路，那妳就可以把錢省下來。走矮樹叢那條路。」

她領著我走一條狹窄但足以通行的小徑，往下可俯瞰整座城鎮。小徑穿過樹林，然後會經過鋸木廠。

「睿迪都走這條路，」她說，「要回聖恩的話，這條路地勢較高，但比較短。」

我們經過鋸木廠，往下一瞧，樹林裡有些難看的砍伐痕跡，還有幾間小木屋，顯然是有人住，因為有柴堆、曬衣繩跟升起的炊煙。有條長得像狼的狗從其中一間跑出來，狺狺然吠叫低嚎，鬧了好一陣。

「給我住嘴！」瑪麗對牠吼。她很快搏好一塊雪球、朝那狗扔去，恰恰扔中牠兩眼之間。牠急忙跳開，但瑪麗早又捏好一團雪球，扔中牠的屁股。一個繫著圍裙的女人從裡面走出來喊：「妳這樣會弄死牠的。」

「那妳該高興終於擺脫這隻討厭的傢伙啦。」

「叫我老頭找妳算帳。」

「是唷我好期待喔。妳老頭連走到茅房都有問題吧。」

那隻狗遠遠跟著我們，三不五時叫幾聲算是恫嚇，做做樣子。

「什麼狗我都能搞定，不用擔心。」瑪麗說，「我敢說就算真的碰到一頭熊，我也能搞定。」

「這時候熊不都在冬眠嗎？」

我被那隻狗嚇得半死，不過我裝作毫不在意的樣子。

「是啊，不過也不一定。之前有一隻很早就出來，跑到聖恩的垃圾堆裡去找東西。我媽一轉身就看到牠。睿迪把槍拿出來，射死了牠。睿迪過去常駕雪橇，帶我跟安娜貝出門，有時也帶其他小孩一起去。他能吹出很特別的口哨，把熊嚇走。吹得超高的，就算是人也覺得好尖。」

「真的，妳有看到嗎？」[3]

「不是那個意思啦。我是說用嘴巴吹的口哨啦。」

我想到他在教室裡的那場表演。

「我不知道，他說他只是想讓安娜貝別那麼害怕。她沒辦法坐車，所以他必須用雪橇載她。我就跟在她後面；有時候我也會跳上雪橇，那他就會說怎麼回事啊，雪橇重死囉。然後他會很快轉過來想捉住我，但從沒成功過。然後他會問安娜貝，雪橇為什麼會這麼重呢，早餐該吃什麼呢，不過她從來不回答。如果還有其他小孩，我就不會這樣玩了。最好是只帶我跟安娜貝去，她是我認識過最棒的朋友了，這輩子都是。」

「學校裡其他女生呢？她們不是朋友嗎？」

「沒人可以陪我時，我才跟她們玩。她們才不算什麼咧。

「安娜貝跟我同一個月生日。六月。我們過十一歲生日的時候，睿迪帶我們去湖上划船。他還教我們游泳。嗯是教我啦，他得一直撐住安娜貝，她沒辦法真的學。等到他自己去游泳，我們在他鞋子裡裝滿了沙。然後十二歲生日又到了，我們沒辦法再去那樣的地方，不過還是去他家吃蛋糕。她連一小片都吃不下，所以他開車載我們出去，把蛋糕捏成一片片，扔出車窗外，餵海鷗吃。牠們搶著吃，叫得像瘋子似的，我們也笑到快瘋掉說，然後他趕快停住，托住她，免得她內出血。

「從那次以後，」她說，「那之後我就不能再見她了。我媽本來就不希望我跟有肺結核的小孩一起玩。不過睿迪說動了她，說他會看情況，不該再見面的時候就會停止。

3 whistle口哨一字也有汽笛的意思，這裡敘述者沒聽懂瑪麗的意思，以為她是在說睿迪把汽笛扔得很高。

他真的這麼做的時候把我氣死了。不過她病得太重，也不能再這麼玩了。我再帶妳去看她的墳，只是上面什麼都還沒有。等睿迪有空，他會跟我一起弄好。如果剛才我們沿著路直走，沒有從那邊下來的話，妳就會看到她的墓地了。沒人來認領帶回家的人都埋在那裡。」

這時我們已經快走到平地了，聖恩就在前面。

她說：「噢差點忘了。」拿出了幾張票券。

「慶祝情人節。我們會在學校演這齣戲，叫做〈皮納福號軍艦〉。我要賣掉這些票，妳可以當我第一個顧客。我也有演。」

我猜得沒錯，在亞孟森看到的那棟房屋的確是醫生住的地方。他帶我去那裡吃晚餐。他在走廊上碰到我時，似乎一時興起邀我去他家。也許他想起自己說過（不是太愉快的回憶），我們可以找機會聚聚，討論教學的事。

他提議我們某天傍晚見面，恰好是我要去看〈皮納福號軍艦〉那晚。我買了那一晚的票。我告訴他這件事，他說：「噢我也買了。不過那不表示一定要去看。」

「但我總覺得自己給過她承諾似的。」

「那妳現在可以取消承諾啊。一定難看得要命，妳相信我。」

我聽他的話，但是沒見到瑪麗，無法知會她。我在他叫我待著的地方等他，就在前門外面的門廊。我穿著最好的一套連身衣裙，是墨綠色皺綢裁製的，鑲著細粒珍珠鈕釦，領口由真正的蕾絲綴成，還在雪靴裡面穿上麂皮高跟鞋。等到說好的時間過了，我一開始有點擔心，怕護士長從辦公室裡出來，發現我在這裡，又擔心他會不會根本忘了這件事。

然後他走出來，一面扣上外套鈕釦，一面道歉。

「總有些雜七雜八的事要解決。」他說，引著我繞過這層樓，走到汽車旁邊。我們走在燦亮的星星底下。「可以自己走嗎？」他問，聽到我回答可以後（儘管我想到自己穿了麂皮高跟鞋），他就沒把手臂伸出來。

他的汽車又舊又破，那時候大部分的車都這樣。沒有暖氣。當我聽到他說要去他家時，我鬆了一口氣。飯店裡人那麼多，我不知道要怎麼談話，而且我也不想再吃那家咖啡店的三明治了。

進他家以後，他叫我先別脫掉大衣，等屋裡稍微暖和一些再脫。他馬上忙著在柴爐裡生火。

「把我當成妳的工友、廚子，跟服務生。」他對我說。

「等一下就暖了，晚餐很快就好。不用幫忙，我習慣自己弄。妳想要在哪兒等？妳想的話可以去起居室，那裡有書。如果不要脫大衣的話，那裡應該不會太冷。整間房子都用爐子生火取暖，所以我不會替一間沒人用的房間特別加熱。開門進去就會看到電燈開關。我聽一下新聞，妳不介意吧？這是我的習慣。」

我到起居室去，覺得好像被迫接受命令似的，任廚房的門開著。他走過來關上門，說：「等廚房暖一點再打開。」然後繼續聽ＣＢＣ以陰鬱的戲劇化（甚至有些宗教意味）聲音播報去年的戰事新聞。自從離開祖父母家以後，我就沒再聽過這聲音，而我其實比較想留在廚房裡。不過那裡有許多書可以看，不是只放在書架上，連餐桌、椅子、窗臺上都擺滿了書，有些則堆在地板上。我仔細看過其中幾本以後，發現他喜歡一次大批買書，有些可能是跟不同的讀書俱樂部買的。《哈佛經典叢書》。威爾．杜蘭夫婦合著的《世界文明史》。我祖父書架上的書也是這些。小說、詩集很少，雖然裡面有幾本令人驚訝的兒童文學經典。

各種戰爭的書，包括美國內戰、南非戰爭、拿破崙戰爭、伯羅奔尼撒戰爭、凱撒帶領的戰役等等。《亞馬遜流域與北極地區探險》、《沙克爾頓冰原受困記》、《富蘭克林的末日》、《唐納大隊》、《失落的部落：被埋葬的中非城市》、《牛頓與煉金術》、《興都庫什山脈之謎》。書代表一個人渴望有所了解、努力想獲得不同區塊的知識；也許不能代表某人確實的品味。

所以當他問我看的是哪一本俄國小說時，可能他這方面的知識平臺不如我想像中那麼紮實。

他一喊「好了」，我就打開門，心中揣著這個新問題。

我說：「你比較贊成誰，納夫塔還是登布里尼？」

「抱歉你說什麼？」

「《魔山》裡的人物，你最喜歡納夫塔還是登布里尼？」

「說實話，我以為他們只是一對滿嘴空話的活寶；妳怎麼看？」

「登布里尼比較有人性，但納夫塔比較有趣。」

「這是學校教妳的嗎？」

「我在學校沒讀過這個。」我冷淡地說。

他飛快地看我一眼，揚起一邊的眉。

「原諒我這麼說，不過如果那裡有妳感興趣的書，不用拘束。妳沒課的時候都可以來這裡看。我可以替妳裝好電熱器；我想妳應該不習慣柴爐吧。這樣好嗎？我另外再弄把鑰匙給妳。」

「謝謝。」

晚餐是豬排、馬鈴薯泥，以及豌豆罐頭。點心是從糕點鋪買來的蘋果派，如果他記得加熱的話，應該會更好吃。

他問起我在多倫多的生活、大學修了些什麼課，跟我的祖父母。他說他覺得我的家庭教育應該很嚴格。

「我爺爺是自由派牧師，有點像保羅．田立克那一派。」

「那妳呢？自由派小基督徒孫女？」

「錯了。」

「回得好。妳會覺得我沒禮貌嗎？」

「那要看情況。如果你是以雇主的身分在問問題，就不算無禮。」

「那我繼續問囉。妳有男朋友嗎？」

「有。」

「是軍人吧我想。」

我說海軍。我覺得這樣回答很好，反正我從來不知道他現在人到了哪裡，也不曾定期收到他的信。我至少可以說他是因為沒拿到上岸假。

醫生站起身，拿了茶過來。

「什麼船？」

「輕巡洋艦。」這答案也很棒。之後我還可以說他被魚雷炸到，輕巡洋艦不是常碰到這種事嗎。

「真勇敢啊。加奶還是加糖？」

「都不用，謝謝。」

「很好，因為我都沒有。妳知道妳撒謊很容易看出來，臉都紅了。」

就算我剛剛沒臉紅，現在也開始紅了。我從腳底一路紅到臉上，覺得腋下開始流汗。希望這件衣服不會毀掉才好。

「我喝茶時會覺得熱。」

「噢是這樣。」

事情反正不可能更糟了，因此我決定採取攻勢。我把話題繞到他身上，問他怎麼替人開刀。我聽說他移除過肺臟，是真的嗎？

要是他用嘲諷的方式回答，一副優越感十足的樣子（抑或這是他調情的方式），我想我一定會穿上大衣就此離開，即便外頭很冷。他可能也感覺出來了，所以他開始解釋胸廓成形術；不過，他說，放出肺中的空氣對病人來說很不好受，這是連希波克拉底[4]也知道的事。當然近年來移除肺葉愈來愈常見了。

「但你沒失敗過嗎？」

他大概覺得可以開始開玩笑了。

「當然有啊。它們有時會自己跑掉[5]，躲在草叢裡還是怎樣，我們也不知道跑哪兒去了，可能跳湖了吧；噢妳是問病人會不會死？有時情況不順利，會。」

不過馬上就會有更好的發明，他說。他目前在做的手術很快就要走進歷史，就像以前的人會放血，現在不了。新藥即將問世。鏈黴素。已經在試驗階段。是還有些問題，難免會有問題；可能會毒害神經系統，不過總能找到解決方法。

「到時我們外科醫生就失業了。」

他洗碗盤，我負責擦乾。他在我腰間繫上一塊抹布，保護這件衣裳。他拉過兩端綁好以後，一隻手放在我的上背。非常有力的施壓，感覺每根手指都分開，像是在用專業方式測量我的身體。那晚上床就寢時，那股壓力彷彿還留在我身上。從小指頭到大拇指，我能感受到強度的變化，我真喜歡。比他稍後在我額頭上的親吻更有意義，那是在我準備下車的時候。乾乾的一吻，短而正式，倉促地印在我的臉上，充滿權威。

房間地板上有一把他家的鑰匙，是我不在房間時，從門縫裡塞進來的。但無論如何我都不能用。假如這是其他人的提議，我肯定雀躍不已，尤其這項提議還包括暖氣設備。但他的情況不同。想到曾跟他一起、或未來可能與他共度，會抽乾所有尋常的舒適感受，取而代之的是一股愉悅——不是膨脹、廣泛的那種，而是緬緊的、令人神經緊張的愉悅。即使那裡不冷，我也克制不住顫抖，更懷疑自己讀得進去任何一個字。

我猜瑪麗可能會來找我，怪我沒去看〈皮納福號軍艦〉。我想可以說自己那天不舒服，感冒了。然後我突然想到感冒在這裡是很嚴重的事，必須戴口罩、噴消毒藥水，還得隔離。接著我又想到，我去醫生家的事無法隱瞞，瞞不了任何人，包括護士，儘管她

4 古希臘時代醫生。
5 前述「失敗」lose可指失敗或遺失，故醫生用此開玩笑。

們什麼話也沒說。她們不說話可能是由於謹慎或不想搬弄是非，也可能是因為早已不再對這種事感興趣。護士助理倒是跟我開玩笑。

「那天晚餐好吃嗎？」

她們的語調和善，似乎是表示贊成。像是在說，我與人格格不入的古怪，跟醫生親切而令人敬重的古怪匯集在一處，所以很好。我的股價上漲了，如今不管我這個人其他方面怎麼樣，至少我這個女人，身邊有個男人。

瑪麗整個星期都不見人影。

「下周六，」他吐出這幾個字，在吻我之前。我還是在前面門廊上等，這次他沒遲到。我們開車到他家，我直接走進起居室，他則去生火。我在起居室裡看到電暖器上有一層灰。

「妳沒把我說的話當真，」他說，「妳以為我是說著玩的？我向來說話算話。」

我說我不想進城，是怕遇到瑪麗。

「因為我沒去看她的音樂劇。」

「那是說妳的人生都要配合瑪麗來安排囉。」他說。

菜色跟上次差不多：豬排、馬鈴薯泥、玉米粒（上次是豌豆）。這次他讓我在廚房幫忙，甚至請我擺好餐具。

「妳最好知道東西都放在哪裡，我相信應該都放在該放的位置。」

這表示我可以看他在爐子前做這一餐。他一派輕鬆的專注、簡單不費力的動作，一舉一動在我心裡激起一連串火花與顫慄。

我們剛坐下用餐，就聽到傳來敲門聲。他站起來，拉開門閂，只見瑪麗衝進來。

她手上拿著紙盒，這時放到桌上；然後脫下外套，裡面穿著一套紅黃相間的戲服。

「雖然遲了，祝妳情人節快樂！」她說，「妳都不來看我演音樂劇，所以我直接把它帶來給妳看。我還給妳帶了禮物，在盒子裡。」

她絕佳的平衡感足以單腳站立，先甩掉一隻靴子，然後是另外一隻。她把靴子踢開，開始沿著餐桌跳舞，同時唱起歌來——青春有朝氣的嗓子，唱著悲傷的歌。

大家叫我小甜心，
可憐的小甜心呀，
雖然我也說不出為什麼。

不過他們都叫我小甜心。
可憐的小甜心呀
親愛的小甜心，我——

她還沒開始唱，醫生就站起來，走到爐火前面，忙著攪動煎鍋裡的豬排。我鼓鼓掌。我說：「這戲服真漂亮。」的確好看。一襲紅裙，底下是豔黃色的襯裙；飄揚的白圍兜，以及繡著花紋的緊身上衣。

「我媽縫的。」

「連刺繡也是嗎？」

「當然了。她前一晚做到凌晨四點。」

然後又是一陣跺腳、轉圈，繼續展示她那件衣服。盤子在架上叮噹作響。我又鼓了幾次掌。我們兩個都只想要一件事。我們都希望醫生轉過來，別再裝作沒看到。希望他能夠說——即使聲音裡透著不滿——一句禮貌的話。

「看看還有什麼，」瑪麗說。「情人節禮物唷。」她拆開硬紙盒，裡頭是情人節餅乾，全都切成心形，敷上厚厚的紅色糖霜。

「太好了。」我說，而瑪麗繼續跳舞。

我是皮納福號的船長，
也是個很棒的船長！
你是真的真的很棒，請了解，
我有很棒的一群船員！

醫生終於轉過身來，她向他敬禮。

「好了，」他說，「夠了。」

她裝作沒聽到。

然後歡呼三聲，再歡呼一聲，
為了皮納福號勇敢的船長！

「我說，夠了。」

「為了皮納福號英勇的船長……」

「瑪麗，我們在吃晚餐。沒有邀請妳。這樣妳懂嗎？沒有請妳。」

她終於安靜下來，不過只有一下子。

「去吃大便。你態度很差。」

「而且妳最好別再吃那些餅乾了。妳應該戒掉吃餅乾的習慣。妳就快要變成一頭小豬了。」

瑪麗的臉脹紅起來，看起來準備要哭，但是沒有。她說：「別只會講別人，你兩隻眼睛才是歪的。」

「夠了。」

「你真的是這樣。」

醫生撿起她的靴子，放到她面前。

「把鞋穿上。」

她照做了，但雙眼蓄滿淚水，鼻涕流了出來。她大力吸著鼻涕。他替她拿來外套，但不肯幫忙，她戟張著手臂胡亂穿上，扣上鈕釦。

「這樣才對。嗯，妳是怎麼來的？」

她不肯回答。

「用走的，對吧？妳媽呢？」

「玩紙牌。」

「那我開車載妳回去。這樣妳就沒辦法因為可憐自己，把自己埋在雪堆裡給凍死。」

我一句話也沒說。瑪麗完全不看我。那一刻太過驚怖，不適合說再見。

我一聽到汽車發動的聲音，就開始收拾餐桌。我們還沒進行到甜點。依舊是蘋果派。或許他不知道還有其他種類的甜點，也可能糕點鋪只賣這一種。

我拿起一塊心形餅乾，開始吃。糖霜甜得要命，沒有莓果或櫻桃的香味，只有糖跟紅色色素。我吃了一片又一片。

我知道至少也得說聲再見，我應該要說謝謝。不過其實都不重要了吧，我對自己說，已經不重要了。那場表演不是給我看的。或許只有一小部分是要給我看的。

他好蠻橫。我有點嚇到，他剛才那麼蠻橫。對待那麼需要他的人。不過他算是為了我才這麼做。因為他跟我共處的時間不應該被人奪走。這麼一想我竟然覺得高興，又為此感到羞愧。我不知道等他回來時，我該說什麼。

他不需要我說什麼。他帶我到床上去。究竟這一切都在他的策畫當中，抑或這也是令他大感意外的一齣戲？至少我的童貞並不令他意外——毛巾跟保險套他都準備好了——而且他持續不懈，盡可能輕鬆地推進。我展現的激情同時讓我們倆感到訝異。應該說想像，如同經驗，是最佳的準備。

「我真的打算跟妳結婚。」他說。

他帶我回家以前，把餅乾統統扔掉了，那些紅色的心，躺在外面雪地裡，給冬天覓食的鳥吃。

就這樣決定了。我們的突然訂婚——他說得很謹慎——是私訂終身。我不能寫信跟祖父母說。等他可以拿到幾天連假的時候，再來舉行婚禮。不搞太多花樣的婚禮，他說。他希望我了解，婚禮這件事，在其他人面前舉行（而他們的意見他不見得尊重），同時還得忍受眾人竊竊私語，已經超過他忍耐的限度。

他也不想買鑽戒。我對他說我也不想要，這是真的，因為我從來沒想過。他說那很好，他就知道我不是那種傳統愚蠢的女孩。

最好別再一起吃晚餐了，不只是因為別人會講話，也因為一張配給卡很難買到夠兩人吃的肉。我不能用我的卡，打從一開始在聖恩用餐以後，便已經交給廚房的總管，也就是瑪麗的母親。

最好別引起太多注意。

當然大家都有點猜到。資深的護士態度變得和緩，就連護士長也不得不微笑，儘管是帶點痛苦的微笑。我開始適度地打扮自己，幾乎是不經意地這麼做。我變得更加拘謹，帶著柔軟光滑的安靜，眼睛只看地面。那時我還不明白，年紀較大的護士是在等著瞧這段親密關係會走到哪一步，要是醫生敢拋棄我，她們打算出來替我主持公道。

只有幾名護士助理真心為我高興，我喝茶時，她們便開玩笑說，看茶葉形狀就知道快有喜訊囉。

三月時，醫院上下一片忙亂，情況很糟。護士助理們都說，三月本來就是狀況最多的月份。有些病人在忍受過整個冬天的折磨之後，不知怎的，這時一直想著自己快要死了。如果有小孩沒來上課，我不曉得到底是病況真的變糟了，還是只因為懷疑得了感冒，不肯下床。我弄來一面可以帶著走的黑板，把學生的姓名都寫在邊邊上。現在我不必再擦掉那些必須長期缺席的學生姓名。其他學生會替我擦，默默地擦掉。他們比我懂這些禮節，我還在學。

不過醫生真的找到時間安排婚禮了。他從我房門底下塞進一張紙條，說四月第一個禮拜應該有空，除非到時真的發生大事，他那段時間可以休幾天假。

我們要去亨茨維爾。

到亨茨維爾去，是我們結婚的密碼。

出發那天的情景，我想我這一生都不會忘記。我把那件送了乾洗的綠色皺綢洋裝小心翼翼地捲好，放進旅行袋裡。祖母教過我怎麼捲才捲得緊，比用摺的好，衣服不會起皺。我想我得找到一間女用洗手間換衣服。我不停盯著路邊瞧，看看是否有早開的野花，可以採摘下來做成花束。他會同意我拿花束嗎？這時節還太早，連獼猴草都找不到。空蕩、曲折的道路上什麼也沒有，只見枯瘦的黑色雲杉，以及大片沼澤上生長著的刺柏。路面上聳起一大團凌亂的石塊，是沾滿血汙的鐵和傾斜突出的花岡岩板。這景象我早已熟悉。

車裡開著收音機，播放勝利的音樂，因為盟軍快要攻到柏林了。醫生——亞利斯特——說他們延挨著想讓俄國人先進占；他們以後會後悔的，他說。

既然我們人已經不在亞孟森，我想我可以叫他亞利斯特。這是我們在車裡共度時間最長的一次，他那無視於我的雄性氣概——儘管我現在已經知道，這可以有完全相反的意思——以及輕鬆隨意的駕駛技術，激起了我的情慾。他是個外科醫生，這也讓我感到興奮，儘管我永遠不會承認。當下我覺得，為了他，叫我在路邊的沼澤或泥坑裡躺下，或讓背脊發痛地抵住路邊豎立的石塊，如果他想採取站姿的話，我都願意。我也知道，這些念頭放在心裡就好。

我開始幻想未來。等我們到了亨茨維爾，應該會找一位牧師，然後在一間起居室裡並肩站立——大概就像我祖父母公寓裡的起居室一樣，儘管樸素卻十分文雅，我再熟悉不過的那種風格。我記得好幾次有人問我祖父商借起居室，為了辦婚禮，即使他那時已經退休。我祖母會在頰上抹些胭脂，拿出那件深藍色的蕾絲罩衫，她只在這種場合當見證人時才穿它。

不過我發現了兩件事：一是結婚不是只有這種方式，二是我的新郎還有其他我所不知道的忌諱。他絕不跟牧師扯上關係。於是我們在亨茨維爾的市政廳填妥確證自己尚屬單身狀態的表格，約好當天稍晚的時間，由太平紳士主持婚禮。

午餐時間到了。亞利斯特在一家餐廳外面站住，看來像是亞孟森那家咖啡店的翻版。

「這間嗎？」

他仔細瞧了瞧我的臉，改變心意。

「不要？」他說，「好。」

最後我們在一間高雅的房子裡用餐，坐在冷極了的起居室裡吃他們推薦的雞肉午餐。盤子冷冰冰的，沒有其他客人，也沒有音樂，只有餐具碰撞的聲音，因為我們得設法切開又老又韌的雞肉。我敢肯定他心裡在想，還不如去他一開始提議的那家餐廳吃。

不過我還是鼓起勇氣問女士洗手間在哪兒。洗手間比起居室更冷，冷得叫人發慌難受。我抖開墨綠色洋裝穿上，重新塗上口紅，整整頭髮。

我走出來時，亞利斯特站起來迎接我，對我微笑，攬著我的手說我看起來美極了。

我們走回汽車旁，凍得發僵，手牽著手。他替我開車門，走到另一邊車門，坐進車裡。一切就緒之後，他插入鑰匙，發動引擎，又熄了火。

車子停在一家賣五金零件的店前面，剷雪的鏟子在半價優惠。窗戶上貼著告示，說店裡可以替顧客磨利溜冰鞋。

街對面有一棟木造房屋，塗上油黃色。前階看起來岌岌可危，兩塊板子交叉著釘在階上。

停在亞利斯特汽車前面的卡車，應該是戰前出的車款，有塊腳踏板，擋泥板前面落下一些鐵鏽。一個穿著工作服的男人從店裡走出來，坐進卡車裡。引擎發出一陣抱怨聲，接著車子晃動了幾下，開走了。然後一輛上頭印著店名的運貨卡車試著停在方才的空位上，但地方不夠大。駕駛下了車，走上前來，敲敲亞利斯特的車窗。亞利斯特嚇一跳。若不是他正在認真講話，應該會注意到對方的麻煩。他搖下車窗，那人問我們停在那裡是不是打算到店裡買東西。如果不是的話，請我們把車開走。

「就要走了，」亞利斯特說，這個坐我旁邊本來打算跟我結婚的人，現在又說不結了。「我們打算走了。」

我們。他剛說我們。有那麼一刻我抓住這兩個字不放。然後我想，這是最後一次。最後一次把我包括在他的我們裡面。

重要的不是「我們」二字，重要的不是我們已經不再是我們。是他跟駕駛說話那種男人對男人的語調，平靜理智的一句道歉。我真希望現在能夠回到他說這些話之前，回到他還沒注意到貨車想停車的時候。他那時說的話很可怕，但他的手緊緊抓住方向盤，他過度用力的手、心不在焉的模樣、他的聲音，都帶著痛苦。不管他說了什麼、他真正的意思又是什麼，他都是從同樣的某個深處、從他跟我上床的那一刻開始，說出這些話。然而現在不一樣了，在他跟另一個男人說話之後。他搖上車窗，注意力回到車子上，小心翼翼地倒車，慢慢駛離，以免擦撞到那輛貨車。

過了片刻，我甚至願意回到剛才，他正探出頭查看後方的那一刻。總好過開往──一如他正在開車的此刻──亨茨維爾的主街，彷彿再也沒話可說，沒事好做。

他說了，我辦不到。

他說了，他沒辦法完成這一切。

他無法解釋。

只能說是個錯誤。

我想，要是再也聽不見他的聲音，我也再無法看那個捲曲的S，一如告示板上寫的溜冰鞋（Skates）頭字母。或是倒在那棟黃色房屋前面的、呈X形的破損木板。

「我現在載妳去車站。我會替妳買一張回多倫多的車票，我知道傍晚有一班火車開往多倫多。我會盡量想個足以讓人相信的理由，然後叫人收拾好妳的東西。妳得給我妳在多倫多的地址。我應該沒有留。噢還有，我會替妳寫一封推薦函。妳做得很好。反正妳也不可能做完這個學期──我還沒告訴妳，這些孩子會搬到別處去。最近這陣子會有很大的變動。」

他的聲調不一樣了，聽來簡直有點得意。不由得妳不注意的聲調，如釋重負吧可以說。他竭力克制，盡量不流露出輕鬆，至少也得等我離開了以後。

我望著街道。覺得自己就像被人帶往刑場。不，還沒有。還有一會兒。我還可以再聽到他的聲音。時間還沒到。

他不必問路怎麼走。我不禁想他是不是帶過別的女生搭這班火車，便脫口而出。

「別這樣。」他說。

車子每一次轉彎，都像剪掉我生命裡所剩無幾的一點東西。

五點有班火車開往多倫多。他叫我在車裡等，他先進去確認。他手裡握著車票走出來，我覺得那腳步似乎變得更加輕鬆了。他一定是看穿我的想法，因為他往汽車這邊走過來時，態度沉靜下來。

「車站不錯，裡頭很暖和。還有女士專用的候車室。」

他替我開車門。

「還是妳希望我陪妳等，送妳上車？或許我們可以找個地方吃派什麼的。午餐真是太恐怖了。」

聽到這話，我彷彿驚醒了。我下了車，帶頭走進車站。他指指女士的候車室，抬起眉毛瞧瞧我，想最後再說個笑話。

「或許有一天妳會明白，這是妳這輩子最幸運的一天。」

我在女士候車室裡找了張長椅坐下，往外可以看到車站大門。如果他折返的話，我就可以看到他。他一定會告訴我，這一切是個笑話，或者是個測試，像中世紀戲劇裡演的那樣。

也可能他改變心意了。車子在高速公路上往前開，當他看到蒼白的春陽映照在岩石上，會想起我倆不久前才一起看過。也許他突然體認到自己有多麼傻，開到一半掉轉車頭，急駛回來找我。

至少等了一個小時，才看到開往多倫多的火車進站，但我幾乎不覺得有這麼久時間。到了現在我心裡還抱著幻想，各式各樣的幻想。我上了火車，腳踝像是被鐵鍊繫住那樣。我的臉緊緊壓在車窗上，聽到汽笛鳴響、火車即將開動的聲音，眼睛仍沿著月臺搜尋著。就算這時跳下火車或許也還來得及。不顧一切跳下去，跑過月臺到街上去，可能他才剛停好車，也正往這邊臺階上跑來，心裡想著不會太遲吧，請保佑一切都還來得及。

我自己跑出去找他，就不會太遲。

那裡一片喧鬧是怎麼回事？有人喊叫、有人抱怨，原來是一群晚來的人在走道上走來走去，發出巨大的聲響。一群穿著運動服的高中女生，對自己惹出來的麻煩叫囂個沒完。她們是在搶座位，列車長一臉不高興，催她們快點坐好。

其中一個，可能是最吵的那個，是瑪麗。

我轉過頭，不再看她們。

但她叫住我，問我去哪裡了。

去看朋友，我回答。

她一屁股坐在我旁邊，告訴我她們去跟亨茨維爾打籃球賽。真是瘋狂。她們輸了。

「我們輸啦，對吧？」她對其他女孩大喊，聲音裡有明顯的愉快，其他人先是哀嘆，接著也笑了。她提到兩方的分數，的確滿丟臉的。

「妳打扮得很隆重。」她說，但並不是真的在意，似乎對我的解釋沒多大興趣。

我說打算回多倫多，探望我的祖父母，她也不甚在意。只說他們應該很老了吧。沒一個字提到亞利斯特。一句抱怨也沒有。她不可能忘記的。她只是把那情景收拾乾淨，連同過往的自己一起放進衣櫃裡。或者她是那種對他人的羞辱無動於衷的人。

我現在很感謝她，儘管那時我並沒意識到。我什麼也沒說，自問如果我們回到亞孟森，我會怎麼做？是不是跳起來、下車，跑到他家去質問他，到底為什麼啊，你說。我畢生的羞恥。但事實是，這一站到了，這群女生沒多少時間能整理隨身東西，還要敲敲車窗提醒來接的人她們到了；列車長在一旁警告，她們若不快點下車，就會一路搭到多倫多去。

這些年來，我總想著可能會遇到他。我一直都住在多倫多，感覺上好像每個人都會來多倫多待上一段時間。當然那也不表示你想見誰，就一定能遇見。

最後還是見到了。越過一條擁擠的街道時，腳步根本不可能慢下來。兩人往反方向走，同時朝對方睜大眼睛，飽經風霜的臉龐上寫滿了驚駭，赤裸裸地。

他大聲問：「妳好嗎？」我回答：「不錯。」覺得還不夠似的，又說：「很開心。」

那時候，這話大致不假。我跟先生吵了一陣，是關於償還債務的事，他有個孩子欠下一大筆錢。那天下午我去藝廊看一場表演，想讓自己心情好一些。

他再回我一句：「很好。」

感覺上我們似乎可以離開人群，下一刻又能走在一起。但毫無疑問我們會繼續走完眼前的路。是這樣沒錯。沒有聲嘶力竭的叫喊，我走上人行道時，也不會有人把手放在我肩膀上。有那麼一瞬間，我看到了，他有隻眼睛睜得比較開。是左眼，我記得是左眼沒錯。那隻眼睛看起來總是怪怪的，像在提防什麼、想著什麼，彷彿他想到某件絕不可能的事，想到幾乎要發笑。

對我來說，我的感覺跟當時離開亞孟森時很像，坐在火車上，只感到昏眩，完全無法置信。

關於愛，改變的其實很少。

（王敏雯　譯）

離開馬佛利

從前那年代，每個小鎮都有一家戲院，馬佛利鎮也不例外。這裡的戲院叫首都戲院，小鎮的電影院多半是這類名字。摩根・哈禮是首都戲院的老闆兼放映師，他不愛管客人的事——只喜歡窩在樓上小間，處理銀幕上的故事。因此賣票的年輕女員工提離職時他自然不大開心。女員工是懷孕了，他早該想到這事，畢竟她新婚半年，而那年頭女人在流露孕味之前就不該再拋頭露面。但哈禮不愛改變，而且意識到別人有私生活這回事每每令他莫名吃驚。

幸而女員工想到接班人選，是一個和她住同條街的女孩子，那女孩說過想找夜間差事，她沒辦法上日班，因為白天得幫母親照顧弟弟妹妹。女員工說女孩子夠機靈，能勝任這工作，只是內向了點。

摩根說不要緊——他也不想找個成天跟客人瞎聊的售票員。

於是女孩來了。她名叫黎雅，而摩根只問了她一個問題，就是那是什麼名字呀。黎雅說她的名字出自《聖經》。她回答時，摩根注意到她的臉上脂粉未施，而頭髮以小鐵夾突兀地緊夾在頭上，摩根一時間擔心她是否真有十六歲、能不能合法工作，但細看又覺得她應該真有這年紀。他告訴她，她週間晚上得值一部片的班，八點開始，週六晚上得值兩部，七點開始，然後戲院關門後就數票並上鎖。

只有一件麻煩事。黎雅說平常日晚上她可以自己走回家，但週六晚上不行，而晚上在粉廠兼差的父親也沒辦法來接她。

摩根說這種地方哪會有什麼危險，正準備打發她走，腦中卻想起一位夜警，那警察常在巡邏途中停下看一小段電影，或許能請他護送黎雅回家。

黎雅說她會問問父親可不可以。

黎雅父親同意了，但又提出另外的條件：不能讓黎雅看到或聽到戲院放映的電影。摩根說他雇售票員不是讓他們來免費看戲的，至於聽嘛，他則撒謊說戲院有隔音設備。

夜警雷伊．葉利特之所以選這份工作是因為希望白天多少陪陪妻子。他上午可以睡個五小時，傍晚再小睡一會兒，但實際上傍晚經常沒睡，有時是因為忙家務，有時則只是因為跟太太聊起天來。他太太名叫依莎貝兒，他們沒孩子，而兩人無時無刻有聊不完的話題，他告訴她鎮上的各種消息，常逗得她發笑，她則聊自己正在讀的書。

雷伊當年才滿十八歲便參戰，他選擇空軍，因為大家都說空軍最驚險刺激，也死得最快。他是中上重裝兵（mid-upper gunner）——這位子依莎貝兒始終沒概念。雷伊活了下來；他在戰爭尾聲被調了部隊，而在短短幾週內，舊部隊裡那些他一起飛過多少次任務的同袍不是給擊落便是下落不明。他返鄉時只隱約覺得自己不知為何保住了性命，必須做有意義的事，只是他不曉得該做什麼。

首先他得先讀完高中。他成長的小鎮替退役軍人設了一所特別學校，讓他們讀完後繼續升大學，算是國民對參戰軍人的一點心意。而依莎貝兒就是英國語言及文學課的老師，當時她三十歲，已婚，丈夫也是退役軍人，而軍階遠高於她的學生們。她原本是出於愛國情懷教這一年書，打算之後便回歸家庭、專心養兒育女，這些事她也坦然和學生聊過，而學生在底下低聲說，就是有些傢伙特別幸運。

雷伊不喜歡聽別人說這些，因為他已經愛上依莎貝兒。而她也愛上了他，這似乎更令人驚訝得多；除了他倆，所有人都認為這件事荒謬至極。依莎貝兒離了婚——這不僅使她人脈廣闊的家族蒙羞，也令她那位自小就想娶她為妻的丈夫震懾萬分。雷伊則比依莎貝兒輕鬆多了，因為他沒幾個家人，那些親人聽了只說，現在他娶了枝頭鳳凰，他們怕是配不上他，以後不會來高攀。不知他們是否期待雷伊反駁或向他們拍胸脯保證，但總之雷伊沒回應什麼。他想要的他大概說了，那就是展開新生。依莎貝兒說她可以繼續教書，等雷伊讀完大學、找到志向並事業穩定為止。

但計畫趕不上變化。依莎貝兒開始不舒服，起初他們以為只是心理因素，是因為生活劇變，是過度反應，沒什麼。

疼痛緊隨而至，她只要深呼吸就疼，胸骨底下和左肩都痛，但她沒理，還打趣說是上帝因為她的愛情冒險在懲罰她，她說祂呀，上帝呀，是在浪費她的時間，而那時她心裡根本不信神。

她得的病叫心包炎，十分棘手，而這麼一拖更延誤了病情。這病治不好，但她能撐下去，只是很辛苦。她沒辦法再教書，一旦感染病情就會告危，而哪裡比教室更容易感染？因此換成雷伊得養她，他便在格雷布魯斯邊界外的馬佛利鎮接下警察的工作。他能接受這差事，而一段時間後，她也接受了自己半隱居的生活。

他們只對一件事情避而不談。兩人都想著對方介不介意沒辦法生孩子的事。雷伊也想到，依莎貝兒之所以想聽他週六晚上護送的那個女孩的事情，很可能正因為她心中有遺憾。

「太可悲了。」依莎貝兒聽到女孩被禁止看電影的事之後如此說道。雷伊說女孩因為得在家裡幫忙而沒讀高中，依莎貝兒聽了更難過。

「而且你說她很聰明。」

雷伊不記得自己說過。他只說女孩害羞得誇張，每次陪她走回家的路上，他總得絞盡腦汁找話聊。有些他想到的話題根本不能講，好比妳最喜歡哪個科目？她現在哪一科都不能唸了，根本不重要；還有也不能問她成年後想做什麼，因為她已經成年了，看起來應該是，而且工作也定了，無論她喜不喜歡都得做；還有喜不喜歡這個鎮、想不想念以前住的地方——這些也都毫無意義。至於一些基本問題他早問完了，只得到簡短的回答，好比她家中弟妹的名字和年紀。他還問過她有沒有養貓狗，她回答沒有。

但她總算也問了個問題。她問晚上那部片的觀眾在笑什麼。

她不該聽劇情，但他不想提這點，只是他也不記得電影裡哪段好笑，便回答一定是某個愚蠢的情節吧——誰抓得準觀眾會笑哪段呢。他說那些電影他都沒看仔細，畢竟都只看片段，很難掌握劇情。

「劇情。」她重複這個詞。

他解釋這個詞的意思——就是故事。這時開始，他們找到話題了，他也不需要提醒她回家別提起這件事，她自己明白。她請他別說詳細的故事情節——反正他也說不出來，但他解釋，電影裡通常有惡棍和無辜的人，開始的時候惡棍大多靠著犯罪或欺騙無辜的人而混得不錯，而無辜的人經常會唱歌，有時在酒吧（他解釋酒吧就是類似舞廳的地方），有時則莫名其妙在山頂或其他古怪的戶外場景，以維持電影的精采。有些電影是彩色的，而如果時代背景設在過去，還會有華麗的戲服。電影裡有盛裝打扮的演員以誇張的方式殺人，人工淚液從女人臉頰上撲撲落下，還有應該是從動物園帶來的叢林動物給激得露出狠勁，以及被殺的人無論怎麼死，攝影機一停他們就會站起身，活蹦亂跳，無論是前一秒才被槍殺或是頭顱從斷頭臺滾落籃裡。

依莎貝兒說：「你不該說那麼多，要是嚇得她作惡夢怎麼辦。」

雷伊說她會才怪。確實，那女孩給人的感覺是善於理解事情，不容易緊張或困惑，好比她從沒問斷頭臺是什麼，而且似乎對斷頭這件事不怎麼驚訝。雷伊告訴依莎貝兒，那女孩具有某種特質，人家告訴她什麼事，她不會興奮激動或迷惑不已，而會統統吸收進去。雷伊認為她在家人面前不會顯露這一面，並非因為瞧不起或不客氣，只是基本的體貼罷了。

但接下來雷伊說了一句很難過的話，他不曉得自己為何如此心疼。

「總之她的人生沒什麼可期待的了。」

「那我們把她搶走吧。」依莎貝兒說。

雷伊警告妻子，要她別開玩笑。

「妳別亂想。」

耶誕節前夕（儘管天氣還沒冷透），摩根在週間的某晚來到警局，說黎雅失蹤了。那晚黎雅一如往常賣了票關了窗、把錢放在該放的地方，然後就離開返家。電影播完後，摩根自己把該鎖的鎖好，走出戲院後卻遇到一個素昧平生的婦人問他黎雅怎麼了。她正是那母親——黎雅的母親。黎雅父親還在粉廠工作，摩根說她會不會心血來潮跑去粉廠探父親的班，但婦人似乎聽不懂他的意思，他就說他可以陪她去粉廠看看黎雅在不在那兒，而她，那女孩的母親，她竟哭了，求他千萬別這麼做。於是摩根載婦人回家，心想或許黎雅這時已經到家了，可惜沒有，接著他才想到應該通知雷伊。

因為他實在不敢自己告訴黎雅的父親這件事。

雷伊說他們應該馬上去粉廠——或許黎雅真的在那裡。但當然，他們找到黎雅的父親後，根本不見黎雅蹤影，而且他得知妻子未經許可就出門更是怒不可遏。

雷伊問黎雅有沒有朋友，那父親說她一個朋友也沒有，雷伊絲毫不意外。接著雷伊讓摩根回家，自己則跑了一趟黎雅家，黎雅母親果真像摩根描述的一樣瀕臨崩潰邊緣，孩子們則還沒睡，不知是否全醒著。他們個個啞口無聲、渾身顫抖，不是因為恐懼，就是因為家裡出現陌生人使他們感到疑慮，抑或是因為屋裡的寒意：雷伊注意到氣溫愈來愈低，甚至室內也如此，或許那父親連暖氣也禁。

黎雅穿了冬天外套出門──他只問到這件事。他知道那件寬鬆的棕色格子外套，那應該能保暖，至少讓她撐一段時間。自摩根來找他之後，這段期間大雪已然紛飛。

雷伊值班結束，回家把整件事告訴依莎貝兒，然後又出門了；她沒攔他。

一小時後，他無功而返，只帶回另一個消息：今年冬天第一場暴風雪即將來襲，道路恐怕會遭冰封。

隔天早上果真如此。這是馬佛利鎮今年首度遭冰封，只有主要大街還有鏟雪機維持暢通；店家幾乎全暫停營業，黎雅家那區還停電，他們一籌莫展。暴風吹得樹都彎折了腰，彷彿要掃地的模樣。

日班警察想到一件雷伊沒想到的事。那警察參加聯合教會，他知道（或是他妻子知道）黎雅每週替牧師太太熨衣服。日班警察和雷伊一起到牧師公館，想從他們那兒問出黎雅失蹤的原因，但一無所獲。在這一時的希望過後，找到黎雅的機率似乎更渺茫了。

雷伊有點驚訝女孩沒說她有另一份工作，儘管在牧師家做事跟戲院相比，實在也稱不上是跟外在世界有多大的接觸。

下午雷伊設法補眠，也成功睡了大約一小時。晚餐時依莎貝兒試圖聊天，但什麼話題都聊不久，雷伊沒兩句便講回白天去牧師家的事。雷伊說牧師太太很熱心，也算是擔心黎雅的安危，至於他——牧師本人，他的反應實在不像牧師該有的樣子，應門時極不耐煩，像是忙著寫講道稿子之類的事被打了岔。他叫太太出來，太太來了之後還提醒他黎雅是誰——你知道嗎，就那個幫忙燙衣服的女孩子呀？黎雅啊？接著牧師回答希望盡早聽到好消息，然後便急急關門，擋住外頭的狂風。

「嗯，不然他還能做什麼？」依莎貝兒說，「幫忙禱告嗎？」

雷伊說就算那樣也好。

「那只會讓大家覺得難堪，更顯出徒勞無功。」依莎貝兒說。接著她補上一句，說或許這牧師走的是比較新潮的象徵路線，不是那種傳統的牧師角色。

搜索展開了，無畏天候惡劣，開了許多人家的庭院雜物間和一座廢棄多年的馬廄，一處處仔細搜索，看看黎雅是否躲著，最後仍一無所獲。接著地方廣播電臺也接到通知，幫忙播報消息。

雷伊想，如果黎雅是想搭便車離開，或許已經在暴風雪前搭上車，而這不知是幸或不幸。

廣播報導黎雅的身高中等偏矮——但雷伊認為她是中等偏高，另外也說她的髮型是棕色直髮，但雷伊認為是深棕色，幾近全黑。

黎雅的父親並未加入尋人的行列，她的弟弟們也沒有，這是自然，他們年紀比她還小，而且沒父親的允許也不能出家門半步。雷伊又撥時間走到黎雅家一趟，他們只開了條門縫，雷伊自己推門進去，黎雅父親劈頭就說黎雅大概逃家了，現在他沒辦法懲罰她，就交給上帝吧。他沒請雷伊進去暖暖身子，也許他們家仍然沒開暖氣。

隔天中午左右，暴風雪漸歇，鎮上鏟雪機紛紛出動清除路上的雪，公路則有郡政府的鏟雪機負責。有人告訴鏟雪機司機，除雪時要留意雪堆裡有沒有凍僵的屍首。

翌日郵車送來一封信，收信人不是黎雅家人，而是牧師夫婦。寄信的正是黎雅，信裡說她結婚了，新郎是牧師的兒子，他是一個爵士樂團的薩克斯風手，新郎還在信末添上「大驚喜」幾個字。至少謠傳是這麼說的，但依莎貝兒說大家怎麼知道，難道郵局的人會用蒸氣偷拆信不成。

牧師先前不派駐此地，因此這個薩克斯風樂手兒子小時候不住馬佛利鎮，後來也很少來探望父母，多數居民甚至形容不出他的長相，他也從不上教堂。幾年前他帶過一個女人回家，看上去妝化得很濃、穿著講究，據說是他的妻子，但顯然不是。

牧師兒子返家期間，黎雅到牧師家熨過幾次衣服呢？有些人推算出來了，答案是一次。這是雷伊在警局聽到的，八卦謠言在警局最易滋長，跟在三姑六婆之間一樣。

依莎貝兒覺得這整件事是個很棒的故事，這對私奔兒女也沒錯，畢竟暴風雪也不是他們想要的。

而且原來依莎貝兒對這位薩克斯風手還小有認識，兩人在郵局見過一面。那次牧師兒子正好回來，而依莎貝兒則是難得狀況不錯，出得了門。當時她透過郵購訂了張唱片，一直沒收到，牧師兒子問是哪張唱片，依莎貝兒說了，不過她現在已經回想不起來是哪張。當時牧師兒子聽了便說他在玩另一種音樂，而在那之前依莎貝兒已看出他不是鎮上居民，因為他身體湊近她的姿態，也因為他散發的濃濃黃箭口香糖味。他自頭至尾沒提起牧師，但年輕人向依莎貝兒祝好並告別後，旁人說了他的身分。

只是帶點調情口吻，或者是知道自己討人喜歡。還閒扯如果唱片寄到，得邀他去聽。依莎貝兒希望他只是單純說笑。

依莎貝兒揶揄雷伊，說是不是因為他講電影時描述了真實世界的樣貌，才令黎雅有了這念頭呢。

黎雅失蹤期間，雷伊感覺無比孤淒，這心情他沒向旁人吐露，自己也簡直不敢相信，而當然，後來得知實情，他心中如釋重負。

儘管如此，女孩終究不在了，離去的理由不算多稀罕或多壞的事，但她就是走了，而荒謬的是，雷伊竟有些不快，好像女孩應該至少露出一點跡象，讓他曉得她的生活有另外一面。

不久後，黎雅的父母和兄弟姊妹也離開了，而且似乎沒人知道他們搬去哪兒。

牧師退休後和妻子繼續待在鎮上。

他們依然住在原本的房子，大家還是經常稱那裡為牧師公館，儘管已經不是了。其實是新任牧師的年輕妻子不愛那棟牧師公館的某些設計，教會決定不整修原建築，而是直接另建一棟新房子，讓她再沒話說，舊屋則便宜賣給舊牧師夫婦。房子空間夠，他們的樂手兒子帶妻兒回來時也有地方可住。

樂手夫婦先後生了兩個孩子，是對兄妹，出世時報紙還登了他們的名字。他們偶爾會回來，通常只有黎雅帶著回來，他們的父親老是在忙那些舞曲之類的東西，而回來時雷伊和依莎貝兒也從沒遇見過。

依莎貝兒的狀況好多了，幾乎能正常生活，她的廚藝一流，令夫妻倆都增加不少體重，她只得緩緩，至少盡量不煮太精緻的大菜。她還跟鎮上的一些婦女組了經典讀書會，除了某些搞不清楚狀況加入的成員早早退出之外，讀書會成功得不可思議。她們挑戰老但丁的《神曲》時，天堂的麻煩大小事逗得依莎貝兒樂不可支。

但後來依莎貝兒數度暈倒或幾近昏厥，卻不肯去看醫生，雷伊忍不住發脾氣，依莎貝兒便說就是他的性子使她害病。後來依莎貝兒道歉，兩人和好，但她心臟的狀況已嚴重惡化，他們只得雇一位女看護，在雷伊不在時讓她看著依莎貝兒。幸而他們還有點錢——依莎貝兒繼承了一點財產，雷伊也獲得微薄加薪，但雷伊仍選擇繼續上夜班。

一個夏日清晨，雷伊在回家路上跑了郵局一趟，看看能不能領郵件，有時到這個時間點已經準備好，有時則否，而今早還沒好。

就在此時，在明燦的晨光中，黎雅從人行道上朝他迎面走來。她推著嬰兒車，裡頭坐個約莫兩歲的女娃，正用小腳踢著嬰兒車的鐵桿，一旁的男娃則沉穩許多，靜靜抓著母親穿的裙子，又或者那是一件橘色長褲。黎雅上身穿著像是內穿背心的寬鬆白衣裳，髮色看上去比從前更閃亮，而她的笑容——其實雷伊以前從未見過——那笑使雷伊浸潤在喜悅之中。

她看起來簡直和依莎貝兒的新朋友差不多，那些女人大都比依莎貝兒年輕，或是才剛搬來鎮上。當然依莎貝兒也有少數較年長的友人，她們從前也溫良恭儉讓，但倏地投入這個光明的新時代後便揚棄了過去的觀點，說起另一套語言，竭力變得明快直接。

原本雷伊去郵局沒領到雜誌挺失望的。其實現在依莎貝兒已經沒那麼重視那些雜誌，從前雜誌幾乎是她的生命。那些雜誌內容嚴肅、引人深思，詼諧的漫畫則逗得她開懷，就連裡頭的皮草或珠寶廣告也能使她發笑；而雷伊希望雜誌還能喚起她的活力。但這會兒，至少他有話題可聊了。黎雅。

黎雅向他打招呼，她的嗓音完全不同，她假裝訝異他還認得自己，還說那麼多年過去，她幾乎都老囉。她介紹女娃，女娃不肯抬頭，仍在鐵桿上敲著節奏，男孩則凝望遠方，嘴裡唸唸有辭；黎雅逗他，笑他還緊抓著她的衣服不放。

「寶貝，我們已經過完馬路啦。」

男孩名叫大衛，女孩名叫雪莉。雷伊在報上看過，但沒記住，只是有印象他們的名字都很新潮。

黎雅說他們現在和孩子的爺爺奶奶住在一起。

不是回來探望，而是住在一起。他事後才回想起她這句話，但也或許不是這意思。

「我們正要去郵局。」

他說自己才從郵局出來，郵件還沒整理好。

「啊，討厭，我們還想看看爸比有沒有寄信來，對不對呀大衛？」

只見小男孩已經又抓住母親的衣服。

「等他們整理好囉，」黎雅說，「說不定會有信。」

感覺她還不想向雷伊道別，雷伊也是，但已想不到其他話題。

「我要去藥房。」他開口。

「噢，真的啊？」

「替我太太拿藥。」

「啊，希望她沒生病。」

這時他感覺自己彷彿背叛了依莎貝兒，便簡短答道：「沒有，不要緊的。」

現在黎雅望向雷伊背後，用剛剛與他打招呼時的愉悅口吻跟另一個人問好。

那人就是聯合教會的新牧師——新任牧師，太太要求住現代一點的房子的那位。

黎雅問兩人是否相識，他們答是，雙方的語氣都顯出他們並不熟，而且似乎透露著一點本該如此的意思。雷伊注意到對方沒圍牧師領。

牧師或許想起自己該和善些，便開口：「因為我還沒犯過法讓他來抓我呢。」他握握雷伊的手。

「太好了，」黎雅說，「我有問題想請教，正好遇到你。」

「請說。」牧師回答。

「我想問主日學的事。」黎雅說：「我在想，我這兩個小朋友愈來愈大了，不知道什麼時候可以去上主日學，還有需要哪些程序之類的。」

「噢，對。」牧師應道。

雷伊看得出，他是那種不太喜歡自己的角色延伸到公眾場合的牧師，不喜歡一上街就得與人談起這些話題。但牧師盡量壓抑住心中的反感，而能與黎雅這樣容貌的女人說話，他總有一些補償。

「我們可以討論一下，」牧師說，「看妳想約什麼時間吧。」

雷伊說他得走了。

「遇到妳很開心。」他對黎雅說，接著朝牧師點點頭。

他繼續往前走，帶著新得到的兩則消息：她要在鎮上待一段時間，才會安排主日學的事；另外，她沒有徹底摒棄自己在成長過程中被灌輸的宗教觀念。

他期待再遇到她，但並沒有。

到家後，他跟依莎貝兒說黎雅改變多大。她回答：「結果一切都變得滿平凡的嘛。」她似乎有些不耐，或許是因為她一直在等他的咖啡。看護九點才來，而雷伊不准她自己煮咖啡，因為先前她不小心燙傷了自己。

病情在聖誕節前夕每況愈下，還出了幾次大狀況，接著雷伊便請了假，帶著依莎貝兒進城找名醫。依莎貝兒旋即住院，雷伊也住進醫院為外地家屬準備的宿舍。突然間，他無事一身輕，只是每天要花長時間陪依莎貝兒，以及留意她接受各種不同治療的反應。起初他試著聊過去的事，以充滿生氣的話題轉移她的注意力，或者聊他對醫院和其他病人的片段觀察；他幾乎天天出門散步，無論天氣如何，而他會把散步發生的事告訴她，另外也帶報紙唸新聞給她聽。但最後依莎貝兒說：「親愛的，很謝謝你替我做的這些，可是我對這些事已經沒興趣了。」

「什麼叫這些事。」他反駁，但依莎貝兒說：「唉，拜託你。」在那之後，他開始自己讀醫院圖書室裡的書。依莎貝兒開口：「如果我閉上眼睛你也不用擔心，我知道你在這兒。」

這時她已從加護病房轉到新病房一段時間，這裡住的四位女病人狀況都和她差不多，其中一位偶爾會醒來對雷伊嚷嚷：「親親我們啊。」

接著某天他走進病房，發現依莎貝兒的病床上躺著個陌生女人，他一時之間還以為依莎貝兒死了而沒人通知他，但斜對面病床那個健談的病人喊道：「在樓上。」那語氣帶著點歡鬧甚至勝利的意味。

情況就是如此。那天早晨依莎貝兒沒醒來，因此被移到這一樓，似乎院方把病情不可能好轉但還沒死的患者都搬到這裡；他們比前一間病房的病人狀況更糟。

醫院的人對雷伊說：「其實你可以回家了。」他們說，如果病情有變化，他們會再連絡他。

這個建議其實合理，因為第一，他能使用家屬宿舍的時間已經到了，更別提他向馬佛利警局請的假早就額滿，各種條件都指出他應該回家。

最後他卻留在城裡。他在醫院的維護單位找了個差事，負責清潔灑掃，也找到一間附家具的公寓，該有的基本用品都有，同時離醫院不遠。

他回了鎮上一趟，但只待很短時間，一回去便立刻安排賣掉房子和屋裡所有東西。他把賣房的事交給仲介，之後便不插手，也不想向別人解釋任何事。這地方的一切他都不在意了，在這小鎮度過的許多年、經歷的許多事，似乎就這樣默默消逝。

但他回鎮上期間倒聽見一件事，是那聯合教會牧師的醜聞，聽說他逼太太離婚，理由是他自己通姦。與教友通姦已經夠糟糕，但這牧師不但沒溜走、靜待事過境遷，或到窮鄉僻壤服務一些不受眷顧的教區，反而選擇在佈道壇上坦白一切，那程度簡直超越自白；他說一切全是假的，那些他自己也無法完全相信的福音和戒律，還有大部分關於愛與性的佈道。他那些傳統、怯懦、閃避的建議——全是假話，他說如今他是個重獲自由的男人，要自由地告訴眾人，能同時享受心靈與肉體的愉悅是多麼放鬆。而使他領會這一切的人似乎是黎雅。雷伊聽人說，黎雅的樂手丈夫先前曾回來接她，但她不肯跟他走，樂手說就是因為牧師。但他——那樂手，是個酒鬼，因此大家不知道該不該信他，而他母親是信了，因為她把黎雅趕出家門，不過把孫子孫女留在身邊。

對雷伊而言，這一切都是令人作嘔的閒話：通姦、酗酒、醜聞——究竟誰對誰錯？又有誰真的在意？那女孩長大後也學會沾沾自喜和爭東奪西了，和其他人一樣。時光徒逝，人生徒勞，人人擠破頭找刺激，毫不留意真正重要的事物。

當然，在他還能和依莎貝兒說話的時候，一切都不一樣。並不是依莎貝兒會跟他一起追尋答案——甚至她還會讓他覺得自己想得不夠深，最後笑起來。

他和同事處得不錯。他們問過他想不想加入保齡球隊，他說謝謝，可惜他沒時間。其實他有大把大把的時間，但他想拿來陪依莎貝兒。留意各種改變、各種解釋，不放過半點機會。

先前護士說「太太，來」或「好，小姐，來囉」的時候，他還會提醒他們：「她叫作依莎貝兒。」

後來他也習慣聽他們那樣喚她了。所以改變還是有的，如果依莎貝兒沒變，至少他自己變了。

有好一段時間，他天天去看她。

後來變成隔天看一次。再後來，變成隔週看一次。

四年了。他想這應該快破紀錄了，也問過照顧她的人是否如此，他們回答：「呃，快了。」他們對所有事都這樣含糊其詞。

他先前一直認為依莎貝兒還能思考，後來也不再這麼想。他不再等待她睜眼醒來。他只是沒法離開，扔她一個人在那兒。

她從一個骨瘦如柴的女人變成——不，不是孩童，而是一堆不雅觀、雜七雜八的骨頭，上面接著小鳥似的頭顱，呼吸飄忽，每分每秒都可能死去。

醫院旁緊連著幾個復健和運動專用的大型空間，他每次看到都是清空狀態：設備收了，燈也熄了。但某天晚上離開醫院時，他因著某原因走了不同的路線，注意到復健中心有盞燈還亮著。

他走過去一看，發現裡頭還有人，是個女的。女人跨在吹飽氣的瑜伽球上，純粹休息，也或許在想接下來該做什麼。

那女人正是黎雅。他原本沒認出，又看一眼才發現是她。或許如果他早點看出來便不會走進去，但這時他為了進去關燈，已經走到半路。她看見他。

她滑下球。她穿著專用的運動服，而身上顯然添了不少肉。

「我就想說哪天會遇到你。」她說：「依莎貝兒還好嗎？」

聽黎雅直接叫依莎貝兒的名字，甚至只是聽到她說起她，彷彿她倆認識似的，雷伊都感到有些訝異。

他簡短說了依莎貝兒的狀況。現在這種狀況，想多講幾句也難。

「那你還會跟她說話嗎？」黎雅問。

「不太說了。」

「啊，你應該跟她說話的，不可以放棄跟他們說話。」

她怎麼會以為自己什麼都懂？

「你看到我不意外吧？你應該也聽說了？」她問。

他不知該如何回答。

「呃。」他應道。

「我滿久以前就聽說你在這裡，所以以為你知道我也來這兒了。」

他回答不知道。

「我負責娛樂工作，」她說，「服務癌症病人啦，就有些病人想的話。」

他說這概念似乎挺好的。

「很好啊，對我來說也是。我現在還可以，但有時候會感覺特別亂；我是說像晚餐的時候，心裡感覺特別怪。」

她發現他一副聽不懂的樣子，便準備——或許是急著要向他娓娓道來。

「我說的是小孩不在身邊。你不知道我孩子歸爸爸了嗎？」

「不知道。」他回答。

「喔，呃，因為他們認為他媽可以照顧小孩。他是在參加戒酒互助會那些，但要不是有他媽，小孩子不可能判給他。」

她吸了吸鼻子，以幾乎不怎麼在意的姿態抹掉眼淚。

「你不用在意，其實沒這麼糟，我哭都是不知不覺的；其實你偶爾哭哭也不錯，別照三餐哭就好。」

在戒酒的該是那個玩薩克斯風的前夫；但牧師呢，還有他們發生了什麼事？

她彷彿聽見他腦中問題似的，接著便說：「喔，還有，卡爾……那件事鬧得滿城風雨對吧？我那時根本腦子壞了。

「卡爾再婚了，」她繼續說，「那樣讓他感覺好得多，我的意思是他這樣才算從對我的感覺中解脫。這件事真的滿好笑，他後來娶了個牧師，你知道吧，現在女人也可以當牧師？那女的就是牧師，所以卡爾現在自己變成牧師賢內助了，我覺得真夠好笑。」

眼睛乾了，臉上笑著。他知道接下來還有些什麼，但他猜不著。

「你在這裡有段時間了吧，自己住嗎？」

「對。」

「你都自己弄晚餐嗎？」

他說是。

「我可以偶爾去替你做菜，你看怎麼樣？」

她的眼神亮了起來，盯著他瞧。

他說或許吧，但老實說他家很小，只夠一個人走動。

接著他說他好幾天沒去探望依莎貝兒了，現在該去一下。

黎雅稍稍點頭算是回應，並未露出受傷或洩氣的樣子。

「之後聊吧。」

「嗯，之後聊。」

醫院的人忙著找他。依莎貝兒終於走了。他們用「走」這個字，彷彿她是站起身走掉一般。一小時前醫院的人去檢查時她的狀況還一如往常，如今卻走了。

他常想，這樣走和沒走究竟有什麼區別呢。

但她留下的空蕩卻如排山倒海。

他望著護士，驚訝不已。護士以為他想問接下來該做什麼，便開始告訴他。餵給他資訊。他聽得懂她在說些什麼，但思緒依然飄忽，無法凝神。

他以為與依莎貝兒共度的人生已逝去許久，但其實並不。現在才真正結束了。

她曾經存在，而現在不在了，一點不剩，彷彿從未出現。而所有人奔忙著，彷彿做些理智的安排便能克服這椿殘忍的事實。他也循著規矩，別人要他在哪兒簽名他就簽，照他們說的——處理遺骸。

這個詞用得多好——「遺骸」。彷彿那是一件擱在壁櫥裡、陰乾成一片片煤黑渣屑的東西。

不久他回過神時，發現自己已經走出那地方，佯裝著和其他人一樣，有尋常又充分的理由可以繼續往前邁進。

然而他背負在身上的，他唯一僅有的，是一種短缺的感覺，像少了空氣，像肺部失去功能。他想這個殘缺將一輩子跟著他。

那個與他說話的女孩，那個他曾認識的女孩——她提到她的孩子，她失去的兒女。

她逐漸習慣失去，那成為只有在晚餐時間才要面對的問題。

或許可以稱她是一位失去的行家吧——相較之下，他自己只是這領域的新手。而現在他甚至記不得她叫什麼名字。他失去了她的名字，儘管曾銘刻心田。失去，失去了。這是他身上的一個大玩笑，若你想要一個的話。

他獨自邁開步伐，剎那間想起了。

黎雅。

記得她，這是多麼天大的慰藉。

（汪芃　譯）

採礫場

那時我們住在一座採礫場旁。那採礫場不大，是巨型機械挖成的小坑，多年前該讓某個農夫發了點財；事實上，這個礫石坑淺得讓人以為是要作其他用途——好比地基，只是上頭的房屋始終沒蓋成。

老愛說起那座採礫場的人是我媽。「我們住在加油站那條路附近，就旁邊有一座舊採礫場那兒。」她總向人這麼介紹，邊說邊笑，因為她很開心能擺脫房子、大街——以及丈夫那類的事，這些都隨著她從前的生活一起拋到腦後。

以前的生活我幾乎記不得。應該說有些部分我記得很清楚，但某些連結斷了，沒辦法拼湊出完整的面貌。我對鎮上舊家唯一留存的記憶，就是我房間裡的泰迪熊壁紙。而在新家——其實是一輛拖車，我和姊姊卡洛各有一張窄窄的小床，是上下鋪。剛搬來時，卡洛老跟我說起舊家，就是想讓我記得點點滴滴，都是在我們上床睡覺的時候，而說到最後通常是我記不得了，她就會生氣。有時候我其實好像記得，但有時是故意作對，有時是怕記錯；反正我會假裝自己忘記。

我們搬到拖車時是夏天，我們的狗「閃電」也一起搬來。當時媽媽說：「閃電很喜歡這裡呢。」她說得沒錯。即便從前有寬廣的草坪和大房子，但從小鎮街道換到開闊鄉間，哪隻狗不愛呢？閃電開始會對經過的每輛車吠，好像這條路是她管的，不時還會捕一些松鼠或土撥鼠帶回家。起初卡洛很難過，尼爾就會跟她聊，解釋這是狗的天性，以及生命鏈的道理，動物彼此互吃是很自然的事。

卡洛會爭辯：「她已經有狗食啦。」但尼爾說：「那如果她沒有呢？要是哪天我們都消失了，她得自食其力呢？」

「我不會，我才不會消失，我會一直照顧她。」卡洛說。

「是嗎？」尼爾回嘴，這時媽媽就插嘴轉移話題。尼爾動不動就講起美國和原子彈的事，媽媽覺得還不該跟我們說那些。但她不曉得其實每次尼爾講到這個話題，我都以為他說的是「原子蛋」；我知道我可能誤會了，但就不想問，免得又被笑。

尼爾是演員。鎮上有個專業的夏季劇場，當時這才正開始風行，有人很熱中，也有人很擔心，怕會引來一堆不務正業的人。當時我爸媽是贊同的那派，媽媽尤其主動，因為她時間多。爸爸是保險員，常得出差，媽媽則忙著幫劇場辦各種募款活動，還當帶位志工。那時她滿年輕貌美，看上去和演員差不多。她開始打扮得像演員，圍起披巾、穿起長裙、戴起晃來晃去的長項鍊，頭髮散著不綁，也不再化妝。當然，我那時還沒法理解甚至注意到媽媽這些改變，媽媽就是媽媽嘛，但卡洛無疑注意到了，爸爸也是。雖然就我對他個性和他對媽媽的愛的了解，我想他看到媽媽那自由奔放的美，看到她和劇場的人變得那麼像，他一定是以她為榮的。後來爸爸談起那段歲月時，他說他一直很支持藝術。我可以想像如果爸爸曾在媽媽那些劇場朋友面前說這種話，媽媽想必尷尬極了，她一定會邊做怪表情邊大笑，掩飾她的難堪。

嗯，然後事情就發生了，這件事不難預測，或許也有人預測到了，但不是我爸。我不曉得其他志工有沒有發生相同的事。雖然我不記得，但我知道爸爸當時哭了，而且一整天都在家裡緊跟著我媽，不肯讓她離開視線，也不信她說的話。而媽媽不但沒安慰他，還說了更令他心碎的話。

她告訴他，肚裡的孩子是尼爾的。

真的嗎？

真的。她有記錄。

那現在要怎麼辦？

爸爸不再哭了，他得回去上班。媽媽收拾了東西，帶我們去鄉下和尼爾住，住在一輛他找到的拖車裡。後來媽媽說她其實也哭過，但她也說她感覺自己活了過來，或許是人生中第一次有真正活著的感覺。她覺得自己得到一次將人生重新來過的機會。她拋下了她的餐具、瓷器、布置家裡的計畫、她的花園，甚至是她書櫃裡的書——她不讀書了，她要直接感受生活。她的衣服留在衣櫥裡，高跟鞋留在鞋架上，鑽戒和婚戒留在化妝臺上，絲質睡袍留在抽屜裡。她打算只要天氣夠暖，想在鄉下偶爾裸體一下。

但這個計畫不成功，因為後來她真的裸體走來走去的時候，卡洛跑去躲在自己床上，甚至連尼爾也說他不怎麼喜歡這個點了。

那他是怎麼看待這一切的呢？尼爾。他的哲學——他後來是這麼說的，他的人生哲學就是欣然面對所有發生的事，一切都是上天恩賜，生活就是施與受。

我不怎麼信任說這種話的人，但我大概也沒權利懷疑他們。

尼爾不算真的演員，他說他開始演戲只是想實驗，想了解自己。在大學時期，在他輟學之前，他曾演出《伊底帕斯王》的唱隊一員，他說他滿喜歡的——那種奉獻、融入群體的感覺。後來某天他在多倫多街上遇到一位要去應徵暑期工作的朋友，那人要去一個新成立的小鎮劇團試鏡，尼爾當時沒事就跟著去了，結果竟然擊敗所有人，拿到那份工作。他要飾演的是《馬克白》裡的班戈；有些戲會讓班戈的鬼魂現身，有的不會，而這個劇團想要的是看得見的班戈。尼爾的身材適合，非常剛好。於是他就演了一個看得見摸得著的鬼。

況且他本來就想到我們的鎮上過冬。而後來我媽才變出這個大驚喜。尼爾之前就發現這輛拖車了，他以前做過一點木工，所以可以接劇場的裝潢活兒，這工作能讓他做到春天，這差不多是他願意做打算的極限。

甚至卡洛也不必轉學。採礫場旁邊有一條平行的短巷，校車會停在巷口接她。她是得跟鄉間孩子交朋友，可能還得跟前一年她在鎮上交的朋友解釋一下。不知道她會不會覺得有什麼困難，但至少我沒聽說。

閃電每天都在路邊等卡洛放學。

我沒去上幼稚園，因為媽媽沒車載我去，但我倒不覺得沒其他小朋友怎麼樣，卡洛放學可以陪我，這樣就夠了，還有媽媽也經常有玩耍的興致。那年冬天一開始下雪，她就和我堆了個雪人，然後說：「要不要叫他『尼爾』呀？」我說可以啊，我們就拿一堆東西黏在雪人身上，把雪人弄得很滑稽。然後我們說好我要在尼爾開車回來時跑出去說，是尼爾，是尼爾，是尼爾！然後朝著雪人指。後來我真的那樣做，但尼爾氣沖沖下車大吼，說如果他撞到我怎麼辦。

尼爾表現得像爸爸的次數數都數得出，那是其中一次。

冬季白天短，照理說我應該不習慣——在小鎮的時候，天一黑燈就亮了。但小孩子適應改變的能力很強。有時我會想，我們的另一個家不知怎麼了，不是想念，也不是想回去住——就只是想知道那個家跑到哪兒去了。

媽媽和尼爾的快樂時光會延續到晚上。我晚上醒來想尿尿的時候就喊媽媽，她總是笑笑地來，但會晚個幾分鐘，身上圍著一塊布或圍巾什麼的，還會散發一股味道，令我聯想到燭光、音樂，還有愛。

也發生過讓人不安的事，但當時我沒努力理解來龍去脈。我們的狗狗閃電不算大隻，但也沒小到可以讓卡洛塞進外套裡，我到現在還不知道她怎麼辦到的，而且不只一次。她前後兩次把閃電藏到外套裡帶上校車，然後沒直接進學校，而是把閃電帶回我們鎮上的舊家，那裡離學校不到一條街。然後我爸就發現了閃電，在防風門廊上，那裡沒鎖，是爸爸回家準備獨自一人吃午餐時發現的。後來大人都很驚訝卡洛竟有辦法自己回去，就像故事裡自己回家的狗狗。閃電不見後，卡洛的反應最激烈，還說她整個早上都沒看到狗。但後來她犯了一個錯，那就是故技重施，大約在一週後，而這回雖然校車和學校的人都沒注意到，但媽媽已經對她起了疑心。

我不記得是不是爸爸把閃電帶回來的。我無法想像爸爸出現在拖車裡面或是門口，甚至是外面馬路上的景象。或許是尼爾去鎮上的舊家把閃電接回來，然而那光景也很難想像。

不知道我會不會說得讓人以為卡洛很不開心、隨時都在盤算著什麼，其實不是這樣。沒錯，晚上睡覺時她會硬跟我聊從前的事，但她也不是無時無刻都那麼苦情。她的天性其實並不陰沉。她太想給人留下好印象了。她喜歡別人喜歡她；到任何地方都喜歡炒熱氣氛，帶給人幾近歡樂的感受。她比我在意這種事。

如今我回想發現，卡洛其實最像媽媽。

當時大人一定試著問過卡洛對閃電做的事。我好像還記得一部分。

「只是因為好玩而已。」

「妳想搬去跟爸爸住嗎？」

我相信他們問了這個問題，而且我相信卡洛回答不想。

而我什麼也沒問。我不覺得她做的事奇怪。或許因為當弟弟妹妹的都是這樣吧——哥哥姊姊們不知為什麼就是很厲害，他們做什麼事都不奇怪。

我們的郵件都投在一個馬口鐵罐裡，就掛在路口的竿子上。除非風雨特別大，否則我和媽媽每天都會走到那兒看看有沒有東西可收；都在我午睡後去，有時整天就出門這麼一趟。每天早上我們就看兒童節目——或是媽媽看書，我看電視（她只放棄讀書很短一段時間。）中午我們煮罐頭濃湯當午餐，然後我去午睡，媽媽繼續看書。當時她肚子已經滿大了，寶寶會在裡面動來動去，我可以摸得到。寶寶的名字要叫布蘭迪——已經決定了，不管男生女生都叫這個名字。

有天我們走在那條路上，準備去收郵件，幾乎快走到了，但媽媽突然停下腳步，站住不動。

「不要出聲。」她對我說，但我那時候根本沒說話，甚至沒像平常用靴子撥地上的雪玩。

「我沒出聲啊。」我說。

「噓，回頭。」

「我們還沒拿信耶。」

「沒關係，走就對了。」

接著我才發現閃電不見了，她平常都跟我們一起走，緊跟在我們前後；而這時路口站著另一條狗，就在距離郵筒幾步路的地方。

我們到家，閃電已經在那兒等著，我們把閃電帶進去，然後媽媽立刻打電話到劇團，但沒人接。接著她打電話到學校，請人通知校車司機把卡洛載到拖車門口。結果司機沒辦法把車開進來，因為尼爾上次鏟雪後又積了雪；不過司機看著卡洛走到家門口才離開。那時已經不見狼的身影。

尼爾覺得根本沒有狼。他說就算有，也不會對我們造成什麼危險，狼八成冬眠得很虛弱。

卡洛說狼才不會冬眠。「我們在學校學過。」

媽媽要尼爾去弄把槍。

尼爾低聲說：「妳覺得我真的會去弄一把槍，他媽的射一隻可憐的母狼嗎？搞不好牠有一窩小狼在草叢裡，牠也只是想保護小孩，跟妳一樣。」

卡洛說：「是兩隻小狼。狼一胎只生兩隻。」

「好啦，我在跟妳媽說話。」

「誰知道，」媽媽說，「誰知道牠是不是想要找食物給小狼之類的。」

我從沒想過媽媽會這樣對尼爾說話。

尼爾說：「好，放輕鬆，我們再考慮一下吧。槍很可怕，如果我弄了一把槍，那接下來我會說什麼？越戰沒關係嗎？我也想打越戰嗎？」

「你又不是美國人。」

「妳不要激怒我。」

他們的對話差不多就是這樣。最後尼爾沒去買槍。我們也沒再見過那隻狼——假設那真的是狼的話。我覺得媽媽後來就不肯去收信了，但也可能是肚子大得不舒服，沒辦法去。

雪神奇地變小了。樹仍然光禿禿的，沒有葉子。媽媽早上都要卡洛穿外套，但卡洛每天放學回家都把外套拖在後面。

媽媽說她懷的一定是雙胞胎，但醫生說不是。

「太好了太好了。」尼爾聽到雙胞胎這件事開心得很。「醫生又知道什麼。」

採礫場裡積滿融雪和雨水，卡洛去趕校車時都得繞著邊緣走。那個坑成了個小池塘，靜止不動，在清朗的天空下閃耀著光芒。卡洛問我們能不能進去玩水，雖然她不抱什麼希望。

媽媽說別開玩笑了。「那大概有二十呎深吧。」她說。

尼爾說：「可能十呎吧。」

卡洛說：「邊邊又不會那麼深。」

媽媽說就是那麼深。「那邊邊很陡，」她說，「那又不是海灘，幹，不准妳靠近。」

媽媽現在經常把「幹」掛在嘴邊，似乎比尼爾還常說，而且說的語氣也比他激動。

她問尼爾：「我們要不要讓閃電也離池子遠一點？」

尼爾說不要緊。「狗會游泳啊。」

這天是星期六。卡洛跟我一起看「好心眼巨人」，可是她下了一些很掃興的評論。尼爾躺在沙發上，那張沙發攤開就是他和媽媽的床鋪。他在抽他那種菸，那種菸在工作的地方不能抽，所以只能在週末享受。有時候卡洛會煩他，吵著要抽一根試試。有一次他真的讓卡洛抽了，但叫她不能告訴媽媽。

不過我也在場，所以後來我告狀了。

氣氛變得有點緊繃，但還沒到吵架的程度。

「你知道他可以馬上把孩子帶離開這裡，」媽媽說：「沒有下次了。」

「沒有下次了，」尼爾愉快地說，「那如果是他餵她們吃那種垃圾米穀片呢？」

剛開始我們根本沒機會跟爸爸見面。後來聖誕節過後，他們決議出禮拜六見面的計畫。每次回來後，媽媽都會問我們開不開心，我都說開心——我是真的這麼覺得，因為我認為像看電影、去休倫湖玩或上餐館吃飯這些事當然算是開心囉。卡洛也會說開心，但她的語氣流露出這干媽媽什麼事的意味。接著爸爸去古巴度假過冬（媽媽說起這件事時有點驚訝，甚至還有點讚許的味道）；結果爸爸得了某種流行性感冒，一直沒好，我們就暫停回去了；本來春天就要恢復，但到現在都還沒。

電視被關掉後，媽媽叫我和卡洛出去四處跑跑、呼吸點新鮮空氣。我們帶著狗去。

我們到外頭後第一件事就是鬆開圍巾，讓圍巾垂下來；剛剛媽媽把圍巾緊緊裹在我們脖子上（雖然我們那時候沒把這兩件事聯想在一起，但其實媽媽愈到懷孕後期，就愈變回從前的普通媽媽，至少是像我們根本不需要還硬幫我們圍圍巾、以及三餐正常這些事；她也不再像秋天時成天鼓吹一些原始的生活方式。）卡洛問我想做什麼，我說不知道。她這樣問其實只是一種形式，而我這樣回答則是實話。總之我們就跟著狗走。閃電的計畫是去採礫場看看。風把坑裡的水打出小小的浪，我們很快就覺得冷了，於是把圍巾重新圍好。

從拖車上看不到我們，所以我們就在水邊閒晃。我不知道過了多久，但一陣子後，卡洛命令我做一件事。

她叫我回拖車，跟尼爾和媽媽說一件事。

說狗狗掉到水裡了。

說狗掉到水裡，卡洛擔心狗淹死了。

妳說閃電淹水了嗎。

不是，是淹死了。

可是閃電又沒在水裡面。

她可能掉進水裡呀，我也可能跳下去救她呀。

我相信除了那些她沒有、妳沒有、可能但是又沒有之類的句子，我還辯了一些其他話，還有我也記得尼爾說過狗不會淹死。

卡洛叫我乖乖照做就對了。

為什麼？

或許我問了為什麼，也或許只是站在那兒沒聽她的話，正設法想其他話跟她辯。

我腦中能想起她抱起閃電往水裡扔的模樣，而閃電努力想抓住她的外套；然後卡洛往後退，後退然後往水邊衝，跑呀跳的，接著便倏地衝進水裡；但我記不得她和閃電先後跳進水裡所激起的水聲，記不得有一丁點或很大的聲響；或許我那時已經回頭往拖車走了——一定是這樣。

後來夢到這件事時，夢裡我總是用跑的，而且不是跑向拖車，而是跑向採礫坑。我能看到閃電在掙扎，而卡洛朝閃電游去，以堅定的泳姿，游過去救她。我看見她的淺棕格紋外套、她的格子圍巾，她一臉勝利的驕傲表情，還有她紅紅的頭髮，沾濕的鬈髮末端呈現深色。我只要在一旁看著，開開心心的——畢竟沒有人期待我做些什麼。

但事實上我那時真正做的事是往拖車方向的小坡爬，而且爬上去後我就在那兒坐著，彷彿那裡是個門廊或長椅似的，儘管我們的拖車根本沒這些東西。我就那樣坐著，等著看接下來發生的事。

我知道這些，因為這就是真實發生的事。但我不知道自己當時心裡有什麼打算，或腦中有什麼念頭。或許我在等吧，等著看卡洛或狗狗接下來上演的戲碼。

我不知道我是否在那裡坐了五分鐘。或更久？或更短？當時沒有太冷。

後來我針對這件事去找過一次專業協助，對方說服我——我有段時間真相信她的說法，那就是當時我一定想要開拖車的門，只是門上鎖了。因為我媽和尼爾在親熱，怕被打擾，所以把門鎖上，而我不敢敲門，怕他們生氣。諮商師很滿意給我的這個結論，我自己也滿意，至少有一段時間是如此。但後來我又覺得那不是實情：我認為他們不可能鎖門，因為我知道有一次他們就沒鎖，卡洛闖進去，他們看到卡洛臉上的表情還笑了。

也許我記得尼爾說過狗不可能淹死，這代表卡洛根本沒必要下水救閃電，所以她這個遊戲根本玩不起來。那麼多的遊戲啊，我和卡洛。

那時我以為她會游泳嗎？九歲，或許很多孩子已經會游泳了，而其實她那年夏天上過一堂游泳課，但後來我們搬到拖車，她的游泳課就停了。她或許以為自己沒問題，而我可能也以為卡洛想做什麼都能成功。

諮商師從沒說我可能厭倦了聽從卡洛的命令，我自己也想過這個可能，只是似乎說不通。如果我當時年紀大一點或許可能，但那時的我還很樂意活在姊姊的世界裡。

我在那裡坐了多久？應該沒多久，而我也可能沒去敲門。過一會兒，一、兩分鐘，總之後來媽媽開了門，毫無原因。一個不祥的預感。

接著我就進拖車了。媽媽喊著尼爾，設法讓他聽懂發生什麼事。他站起來，站在那兒對她說話，手摸著她，以溫和、溫柔、安慰的姿態；但媽媽根本不想要那些，她從他身邊抽開，衝出門去。尼爾搖搖頭，低頭盯著自己的赤腳：那些大大的、顯得笨拙的腳趾頭。

印象中他對我說了一、兩句話，憂傷的嗓音起伏如歌。十分奇異。

此外我就不記得其他細節了。

媽媽沒跳進水裡。她不是因為驚嚇過度而分娩的。我弟弟布蘭特大約到喪禮的一週或十天後才出生，待滿了足月。我不曉得媽媽待產前去了哪裡，那種狀況下，或許是住院，盡量控制在鎮靜狀態吧。

喪禮那天的事我記得滿清楚。一個令人感覺很舒服自在的陌生阿姨帶我去探險，她的名字叫喬希。我們去玩了一些鞦韆，還有一個大得可以讓我進去玩的娃娃屋。我們還吃了我最喜歡的食物當午餐，但又沒多到會讓我生病。後來喬希成了我很熟的人；她是我爸在古巴認識的朋友，我爸媽離婚後，她成了我的繼母，爸爸的第二個太太。

媽媽漸漸好起來，她不得不。她還有布蘭特要照顧，大部分時間，我也需要照顧。印象中我搬去跟爸爸和喬希住了一陣子，等媽媽在新房子安頓好；她計畫下半輩子都要住那棟房子。我記得我搬過去住時，布蘭特已經大到可以坐嬰兒椅了。

媽媽回到劇團做之前的工作。起初或許跟以前一樣，是帶位志工，但我上學時她已經開始真正的工作，有薪水的，一年到頭都得去，是營運經理。劇團存活下來，歷經幾番波折，如今依舊健在。

尼爾不信喪禮那套，所以沒參加卡洛的喪禮。他也從沒見過布蘭特。我很後來才知道，他曾寫了封信，說既然他無意當父親，最好一開始就退出。我從沒跟布蘭特提過尼爾，一是因為我覺得媽媽會不高興，二是因為布蘭特實在不像他——不像尼爾，而且其實跟我爸像多了，令我真的懷疑布蘭特到底是誰的孩子。我爸之前從沒談過這件事，之後也不會。他對布蘭特的態度就像對我一樣，不過話說回來，他本來就是這種人。

他和喬希一直沒生孩子，而我覺得他們好像不怎麼在意。喬希是唯一會談起卡洛的人，而就連她也不常提。但她倒是說過這事爸爸並不怪媽媽，爸爸也說過，當媽媽希望人生中多點刺激時，他想必像個老古板；他需要一件事把他搖醒，而他也得到了，沒必要感到抱歉。要不是他被搖醒，也不可能遇到喬希，他們兩個現在也不可能這麼幸福。

「你在說哪兩個？」我問，只是想跟他亂扯。然而爸爸堅定地說：「喬希啊，當然是喬希。」

媽媽不願想起那段過去，我也不想勾起她那些回憶。我知道她曾經開車去我們先前住的那條路——那裡改變很大，貧瘠的土地上建了不少現在那種新潮的房屋。媽媽提起時，流露出她對這類房屋的些許輕蔑。我自己也回去看過那條路，但沒向任何人說起；我認為這幾年盛行的什麼家人之間掏心掏肺、開誠布公，那根本不對。

連原本的採礫場上也蓋了一棟房子，地都填平了。

我的女朋友名叫如珊，她年紀比我小，但我覺得她似乎比我有智慧，至少她對揭開我心中陰霾的態度比我樂觀。要不是她要求我，我永遠不可能連絡尼爾。當然，有很長一段時間我根本不想也沒辦法聯繫他。後來是尼爾寫信給我。他說他在《西部校友公報》上看到我的照片，決定寄封簡短的祝賀信。我不曉得他為何會看校友公報。當時我獲得一個學術獎，在這個狹隘的領域中算是榮譽，而在這個領域之外根本不重要。

尼爾住的地方離我教書的學校頂多五十哩，那所學校也是我的大學母校。我心想我讀大學時他是否就住在那裡。多近啊。他後來成了學者嗎？

我原本根本不想回覆，但告訴如珊後，她叫我考慮回信。結果我寄了封電子郵件給他，我們就約了。我和他約在他鎮上的大學自助餐廳，感覺環境比較安全，而且我暗自盤算，如果到時他看起來太淒慘（我也不確定自己對淒慘的定義），我可以直接走掉。

尼爾看起來比從前矮，童年回憶中的大人通常都是這樣。他的頭髮稀疏，理得只剩薄薄一層。他替我點了一杯茶，自己喝的也是茶。

他現在做什麼工作呢？

他說他輔導學生準備考試，也指導他們寫報告，老實說有時也幫他們寫；當然，都是收費的。

「反正這工作不可能變成有錢人啦。」

他住在垃圾場，或該說是看起來比較體面的那種垃圾場。他滿喜歡那裡的。穿的衣服就去「救世軍」慈善機構找，也還行。

「符合我的原則。」

聽了這些，我沒恭喜他什麼，但老實說，我也不認為他期待我欣賞他的生活方式。

「反正，我想妳不是要來了解我的生活的，我想妳是想知道當年發生的事。」

我不知該說什麼。

「那時候我吸麻吸得恍神了，」他說，「再說，我根本不會游泳。我小時候家裡附近沒什麼游泳池，我去了也會溺死。妳是想知道這些嗎？」

我說我腦裡想的不是他。

然後我就問了；他是我第三個問這問題的人。「你覺得卡洛那時候在想什麼？」諮商師說我們猜不到的：「可能她自己也不知道想要什麼。要大家注意她嗎？我不認為她是故意溺水；或許是想讓大家注意到她心裡多難受？」

如姍則說：「想讓妳媽聽她的話嗎？讓她腦袋清楚一點、跟妳爸復合嗎？」

而尼爾開口：「不重要啊，可能她以為她會打水，可能她不知道冬天衣服有多重，也可能因為那時沒人可以幫她。」

他對我說：「別浪費時間了，妳該不會認為要是妳快點去找人就好了吧？不會把錯攬在自己身上吧？」

我說他說的這些我都想過，但現在不這麼想了。

「重點就是要快樂。」他說：「無論如何就是要快樂。試試看，妳行的，會漸入佳境。這跟妳的遭遇無關。努力快樂很棒的，就接受一切，悲劇便會消失，或至少淡去。妳可以就這樣，在這個世界上輕鬆自在。」

好了，再見吧。

我懂他的意思，我確實該這麼做。但在我腦海中，卡洛仍持續朝水邊奔去、一躍而下，以一種宛若勝利的姿態，而我仍被困著，等待她告訴我為什麼，等待水花飛濺。

（汪芃　譯）

天堂

這全是七〇年代的事，不過在那個鎮及其他類似的小鎮上，七〇年代不是我們如今想的樣子，甚至跟我當年在溫哥華所知的也不一樣。男生的頭髮比之前長，但沒有拖到背後，解放或挑釁的氛圍似乎也沒有特別濃厚。

姨丈拿謝恩禱告的問題纏我。問我怎麼沒做飯前禱告。當時我十三歲，那一年我父母親去了非洲，所以我跟姨丈、阿姨同住。在那之前，我沒有對著盛在盤子上的食物低過頭。

「願神祝福我們食用的食物以及我們對神的服事。」賈斯博姨丈說，我將叉子舉在半空中，忍著不咀嚼已經送進嘴裡的肉和馬鈴薯。

「妳很驚訝嗎？」他在講完「奉耶穌之名。阿門」後說。他想知道我父母是不是採用不同的謝恩禱告，比方在飯後。

「他們不禱告的。」我告訴他。

「他們真的都不禱告？」他說，裝出虛假的驚訝語氣。「妳不是講真的吧？不做謝恩禱告的人，竟然會去非洲教化異教徒——不可思議！」

我父母是去迦納的學校教書，好像沒遇到任何異教徒。基督教在他們周遭欣欣向榮到煩人的地步，連在巴士後面的標語都淪陷了。

「他們信的是神體一位教派[1]。」我說，不知何故將自己排除在外。

賈斯博姨丈搖著頭，請我細說分明。他們不信奉摩西的神嗎？不信亞伯拉罕的神嗎？他們一定是猶太教徒啊[2]。不是嗎？總不會是穆罕默德的追隨者吧[3]？

「基本上，對神的想法因人而異。」我說，堅定的語氣可能令他意外。我有兩個在大學唸書的哥哥，看來，他們不會加入神體一位教派，所以在晚餐桌上對宗教——及無神論——的激烈討論，我已經見怪不怪。

「但他們相信善工[4]跟活出美好的生命。」我又說。

我錯了。不單單是姨丈的臉孔浮現懷疑的神情——挑起的眉毛、驚奇地點頭——連我自己都覺得剛出口的話既陌生又傲慢，不能服人。

我不贊同父母的非洲之行。我反對他們把我遺棄在阿姨和姨丈家——這是我的說法。搞不好，我還曾經親口對長久以來吃盡苦頭的父母說，他們的善工全是垃圾。在我們家，誰都可以自由吐露心聲。其實我覺得，父母他們應該絕不會說什麼「善工」或「行善」。

姨丈滿意了，暫時放下話題。他說我們不能繼續聊，因為他也得在一點鐘返回診所，履行他的善工。

大概這個時候，阿姨拿起叉子用餐。她會等到騷亂平息才開動。這可能是她的習慣，而不是被我的直白嚇到不敢吃。她總是按兵不動，直到確定我姨丈把想說的話都說完為止。即使我直接對著她講話，她也會觀望一下，看他會不會回答。她的話總是充滿喜悅，當她知道可以笑了，便立刻展露笑容，所以很難把她看成受到壓迫的人。也很難想像她是我母親的妹妹，因為她的外貌比我母親年輕、清爽、整潔很多，況且她的笑容那麼燦爛。

---

1 Unitarians，認為神只有一位，否認三位一體。

2 在猶太教中，摩西和亞伯拉罕是聽命於唯一真神的先知。

3 穆罕默德是伊斯蘭教的創始人，認為基督宗教的三位一體論是錯誤的，只信奉唯一的真神。

4 good works，在基督信仰中，指助人、施捨、祈禱、補贖等行為。

如果我母親真的不吐不快——常有的事——她會當場告訴我父親。至於哥哥們，即使是為了可以斥責女人而考慮信奉伊斯蘭教的那個哥哥，也一定會聽她的話，視她為平起平坐的人。

「棠恩把生命奉獻給她的丈夫。」我母親試著端出中立的口吻，也就是說，語氣很冷淡。「她的生活都繞著那個男人打轉。」

這是那個年代的說法，也不見得都含有輕蔑的意思。但我還沒見過哪個女人，比棠恩阿姨更符合這句話的寫照。

我母親說，假如他們有小孩，情況就會迥然不同。

想想看吧。小孩。擋到賈斯博姨丈的路、哭求母親分出一點點注意力給他們；生病、發怒、把家裡弄得髒亂、討著要吃他不喜歡的食物。

不可能的。房子屬於他，點菜的選擇屬於他，收音機和電視節目也屬於他。即使他人在住家隔壁的診所，或是去出診，凡事都必須準備妥當，供他隨時審核。

慢慢地，我覺得這種治理家務的方式也滿不賴。亮晶晶的純銀湯匙和叉子、打磨過的深色地板、舒爽的亞麻床單——這些持家的神聖天條都由阿姨督導，由女傭柏妮絲執行。柏妮絲做菜是從採購食材開始，還會熨燙擦碗布。鎮上其餘的醫生都將床單交給中國人經營的洗衣店處理，柏妮絲和棠恩阿姨本人則是晾在曬衣繩上。我們的床單和繃帶在太陽下曬得發白、被風吹得清新，比別人家的更勝一疇，也很好聞。姨丈的看法是中國佬上了太多漿。

「是中國人才對。」阿姨以輕柔、哄人的語氣說，彷彿必須向姨丈及洗衣工人道歉才行。

「中國佬。」姨丈粗聲粗氣地說。

唯有柏妮絲一個人，可以自自然然說出這個詞。

漸漸地，我不再那麼忠心擁護自己家裡嚴謹的知性和實際的亂狀。可想而知，要維持阿姨家的這種天堂，會耗盡一個女人的心力。她不會有空用打字機謄打神體一位論的宣言，或出走到非洲（起初，每次這個家裡有人提起我父母的出走，我都說：「我父母是去非洲**工作**。」後來，我就懶得糾正了。）

「天堂」是最貼切的說法。「女人最要緊的正經事，是為她的男人打造一座天堂。」棠恩阿姨真的這麼說過嗎？應該沒有。她不敢說出自己的想法。我八成是從什麼家居雜誌看來的。就是會讓我母親作嘔的那一種。

剛開始，我探索這座小鎮。我在車庫後面發現一輛笨重的舊單車，牽出來就騎走，沒想過應該先徵求同意。我從港口上方一條新鋪上碎石子的路往下騎，結果失控。我一隻膝蓋嚴重擦傷，不得不去跟屋子相連的診所找姨丈。他熟練地處理傷口。這時他正經八百、就事論事，帶著相當客觀的溫和態度。不開玩笑。他說，他不記得那輛單車是哪兒來的——它是不牢靠的老怪物，假如我真心想騎車，可以幫我買一輛優質的單車。當我開始熟悉新的學校以及學校女生在進入青春期以後的行為準則，我覺悟到以後別想騎車，這件事便無疾而終。令我訝異的是姨丈居然沒有提起保持體統的問題，也沒說女生該做或不該做的事。在診療室裡，他好像忘了我是一個在許多方面都需要嚴加管教的人，尤其是在晚餐桌上，更是必須仰賴別人的耳提面命，才會效法棠恩阿姨的舉止。

「妳自己一個人騎車到那裡去？」這是阿姨聽到這起事件的回應。「妳去幹麼呢？算了，反正妳很快就會交到朋友。」

她說得沒錯，後來我果然交了一些朋友，朋友們也果然限制了我能做的事。

賈斯博姨丈不僅僅是一位醫生，更是**全鎮愛戴**的醫生。他是建立鎮上醫院的推手，並且阻止他們將醫院冠上他的名字。他出身貧寒，卻天資聰穎，在學校教書教到能夠負擔醫學院為止。他在暴風雪中開車到農莊，在廚房接生寶寶、開刀治療闌尾炎的病患。即使在五〇、六〇年代，都還有這種事。大家仰賴他，因為他永不放棄，他會應付敗血症和肺炎，在聽都沒聽過新藥的年代把病人從鬼門關前救回來。

跟在家裡相比，診療間裡的他顯得非常隨和。就好像他的家時時刻刻都需要有人盯著，診所卻沒有監督的必要，儘管你可能會覺得，實際情況應該恰恰相反才是。診所裡的護士甚至不會刻意順從他——和棠恩阿姨截然不同——她把頭探進診療室門口，對著正在替我處理擦傷的姨丈說她要提前回家。

「你得自己接電話，卡塞爾醫生。我跟你報備過了，記得嗎？」

「嗯。」他說。

當然，她上了年紀，可能年過五十。這年紀的女人會染上擺架子的習慣。但我無法想像棠恩阿姨將來變成那樣。她似乎定格在嬌豔、怯憐憐的青春。剛搬去他們家的時候，我以為自己有恣意閒逛的權力，便去了阿姨和姨丈的臥房，看了擺在姨丈床頭小桌上的阿姨照片。

她柔和的曲線、深色的髮浪維持至今。但有失體面的紅色帽子蓋住了她的部分頭髮，身上披著紫色的披風。當我下樓以後，我問她那是什麼衣服，她說：「妳說的是哪一件？喔。那是我唸護校的學生服。」

「妳當過護士？」

「才沒有。」她笑得像聽到什麼荒謬的放肆言語。「我輟學了。」

「妳跟賈斯博姨丈是這樣認識的嗎？」

「不是。他那時候已經行醫很多年了。我是鬧闌尾炎才認識他的。我住在一位朋友家裡——我跟在這裡的朋友一家人住一起——我身體非常不舒服，卻不知道自己怎麼回事。他診斷出病因，為我動了切除手術。」這時，她的臉比平常更紅，說以後除非徵得許可，否則我或許不應該再進他們的房間。連我都聽得懂她的意思是想都別想。

「妳那位朋友還住在這裡嗎？」

「妳知道的嘛。一旦結了婚，就不能跟以前一樣和朋友往來了。」

大約就在我挖掘出這些事情的時候，我發現賈斯博姨丈跟我猜測的不一樣，他並非完全沒有親人。他有一個姊姊。她，在這個世界上也很成功，至少我認為她算是成功人士。她是音樂家，一個小提琴手。她的名字是茱娜。應該說那是她對外的名號，她正式的受洗名字是茱德。茱娜．卡塞爾。我第一次知道有這個人，是我在鎮上住了半個學年之後。一天，我從學校走路回家，看到報社的窗戶上張貼了一張海報，宣傳兩週後要在鎮公所舉辦的音樂會。三位來自多倫多的音樂家。茉娜．卡塞爾是拿著小提琴的高個子白髮女士。到家後，我跟棠恩阿姨說好巧喔，有個跟姨丈同姓的音樂家。阿姨說：「是啊。那應該是妳姨丈的姊姊。」

接著說：「妳在家裡，千萬別提起這件事。」

片刻後，她似乎覺得有說明的義務。

「妳要知道，妳姨丈不欣賞那種音樂。交響樂。」

她還沒說完。

她說這位姊姊比賈斯博姨丈年長幾歲，他們小時候發生了一件事。某親戚覺得應該帶走這個女孩，給她更好的機會，因為她很有音樂才華。於是，她在另一種教養方式下長大成人，姊弟倆沒半點相像，她——就是棠恩阿姨——只知道這麼多。再來，就是她知道雖然自己沒跟我透露什麼，姨丈也不會高興。

「他不喜歡那種音樂？」我說：「不然，他喜歡什麼音樂？」

「妳可以說，是比較老派的音樂。但絕對不是古典樂。」

「披頭四嗎？」

「怎麼可能。」

「難道會是羅倫斯．威爾克[5]？」

「我們不該在人家背後閒話，是吧？我根本連提都不該提這些。」

我置若罔聞。

「那**妳**喜歡什麼？」

「我什麼都喜歡。」

「妳一定有比較喜歡的。」

她沒有回答，只發出輕笑。這是緊張的笑，舉個例子好了，那有點類似她詢問賈斯博姨丈覺得晚餐如何時的笑，但是更加不安。他幾乎每次都會認可晚餐的廚藝，但附帶評語：還可以，不過稍微太辣或味道淡了一點；也許煮得有點太老——或可能火候不夠。有一次，他說「我不喜歡」，就不肯解釋了，以致阿姨的笑聲消逝到抿起的嘴巴及驚人的自制功夫之下。

那頓晚餐的菜色是什麼？我要猜是咖哩，但也許那是因為我父親不喜歡咖哩，至少他不會小題大作。我姨丈離開餐桌，自己弄了一份花生醬三明治，刻意強調的動作儼然在找碴。不管棠恩阿姨做了什麼菜，都不會是蓄意的挑釁。也可能是一道在雜誌上看來秀色可餐、有點特殊的菜肴。而且，在我的印象中，他是在全部吃完後才宣判自己的裁決。因此驅策他的動力不是飢餓，而是聲明自己對這頓晚餐深惡痛絕的心理需求。

如今回想，也許那天醫院出了狀況，也許有個命不該絕的人卻枉送了性命——或許問題與食物沾不上邊。但我覺得棠恩阿姨應該沒想到這些——即使她想到了，也沒有顯露出懷疑的神色。她在深切悔罪。

這時的棠恩阿姨有另一件困擾，我是後來才曉得的。她在為隔壁的夫妻傷腦筋。他們搬到鎮上的時間跟我差不多。那位先生是郡政府的學校督察，太太是音樂教師。他們的年齡可能跟棠恩阿姨一樣，比賈斯博姨丈年輕。他們也沒有兒女，可以自由地交際。他們正在跟新街坊鄰居打交道的階段，覺得每位新鄰居看來都很開朗、客氣。因此，他們邀請棠恩阿姨和賈斯博姨丈去他們家小酌。阿姨和姨丈的社交生活很閉鎖，他們的閉鎖全鎮皆知，因此阿姨沒有拒絕邀約的經驗。就這樣，他們去拜訪隔壁鄰居，喝酒談天，我可以想像賈斯博姨丈表現熱絡，但沒有原諒阿姨接受邀約的錯誤。

現在她陷入窘境。她明白當別人請你去他們家玩，而你也真的去了，事後便應該回

---

5 Lawrence Welk，美國音樂家、藝人、綜藝節目主持人。

請對方。別人招待你喝酒，你就請他們喝酒，喝咖啡的就請咖啡。用不著吃飯。儘管這只是一件小事，她卻手足無措。我姨丈對鄰居沒有意見——只是厭惡在家裡接待客人，無論如何都不喜歡。

接著，當我告訴阿姨音樂會的消息，她想到可能的解決辦法。從多倫多來的三位音樂家——當然包括茱娜——只在鎮公所表演一個晚上，賈斯博姨丈那天正好不能在家，必須晚歸。那天晚上，是全郡內科醫師年度大會暨晚餐餐敘的日子。不是晚宴——太太們不在邀請之列。

鄰居夫妻打算去聽音樂會。畢竟太太是教音樂的，豈可不去。但他們答應在散場後立刻過來喝杯咖啡、吃點心。並且——這是我阿姨不自量力的地方——拜會這三人組的三位成員，他們也會過來一下。

不曉得阿姨跟鄰居透露了多少姨丈跟茱娜．卡塞爾的關係。如果她有腦筋的話，就知道毋需交代。大部分時候，她都非常有腦筋。不過我確定，她解釋過醫生那天晚上不會在家，但阿姨不至於離譜到請他們向我姨丈隱瞞這場聚會。那柏妮絲呢？她都在晚餐時間返家，一定會察覺阿姨在準備著什麼。阿姨也瞞著她嗎？我不清楚。最要緊的是，我不知道棠恩阿姨透過什麼門路邀請三位音樂家。她始終都跟茱娜保持聯繫嗎？應該沒有。她絕對沒有長期欺瞞姨丈的本事。

我想她只是一時昏了頭，寫了信，送到三位音樂家下榻的酒店。她不可能有他們多倫多的地址。

即使是到酒店，她必然猜想過誰會看到她，並祈禱自己不會碰到認識姨丈的酒店經理，而是遇到新來的年輕小姐，她算是外地人，可能連阿姨是醫生的太太都不知道。

阿姨應該會向音樂家們表明，她不指望他們在她家久留。音樂會一定很累人，況且他們隔天必然得在大清早動身到另一個城鎮。

她何必冒這種險？怎麼不自己招待鄰居就好？難說。也許她覺得沒辦法獨自陪客人談天。也許她希望在鄰居面前出出風頭。也許——但我很難相信——她希望向小姑略示友好或接納之意；就我所知，她們沒見過面。

她私底下必然充滿惶惑。更別提她在事前那些日子裡，必然常常交叉手指、祈禱吉星高照，畢竟賈斯博姨丈隨時可能意外發現真相。例如，他在路上遇到音樂教師，而她向姨丈一個勁地道謝，表示很期待這場聚會。

可想而知，音樂家在音樂會之後還不太累。也沒有因為鎮公所的聽眾不多而洩氣，他們大概原本就有心理準備。隔壁鄰居的熱忱、暖洋洋的客廳（鎮公所很冷）、櫻桃色天鵝絨窗簾散發的光輝——其實這窗簾在白天呈現暗沉的紅褐色，天黑後卻很喜氣——這些必然振奮了他們的精神。外面的陰霾天氣跟室內形成對比，咖啡溫暖了這些奇特卻承受壞天氣折磨的陌生人。在咖啡之前端出來的雪莉酒就更不用說了。雪莉或波特酒倒進形狀和尺寸都正確的水晶杯，還有灑上椰肉屑的小蛋糕、鑽石型或新月型的奶油酥餅、巧克力威化餅。我從沒見識過那樣的糕點。在我父母辦的派對上，大家吃的是陶鍋裡的辣味肉醬。

棠恩阿姨穿著剪裁簡單的洋裝，肉色縐紗的料子。熟齡女性穿這種洋裝，會呈現精心裝扮的體面，可惜穿在阿姨身上，卻只像她出席了一場有點傷風敗俗的慶典。鄰居太太也盛裝打扮，以這個場合來說，可能過度隆重。演奏大提琴的矮壯男人身穿黑色西裝，幸虧他打了領結，否則就會像殯葬業者；鋼琴家是他的妻子，以她寬廣的身材來說，她的黑色洋裝稍嫌花哨。但茉娜·卡塞爾像月亮一般閃亮，穿著銀色料子的直筒洋裝。她骨架粗大，鼻子也大，跟她弟弟沒兩樣。

棠恩阿姨一定為鋼琴調過音，否則他們不會待在鋼琴前（我姨丈對音樂的立場即將揭曉，如果各位很訝異這樣一個人的家裡竟然會有鋼琴，我只能說在那個時期，有點派頭的人家裡都有一架鋼琴。）

鄰居太太請他們表演莫札特的〈小夜曲〉（Eine Kleine Nachtmusik），我附議只是為了炫耀。其實我不知道這是什麼曲子，只知道曲名，因為以前在市立學校的德文課有上過。

鄰居先生也點了歌。在音樂家演奏完畢後，他請棠恩阿姨原諒他如此失禮，竟然不等女主人點歌，就插隊點了自己摯愛的樂曲。

棠恩阿姨說，哪裡的話，別在意，她什麼都愛聽。然後，她整個人都被紅潮淹沒。我不清楚她是否在乎音樂，但看起來，她確實非常激動。或許只因為這些時刻、這場愉快的聚會是由她一手策畫的？

難道她忘了——怎麼可能忘記呢？本郡的內科醫師大會、年度晚餐餐敘和幹部選舉通常在十點半結束。現在都十一點了。

為時已晚，太遲了，我們兩人都注意到了時間。

現在外門已經開啟，接著，玄關的門也打開了，姨丈沒有像平時那樣先在玄關脫下靴子、冬季大衣或圍巾，便大步走進客廳。

音樂家們演奏到一半，沒有歇手。鄰居夫婦愉快地跟姨丈打招呼，但壓低了音量，以免干擾演奏。他的大衣解開了釦子、圍巾鬆開，靴子仍在腳上，令他的體形看來變成兩倍大。他眼睛瞪得圓圓的，但沒有特定的對象，甚至沒看自己的太太。

阿姨也沒有看他。她開始收拾身邊桌上的盤子，一個一個疊起來，根本沒察覺有些盤子上還擺著小蛋糕，把蛋糕都壓碎了。

姨丈不疾不徐，穿過了第二間客廳，經過飯廳和廚房的旋轉門。

鋼琴家坐著，雙手靜止在琴鍵上，大提琴家已停止動作。小提琴家獨自繼續表演。即使到了今天，我仍然不知道那首樂曲是不是原本就這樣，或者她是存心藐視他。就我記憶所及，她沒有抬頭，面對這個臉色陰沉的男人。她白色的大頭顱跟他有點像但比較滄桑，這時她的頭微微顫抖，但也可能一直都在顫抖。

他返回客廳，端著滿滿一盤的豬肉和豆子。他一定是剛開了一個罐頭，將冷冷的內容物一股腦倒在盤子上。他還沒有脫下冬季大衣。他依舊不看人，只讓叉子跟盤子噹啷啷地大聲碰撞，吃得旁若無人，而且飢腸轆轆。瞧他那樣，你會以為年度大會和晚餐餐敘上連一口食物都沒得吃。

我第一次看到他那樣進食。他的餐桌禮儀一向很不可一世，但是優雅。

他姊姊停止演奏，應該是奏完了曲子的正常長度。她結束的時間比豬肉和豆子早一點。這時鄰居夫婦已經到了玄關，裹上外出的衣服，探頭到客廳表達他們的萬分感謝，急著快快閃人。

現在音樂家也準備離去，但沒那麼匆忙。畢竟，樂器必須妥善放置，不能胡亂塞進琴盒裡。音樂家們必然是照平時的樣子在收拾，有條有理，然後，他們離開了。我不記得任何對話，也不記得棠恩阿姨有沒有振作起精神向他們道謝，或送他們到門口。我不能注意他們，因為賈斯博姨丈開始講話，音量極大，而且是對著我說。印象中，在他開口時，小提琴家好像看了他一眼。他沒有理會那一眼，或許他根本沒看到。如果你猜想那是憤怒的眼神，你就錯了，那甚至不是詫異的目光。她只是非常疲憊，臉色白到可能超越任何人的想像。

「好，妳來告訴我，」姨丈說，好像沒有別人在似的對我說，「告訴我，妳父母會參加這種活動嗎？我是指這一類的音樂。音樂會什麼的。他們會不會付錢坐上兩個鐘頭、坐到臀部都破皮了，聆聽他們在半天之後就不認得的東西？掏出腰包，只是為了欺騙世人？妳見過他們做那種事嗎？」

我說沒有，這是真話。就我所知，他們沒有聽過音樂會，但他們基本上並不反對。

「看到沒？妳的父母有腦筋。見多識廣，不會跟著那些人起鬨、鼓掌，活像那是世界奇觀。妳知道我說的那種人嗎？他們在騙人。一堆馬糞的糞肥。滿腦子巴望著可以假裝上流。或者更可能的情況是：他們向想要假裝上流的妻子妥協。等妳出了社會，記住這一點。好嗎？」

我答應會記住。這番話並不是真的很令我訝異。抱持這種論點的大有人在。特別是男性。男性討厭的事物可多著了。借用一句他們的話，他們用不上那些東西。他們說的一點沒錯。因為用不上，所以討厭。也許就跟我對代數的感覺相同——我非常懷疑這輩子幾時會用到代數。

但我不至於因為這樣，就希望代數從世界上消失。

第二天我下樓時，賈斯博姨丈已經出門了。柏妮絲在廚房洗碗，棠恩阿姨在把水晶杯收進瓷器櫃子。她對我微笑，但手不太穩，杯子發出危險的細微碰撞聲。

「一個男人的家，就是他的城堡（castle）。」她說。

「雙關語耶。」我說，想逗她開心。「卡塞爾（Cassel）。」

她又笑一笑，但我覺得她連我說了什麼都不知道。

「妳寫信到迦納給母親時——」她說，「妳寫信給她的時候，我想妳不應該提起——我是說，如果妳提起我們家裡昨晚的小風波，可能不太恰當。我是說，她看過那麼多真正的苦難、挨餓的人等等，昨晚的事未免太雞毛蒜皮，太自我中心了。」

我懂。我沒有多嘴說目前為止，他們根本沒說什麼迦納有飢民。

總之，那不過是第一個月，我寄給父母的信件寫滿了刻薄的描述和怨言。而現在，狀況已經錯綜複雜，想說也說不清。

在跟我談過音樂之後，賈斯博姨丈對我的態度就比較尊重。他會傾聽我對公營醫療體制的看法，彷彿那是我的個人見解，而不是從我父母的觀點所衍生的意見。有一次，他說很高興在餐桌上有個聰明的談話對象。阿姨說，確實如此。她說這句話，只是為了討人喜歡。當姨丈發出別有意味的笑聲，她滿面通紅。她日子過得很辛苦，但是在情人節那一天，她得到寬恕，收到一枚雞血石墜子。她露出笑容，同時別過身子，灑下幾滴鬆了一口氣的淚水。

茉娜燭光般的蒼白臉色，還有銀色洋裝也不能軟化的銳利骨感線條，可能是病症的跡象。那年春天，鎮上的報紙刊出了她的死訊，還提到鎮公所的音樂會。他們轉載了一份多倫多報紙的訃聞，簡扼的事業概述即使不算卓越，至少跟她的身分地位很相稱。賈斯博姨丈訝異地發表評論——不是關於她的噩耗，而是她不會在多倫多下葬。告別式和葬禮會在和撒那教堂舉行，就位在這座鎮北邊幾哩外的鄉間。在賈斯博姨丈和茉娜／茉德小時候，他們家就是上這間聖公會的教堂。賈斯博姨丈和棠恩阿姨現在去的是聯合教堂，與鎮上大部分的富裕之家一樣。聯合教堂的人信仰堅定，但不認為每個禮拜天都需要上教堂，也不相信上帝會反對你偶爾喝兩杯（女傭柏妮絲去的是另一間教堂，她在那裡彈奏管風琴。那邊的人很少又古怪——他們會在鎮上人家的門口擺放小冊子，列出日後將會下地獄的人名清單。不是本地人，都是名人，例如皮耶爾．杜魯道[6]。）

「和撒那教堂根本不開放舉辦儀式了，」賈斯博姨丈說：「把她大老遠送到這裡幹麼呢？依我看，恐怕連許可都拿不到。」

結果，那間教堂經常敞開大門。從年輕時代就認識這座教堂的人，喜歡在那裡舉行葬禮；有時候，他們的兒女會在那裡結婚。由於一筆豐厚的遺產捐贈，教堂的內部保養得相當好，暖氣也是新款的。

棠恩阿姨自己開車跟我到會場。賈斯博姨丈一直忙到最後一刻。

我沒有出席過葬禮。我父母認為小孩沒必要經歷那種事情，但在他們的社交圈——根據我的印象——明明就把葬禮稱為生命的慶典。

我以為棠恩阿姨會穿黑衣，但是沒有。她穿的是淡紫色套裝、波斯羔羊外套，搭配了相稱的波斯羔羊平頂無邊帽。她看起來相當漂亮，難掩喜悅之情。

一枚眼中釘被拔除了。賈斯博姨丈的眼中釘沒了，她怎能不心花怒放。

我的一些想法，在與阿姨、姨丈同住的日子裡改變了。例如，我不再用不帶批判的眼光看待茱娜那樣的人。或是對茱娜本人、她的音樂和事業。我不相信她是——或曾經是——怪胎，但我明白為什麼有人那樣想。不僅是因為她的大骨架、白蒼蒼的大鼻子、小提琴以及看來呆呆的握琴方式——更是因為音樂本身，以及她對音樂的投入。如果你是女性，投入任何事物都會顯得可笑。

我並沒有完全投靠到賈斯博姨丈的思維陣營中——我只是覺得他的觀點，不像我剛開始接觸時那麼不可思議了。在一個星期天的清晨，我躡手躡腳地經過阿姨、姨丈關閉的房門外，打算去吃一個棠恩阿姨每週六晚上都做的肉桂司康，然後我聽到了一些聲

6 Pierre Trudeau，一九七〇年代的加拿大總理。

音；我沒聽過父母或任何人發出那種聲音——帶著共謀及放縱意味的歡愉吼聲和尖叫令我心亂，暗中瓦解了我的立場。

「應該不會有很多人從多倫多開長途車到這裡。」棠恩阿姨說。「連吉勃森夫婦都來不了。吉勃森先生要開會，吉勃森太太不能調課。」

吉勃森夫婦就是我們的隔壁鄰居。我們兩家仍是朋友，但比較疏遠，也不再互相串門子。

有個學校的女生曾跟我說：「等他們叫妳瞻仰遺容吧。我被逼著去瞻仰我奶奶，我就暈倒了。」

我沒有聽說過什麼瞻仰儀容，但我猜出了意思。我決定到時候瞇起眼睛，裝裝樣子就好。

「我只求教堂不要有霉味。」棠恩阿姨說。「那會刺激妳姨丈的鼻竇。」

沒有霉味。石壁和地板沒有滲出令人不舒服的濕氣。必然有人起了個大早，過來打開暖氣。

幾乎座無虛席。

「妳姨丈有不少病人特地過來。」棠恩阿姨輕輕地說。「真窩心。鎮上的其他醫生可沒有這種待遇。」

管風琴手正在彈一首我相當熟悉的曲子。我以前在溫哥華的一個朋友，一個女生，曾在復活節音樂會演奏過。〈耶穌，世人所仰望的喜樂〉（*Jesu, Joy of Man's Desiring*）。彈管風琴的女人，就是阿姨家那場失敗的小型音樂會中的鋼琴家。大提琴家坐在旁邊唱詩班的位子上。晚一點，他大概也會演奏。

我們在坐定後聽了一會兒音樂，教堂後方便出現細微的騷動。我沒有回頭查看，因為我才剛注意到一個深色的光滑木箱橫放在聖壇底下。棺木。有人稱作靈柩。棺蓋是蓋著的。除非他們在儀式中打開棺蓋，否則我就不必擔心瞻仰儀容。儘管如此，我想像茱娜在裡面的模樣：她骨感的大鼻子挺立著，皮肉消瘦，眼睛緊緊閉上。我逼自己讓這個畫面浮現在腦海的頂端，直到我覺得自己變得堅強，不再對這個畫面感到噁心。

棠恩阿姨跟我一樣，沒有轉頭去看。

造成輕微騷動的源頭從走道上向前移動，原來是賈斯博姨丈。他沒有停在棠恩阿姨跟我替他留了位子的那一排，逕自踩著尊重卻快速的步伐前進，而且帶著一個人。

女傭柏妮絲。她穿得很莊重。藏青的套裝，搭配的帽子上有一小簇花朵。她沒有看我或任何人，紅著臉，抿著嘴巴。

棠恩阿姨也沒有看人，忙著翻動從前面椅背置物袋裡拿出來的聖歌集。

賈斯博姨丈沒有在棺材前停下腳步，領著柏妮絲來到管風琴前面。琴聲裡冒出一聲受驚造成的怪異砰響。然後是低語聲，一陣茫然，一段靜默，只有坐在位子上的人扭動身體，伸長了脖子想看清楚現在是什麼狀況。

這時，原本坐在管風琴前面的鋼琴家和大提琴家都不見了。那邊一定有一扇側門，他們才能溜出去。賈斯博姨丈讓柏妮絲在那女人的位子坐下。

柏妮絲開始彈琴，姨丈走到前面，向會眾打手勢。這個手勢在說：起立唱歌。有幾個人遵從了手勢。另一些人也跟進。最後全場都在唱歌。

他們沙沙翻動聖歌集，但大部人即使還沒找到歌詞，也能開口唱〈古舊十架〉[7]。

賈斯博姨丈的任務已經完成。他可以折回來，坐在我們幫他留的位子上。

只是有個問題。一個他始料未及的麻煩。

這是聖公會的教堂。在賈斯博姨丈熟悉的聯合教堂，唱詩班是從講壇後方的門進場、在牧師露臉之前就定位，以「我們同舟共濟」的眼神看著會眾；之後，牧師會出來，這是儀式開始的訊號。但是在聖公會教堂，唱詩班是從教堂後方進來，在走道上邊走邊唱，以肅穆但不彰顯個人特色的方式現身。他們的視線離開聖歌集、凝視前方的聖壇，看來似乎變了個人，褪下平日的身分，彷彿不認得他們在會眾中的親戚或鄰居或任何人。

他們現在在走道上前進，唱著〈古舊十架〉，全場的人都在唱——賈斯博姨丈必然在事前就跟他們商量好。可能是跟他們說，這是亡者最愛的一首歌。

問題在於空間和體型。唱詩班堵在走道上，害得賈斯博姨丈不能走回我們那一排。他困住了。

他只剩下一條出路，再不走就來不及了，於是他立即行動。唱詩班還沒走到第一排，他就擠進那裡。站在那排的人吃了一驚，但是挪出空間給他。也就是說，他們勉強騰出位子。好巧不巧，他們的噸位都頗大，而姨丈雖然體格精壯，卻是肩膀寬廣的人。

故我愛高舉十字寶架，
直到在主臺前見主面。
我一生要背負十字架，

7 *The Old Rugged Cross*。此處聖歌名及下文的歌詞，採用的是梁沃厚、陳鎮華的譯文。

此十架可換公義冠冕。

姨丈唱著歌詞，在別人擠出來的空間裡盡量專心唱歌。他沒辦法轉身面向聖壇，只好向外對著正在走動的唱詩班側影。他看起來實在有點騎虎難下。每件事都很順利，卻全跟他的計畫不太一樣。即使聖歌唱完了，他依然待在原地，努力縮著身體，跟那些人排排坐。或許他覺得假如現在起身，從走道回來跟我們坐在一起，會留下敗筆。

棠恩阿姨沒有加入歌唱，因為她一直找不到聖歌集的正確頁面。她似乎也不能跟我一樣用哼的。

或許她在連賈斯博姨丈本人都沒察覺的時候，就看到他臉上露出失望的陰影。也或許她生平第一次醒悟到自己不在乎。即使要她的命，她都不在乎。

「我們來祈禱。」牧師說。

（謝佳真　譯）

自尊

有些人就是什麼都做不對。我要怎麼解釋呢？我是說，有些人儘管一生面臨萬難——像是被三振三次，或是三振二十次——到頭來卻過得很好。他們早年會出過醜，比方小學二年級時拉在褲子上，接著則在我們這種什麼事都不會遺忘的小鎮順利度過一生（也就是任何小鎮；任何小鎮都是這樣子）；他們也會成功謀生，證明自己既熱情又愉快，嘴巴跟心裡都表示他們在這世上只想住在這個地方。

然而有些人就不同了。他們不會搬走，但你會希望他們有；你可以說是為了他們自己好。不管他們從年輕時替自己掘了什麼坑——絕不會像拉在褲子上那麼明顯的事——他們都會照樣做下去，甚至誇大行徑，彷彿怕沒被人注意到。

當然，事情會改變。這裡有社工隨時待命諮詢，他們既和藹又善解人意。我們被告知，有些人的人生就是比較煎熬；這不是他們的錯，即使那些閒話純屬想像也一樣。這些攻擊對於接受者，甚至是非接受者，感受一樣強烈。

但只要你願意，任何事情還是能造就好事。

不管怎樣，奧涅妲沒有跟我們其他人一起上學。我是說，這兒不可能發生任何事情讓她永遠困在這裡。她上了女校，是所私校，就算我知道校名，我也記不得了。她即使在暑假也很少待在附近。我相信她家人在錫姆科湖[1]有間房子，而且他們家非常有錢，錢多到鎮上其餘人都不屬於那個層級，即使是生活最優渥的亦然。

奧涅妲是個很少見的名字，直到現在還是——在這兒也從沒流行過。我後來發現那是印地安人的名字，可能是她母親選的。奧涅妲的母親在她還是青少女時就過世了。據我所知，她父親會喊她艾妲。

我曾收集過所有報紙，堆積如山的報紙，讓我能研究鎮上的歷史。但即使在這兒也出現了缺口；我找不到錢財如何消失的合理解釋。不過我不需要——在那個時代靠著口耳相傳也足以達到相當的成效了。只是沒想到，這些傳故事的嘴巴也會隨時間凋零。

艾妲的父親管一間銀行。銀行家們即使在那個時候也會來來去去，我想是為了避免他們跟顧客變得太親密吧！然而簡森家族在鎮上住了太久，規定管不到他們，或者表面上是這樣。霍瑞斯・簡森生來的確像個該執掌大權的男人：一把濃密白鬍，就算從照片也看得很清楚，理成一次大戰時的流行風格；身材很高、肚子凸出、一臉嚴肅生硬。

在一九三〇年代的蕭條時期，人們仍會想出各種賺錢妙方。當時的監獄被開放給那些沿鐵軌旅行的人們過夜，不過就算是他們，當中肯定也有人正盤算著要如何賺上一百萬元。

在當時，一百萬就值一百萬。

不過最後走進銀行找霍瑞斯・簡森談的人不是鐵路流浪漢——沒人曉得究竟是一個人還是一大群人；也許是個陌生人，或是霍瑞斯朋友的朋友，想也知道衣著整潔、模樣還算體面。霍瑞斯是個重視衣裝的人，也不是個傻子，但也沒機警到能嗅出騙子。

來人提出的構想是要復興蒸汽動力汽車，也就是上次世紀交替時出現的東西。霍瑞斯・簡森也許自己曾擁有一輛，很喜歡它們。當然，新產品會是改良版，擁有經濟實惠及不吵雜的優點。

我不是很熟悉這些細節，因為我當時在念高中。不過我能想像那時走漏的風聲、嘲

1 Lake Simcoe，加拿大安大略省南部湖泊。

諷，以及熱忱，還有消息傳說多倫多、溫莎[2]或基奇納[3]會有些企業家準備好來這裡設廠。人們會說，不過是一些愛賣弄的傢伙罷了；其他人則問，這項投資有沒有資金背書？

確實是有的，因為銀行已經貸了款。這是簡森的決策，當時也有些人搞不清楚他究竟是不是拿自己的錢投資。他也許有吧，但後來發現他也不正當地挪用銀行資金，無疑認定能趁人沒發現時還回去。也許那時的法律還沒有那麼嚴謹。其實真有人受雇把舊的出租馬車馬廄清空，準備當成經營場地。我對這部分的記憶比較模糊，因為我正從高中畢業，必須思考如何維生（假如可行的話）。我的口吃——即使我把嘴巴縫起來——排除了任何需要大量說話的工作，所以我選了管帳，這表示我得離開鎮上，去戈德里奇[4]的一間企業當學徒。等我回來時，蒸氣車產業已經被那些當初反對的人掛在嘴邊奚落，至於贊成的人則一聲不吭。昔日塞滿鎮上的訪客都不見了。

銀行虧了一大筆錢。

人們盛傳的說法不是詐欺，而是管理不當；他們認為應該有人要接受懲罰。換作任何普通主管，早就下臺以示負責了，但霍瑞斯．簡森卻避開了這種結果。他得到的下場幾乎更糟；他被調到哈克斯堡這個小村莊當銀行經理，去那邊得往北走六哩高速公路。

那個村以前沒有經理，因為他們不需要。那兒只有一位出納長跟底下一位出納員，兩個都是女性。

他想當然可以選擇拒絕——人們都這麼認定——但他沒有。他自尊心使然，每天早上搭六哩路的車，然後坐在塗了廉價亮光漆的半牆後面，壓根兒不是像樣的辦公室。接著他就坐在那裡無所事事，直到被載回家的時間到了。

開車載他的人是他女兒。她開車的這幾年中，她父親喊她的稱呼在某個時候從「艾妲」變成「奧涅妲」。至少她有工作。她沒有打掃家務，因為他們不忍讓伯屈太太辭職；不過這是一種說法。另一個說法是他們從沒付給伯屈太太夠多的錢，讓她能脫離這個窮苦家庭，假如讓她離開一途真有被考慮在內。

若我想像奧涅妲與她父親往返哈克斯堡的旅程，我會想像他坐在後座，她則在前座，像個汽車司機。也許是他體型太大，在她旁邊擠不下吧，或是鬍子需要空間。在我的想像裡，奧涅妲對於這種安排沒有一臉受迫或不高興，她父親看來也沒有真的不快

---

2 Windsor，加拿大最南端城市，和美國的底特律相望。
3 Kitchener，安大略省南部城市。
4 Goderich，安大略省城鎮。

樂。他僅有的財產就是尊嚴，取之不竭；她則有截然不同的東西。每當她踏進店裡，甚至只是走在街上，她身邊就似乎會騰出一小圈空間，讓人迴避她可能想做的事或想傳達的招呼。她接著會似乎有點慌張，但仍大方優雅，準備好對著自己或處境稍微一笑置之。當然，她有一身高眺的骨架、開朗的面孔、迷人的肌膚跟頭髮，所以我看著她這麼信任別人地掠過一切的表面時，居然會替她感到難過，感覺就有點古怪。

想像我替別人覺得難過的樣子吧。

戰爭爆發了，事情似乎也一夜之間改變。再也沒有流浪漢跟著火車跑；就業機會出現，年輕男人也不再四處找工作或搭便車，改而披上深藍或卡其色的制服到處出現。我母親說我運氣好，有口吃所以不必服役，我也相信她是對的，但我叫她不要在家外面這樣說。我這時已經結束我的學徒生涯，離開戈德里奇回到家，立刻進入庫柏百貨公司做記帳。當然，我之所以能得到這份工作，或許可以說——事實也可能正是如此——是因為我母親在乾貨區做事。不過另一個巧合是那裡的年輕經理肯尼·庫柏加入空軍，結果在飛行訓練時出事喪命。

不時有這類教人震驚的消息，但到處洋溢著愉快的活力，人們四處活動時口袋裡也有了錢。我覺得我跟同年齡的男人疏離了，但某方面而言這種孤立也不算是新鮮事。此外，有人跟我在同一條船上：農人的兒子能夠免役，好照顧作物和牲畜。我知道有些人儘管家裡雇了人，仍然接受免役。我知道要是有人問起我為何沒有從軍，那就會是在開玩笑。我也準備好了回應，說我得負責管帳本，庫柏公司的帳，還有不久後其他的帳。我得看好那些金額。當時人們還不太能接受女人家有本事管帳，即使到了戰爭末尾、有些女人已經做了一陣子也一樣。畢竟當時人們仍相信，只有男人才能提供真正可靠的服務。

我有時會捫心自問，為什麼長兔唇、儀容舉止儘管稱不上精明但也還算像樣、聲音聽來有點奇怪但完全能讓人聽懂，就會被認定足以讓我留在家裡？我一定有收到徵兵通知，我一定有找醫生取得免役證明才對，但我就是不記得。難道我太常被豁免各種責任，以致它們和很多事情一樣，讓我完全視之為理所當然了嗎？

也許我有請我母親別拿某些事教訓我，不過她的話通常對我沒什麼影響。她始終只看事物美好的一面。至於其他事情，我雖然知情，卻不是從她那邊聽說的。我知道因為我的緣故，她很怕再生小孩，結果這樣告訴一位追求者後對方跑了。但我從來沒有想過要可憐我們母子倆；我不想念在我出世前就過世的父親，或是若我長得不一樣時可能會交到的任何女朋友，或者那段短暫地脫離戰火、神氣活現的日子。

我和母親有喜歡當晚餐吃的東西，有喜愛聽的電臺節目，上床睡覺前也永遠會收聽英國廣播公司的海外新聞。每當英國國王或邱吉爾演說時，母親就會眼泛淚光。我帶她去看《忠勇之家》[5]那部電影，她也被迷住了。戲劇填滿我倆的生活，虛構或真實的故事皆然。敦克爾克大撤退、英國皇室的勇敢表現、倫敦的連夜轟炸，大笨鐘繼續在嚴肅的新聞快報開頭敲響；不時有船隻在海上沉沒，接著最可怕的一次是一艘平民渡輪在加拿大與紐芬蘭之間遭擊沉，好靠近我們國家的海岸[6]。

聽到消息的那天晚上，我徹夜難眠，在鎮上的街道漫遊。我不得不想著那些沉到海底下的人們：年邁的女人，幾乎跟我母親一樣老，緊抓著手中的編織衣物；一些為牙痛所苦的孩子；其他人則在他們的最後半小時人生裡抱怨暈船，接著溺死在海中。我有股詭異的感受，部分是驚駭，另一部分——就我能形容的最接近程度——卻是冰冷的雀躍。瞬息之間萬物俱滅，這種平等——我就是想這麼講——一視同仁地對待像我這樣的人、比我境遇糟的人，以及像他們那樣的人。

當然，等我在稍後的戰爭看慣了這類事情，這種感覺就消失了。健康的裸屁股、年邁瘦削的老屁股，一齊被趕進毒氣室。

或者感受並未完全消失，我只是學會壓抑它罷了。

我在那幾年裡想必有遇過奧涅妲，並繼續關注她的人生。我想必一定會。她父親就在歐戰勝利日之前過世，令葬禮和歡慶尷尬地混在一起。我母親在同年夏天的過世也是如此，當時大家剛好聽到原子彈的消息。我母親以更令人吃驚、更公然的方式死在工作崗位上，就在她說完「我得坐下來歇會兒」這句話之後。

幾乎沒人見過或聽說過奧涅妲父親的晚年境況。哈克斯堡的比手畫腳遊戲結束了，但奧涅妲似乎變得更加忙碌，或者你只是覺得自己遇見的人都很忙，忙著記錄配給票證簿、寄信到前線並與人談論他們收到的信。

至於奧涅妲，她得顧著那間大屋子——現在歸她獨自一人管了。

有天她在街上攔住我，說想請教我賣屋的事，賣掉那間大屋。我說我實在不是她應

5 Mrs. Miniver，一九四二年美國電影，講述一個英國中產家庭在二戰前夕的生活，是當年奧斯卡大獎得主。

6 紐芬蘭鐵路公司的渡輪SS Caribou在一九四二年十月十四日遭德軍U-69潛艇擊沉，死亡一三七人，多為婦女與孩童，被認為是二戰中發生在加拿大領海的最重大事件。

該談的對象。她說，也許吧，但是她認識我。當然，她認識我的程度跟她對其他鎮民的了解一樣少，不過她很堅持，所以到我家多談一點。她讚美我給屋子上的新油漆，以及家具的重新擺設方式，並評論說這些改變想必能幫助我走出對母親的思念。

此話是沒錯，但大多數人不會直接跑過來這樣講。

我不習慣招待客人，所以沒有提供飲料，只給了她一些嚴肅謹慎的賣屋建言，並不斷提醒她我並非專家。

接著她出手了，完全忽略我說過的話。她賣給第一個出價的人，原因只是買主不停地說他有多麼喜歡這地方，想在這裡建立家庭。那傢伙是我在鎮上最不信任的人，不管有沒有小孩都一樣，他出的價也低得可憐。我告訴過她別賣；我說小孩子只會弄得屋子一團亂，而她說這正是孩子存在的用意，應該要橫衝直撞的，和她小時候南轅北轍。實際上那些孩子根本沒機會享受，因為買家把屋子拆了，改建成一棟四層樓的電梯公寓，並把庭院變成停車場。這是鎮上第一座真正的建築。這一切剛開始的時候，她一副驚嚇的模樣跑來找我，想知道她能不能做點什麼——比如讓屋子公告為古蹟，或控告買主違反口頭承諾還是怎樣的。她很訝異一個人居然能做出這種事來，而且還是個定期上教堂的人。

「我就不會這樣，」她說。「而且我只虔誠到會在聖誕節上教堂。」

然後她搖搖頭，放聲大笑。

「我真笨，」她說。「我早該聽你的話，對不對？」

她這時住在一間不錯的出租屋子裡，分到一半的空間，但她抱怨窗外只能看到街對面的房子。

彷彿大部分人看到的街景都不是這樣似的。我沒這麼說。

接著等公寓蓋好後，她居然搬回去，住在頂樓的單位。我知道她的租金沒打折，她甚至沒開口要求過。她放下了對屋主的不愉快，對景觀讚不絕口，還稱讚地下室的洗衣室，她每次洗衣服時得投幣。

「我在學著節儉過活兒，」她說。「而不是隨心所欲花錢買東西。」

「畢竟，就是他這種人能推動世界運作嘛。」她如此評論她那位奸詐的買家。她邀請我到她公寓看風景，不過我找了藉口推辭。

但是從這時候開始，我和她經常見面。她養成習慣登門拜訪，談論她的家居難題和決策，即使聽到滿意的答案也照來不誤。我買了臺電視機——她則沒有，因為她說怕自己會看上癮。

我倒是不擔心，畢竟我每天多數時間都不在家。而且那幾年也有許多好節目可看；她的喜好大致跟我相符。我們是公共電視臺的影迷，尤其熱中英國喜劇，有些會一看再看；我們喜歡情境劇，不只是講笑話的喜劇。我一開始對於英國人的直言不諱、甚至是淫穢甚是尷尬，不過奧涅妲一樣喜歡它們。當一齣影集整個從頭重播時，我們會抱怨，但仍不可免會被吸進去和繼續看。我們甚至看著節目的顏色慢慢褪掉。如今我有時會看到這些老影集，顏色鮮豔如新，轉臺時就會覺得好惆悵。

我很早就練得不錯的廚藝，既然有些最棒的電視節目會緊接在晚餐後播出，我就會替我倆弄份餐點，她則從麵包店帶甜點過來。我買了兩張折疊桌，我們會邊看新聞邊吃，接著看我們最愛的節目。我母親總是逼我坐在餐桌前吃飯，因為她認為這是唯一保持行為端正的辦法，但奧涅妲似乎並無這種禁忌。

等她離開時可能就過十點了。她不介意走路，但我不喜歡這樣，所以我會把車開出來載她回去。她把載過父親的那輛車賣掉之後，再也沒買過別的車；她一直不介意讓人看到她在整個鎮上走動，儘管人們會嘲笑她。當時把走路當作運動的概念還沒流行起來。

我們從來沒有一起去過任何地方。有時候我不會見到她，因為她到城外去了，或者不是出城，而是在招待來這兒的外地人。我從來沒有機會見過他們。

不，這麼說好像在講我覺得被冷落了。我不覺得。要我認識新的人就像是折磨，她想必也了解這點；而我們一塊吃飯、一起在電視機前面消磨夜晚——感覺好自在又好容易適應，從來就沒有過任何困難。大多數人想必都知道，但由於對象是我，所以他們沒什麼理會。人人皆知我還替她算所得稅，可是為何不呢？算稅是我會做的事，沒人期待她會懂這方面。

我不曉得人們知不知道她沒有付過我錢。理論上我應該提個微不足道的金額，只為了讓事情看起來正當些，但這話題一直沒有提起。這也不是在說她很小氣。她只是沒想到罷了。

如果我非得提起她的名字不可，有時候會說溜嘴成艾妲。要是我在她面前講出來，她就會稍微揶揄我，並指出我總是喜歡找機會拿別人的老氣綽號喊他們。我自己倒是沒注意到這點。

「沒人會放在心上，」她說。「只有你會。」

這讓我有點不悅，雖然我極力掩飾。她憑什麼評論人們對我做過或沒做的事有何感受？這句話在暗示我不知為何依戀著童年，而我想待在那裡、逼大家跟我留下來。

這樣太簡化事情了。就我看來，我的學校歲月都花在適應我的模樣——適應我臉的樣子，以及其他人相對下的長相。我想，能夠在這種環境撐下來、曉得我能在鎮上過活和謀生、不必一直認識新的人，就算是一種小小勝利了吧。而想把我們大家拉回小學四年級？不，多謝喔。

而且奧涅妲哪有資格決斷別人？我覺得她根本還沒有定下來。事實上，大屋拆掉以後，她身上很多東西也消失了。這個鎮正在改變，她在鎮上的地位也在改變，她卻幾乎沒有察覺。事情當然永遠會改變，但是戰前的變遷卻是人們遷出去、想找更好的地方住。到了五、六、七〇年代則換成一批新的人搬進來。你會以為奧涅妲住進公寓後會承認這種變化，但她沒有完全意識到狀況。她依然有股奇怪的猶豫和輕率，好像在等著人生開始。

她當然有出去旅行過，或許認為人生會從這裡開始吧。而她沒有斬獲。

小鎮南端蓋了間新的購物中心，而庫柏百貨關門（對我沒有差，我已經有夠多收入，可以不用靠他們）的那幾年，鎮上似乎有愈來愈多人會外出過冬季假期，這意味著跑去墨西哥、西印度群島或是過去跟我們沒有任何關係的地方。就我所見，這種事的後果便是帶回我們以前也沒有的疾病。有一陣子經常如此。會出現「年度最大疾病」，外加一個特別的名字。或許現在仍然如此，只是沒有人會關切了；或者有可能是我這年齡的人已經不再費神關注了。你能確定自己不會被什麼戲劇性的大事嚇著，不然現在早就被嚇死了。

有天晚上看完電視節目後，我站起來想趁奧涅妲回家前泡杯茶。我走向廚房，突然感到噁心、踉蹌並跪倒，最後躺在地板上。奧涅妲抓住我，把我扶到椅子上，接著我的暈眩感退去。我告訴她我有時會發作，不必擔心；這是謊話，我也不知道我幹麼撒謊，她反正也不相信我。她把我扶到樓下我睡覺的房間，脫掉我的鞋子。然後我們不知如何——加上我的一點抗議——合力脫下我的衣服換上睡衣。我只能斷斷續續意識到這些事。我叫她搭計程車回家，但是她不理我。

她晚上睡在客廳的沙發上，而隔天探索過我的屋子後，決定住進我母親的臥室。她白天一定是回公寓拿了需要的東西，或許還去了趟購物中心買雜貨，心想能補充我的存貨。她也跟醫生談過，從一間藥局拿了處方箋，我則把她遞到嘴邊的任何東西嚥下去。

我生病發燒了將近一星期，意識時有時無。我偶爾跟她說我覺得我好起來了，可以自主，儘管這只是在胡說。我多半時間只是聽她的話，用講求實際的方式倚賴她，就像你在醫院得仰賴護士照顧一樣。她照顧發燒病人的技能沒有護士好，而偶爾我有力氣時就會像個六歲娃兒抱怨。她聽了會道歉，但不會覺得受冒犯。當我沒有告訴她我已經好多了，叫她回自己住處的時候，我會自私得喊她的名字，沒有別的原因，只為了確定她還在我身邊。

然後，我康復到開始擔憂她會感染到我得的病（不管那是什麼）。

「妳應該戴口罩的。」

「別擔心，」她說。「如果我會得病，我想我早就染上了。」

等我第一次真正感覺好起來時，我懶散得無法承認自己有好長一段時間又感覺像個小小孩了。

不過她當然不是我母親，我也得等到有天早上醒來才意識到這點。我不得不思考她替我做的全部這些事，而想到這裡就令我好生尷尬。其實任何男人都會，但我格外難堪，因為我想起自己的長相。我已經多少忘了這件事，而我現在感覺她似乎並不覺得困窘，能夠實事求是地做事，因為我對她是中性份子，或者是個可憐的小孩。

這時我很有禮貌地走進房間，然後在滿臉感激中，十分真誠地希望她能回家去。

她懂了我的訊息，不覺得生氣。她經歷這些斷斷續續的睡眠和不熟悉的照護，想必已經累壞了。她去買了點我會需要的最後一批東西，最後一次量過我的體溫，然後離開，跟我想的一樣心滿意足，好像某人圓滿達成任務。但她離開之前仍在客廳等，看我能否不靠協助著衣，且很滿意我辦到了。她前腳一踏出門，我就已經把生病那天正在做的帳本拿出來。

我的思緒變慢了，不過依然準確，對我不啻一大欣慰。

她沒有再來纏著我，直到我們慣常一起看電視的那天——或者應該說那晚。她帶了個湯罐頭出現。雖然本身不夠做成一道菜，也不是她親手煮的東西，但依舊對晚餐有點貢獻。而且她還早到，騰出時間弄湯，甚至沒問我就逕自打開罐頭。她很熟悉廚房，把湯加熱並倒進湯碗，然後我們一塊兒享用。她的舉動似乎在提醒我，我是個生過病的人，需要立即補充營養。某方面這也沒錯；我那天中午發抖得沒辦法自己使用開罐器。我們晚上都會連看兩齣劇。可是那晚，我們根本沒機會看到第二部，因為她還等不及開始播放，就談起令我非常不安的話題。

重點是：她準備要搬進來住。

她說，首先，她不喜歡住在公寓裡，那是個大錯誤。她喜歡普通房屋。但是這不代表她後悔賣掉她出生的屋子；她若一個人住在裡面的話會變得瘋瘋癲癲。錯誤在於她以為公寓是解答。她一直不覺得快樂，以後也不會快樂。她是在我生病、住在我家裡時才意識到這點。她應該很早以前就要想到的，那時她還是個小女孩，望著特定的房子時會暗地希望能住在裡頭。

她說，第二個理由是我們沒辦法獨力照顧自己。要是我生病了又獨自一人，那要怎麼辦？如果這種狀況又發生了呢？或者發生在她身上會怎樣？

她說，我們對彼此都有某種好感，不只是普通的感受；我們可以像兄妹一樣住在一起和看顧彼此，這也會像是全天下最自然的事。大家都會接受——他們怎麼不會呢？

她說話的這整段時間裡，我心裡感覺很糟糕：氣憤、害怕、反感。最壞的部分在結尾，她說著為什麼沒人想過這件事。我同時間其實能聽懂她的意思，或許還同意她的看法：人們會習慣的，也許還會講一、兩個我們甚至沒機會聽到的黃色笑話。

她或許說得對。這也許說得有理。

我此時感覺好像被扔進一間地窖裡，把門當著我的頭頂摔上。

我絕不會讓她知道我有這種感受。

我說，這點子很有趣，可是有一點讓它不可行。

她問，是什麼？

我說，我忘了告訴她，因為生病、忙碌跟什麼的，我已經把這棟屋子放到房市上。

這間屋子賣掉了。

噢，噢。為什麼我沒告訴她這件事？

我老實說，我沒頭緒。我不知道她在盤算著這種計畫。

「所以我就是沒有及早想到罷了，」她說。「就像我生命裡的很多東西。我一定是哪邊有問題。我不會花時間思考。我老是以為還有很多時間。」

我救了自己一命，卻也付出代價。我不得不把房子——這棟房子——求售，並用最快的速度賣掉。幾乎跟她賣掉自己的舊家一樣快。

我用幾乎跟她一樣迅速的方式脫手房子，儘管我沒有勉強接受像她那麼荒唐的出價。然後我發現我得處理我父母在度蜜月時搬進來後累積的各種東西。他們沒有錢去任何地方旅行，只能直接定居。

鄰居十分詫異。他們不是老鄰居，不認識我母親，但他們說他們已經好習慣看到我定期來去。

他們想知道我現在做何打算，我則想到我毫無計畫。除了做我一直在做的工作（我也已經減少了工作量），還有期待過個小心翼翼的晚年，我沒有其他企圖。

我開始在鎮上到處尋覓住處，最後發現只有一個夠近的地方空著，正是奧涅姐舊家所在處大樓的一間公寓單位。不是她住過、有好景觀的頂樓，而是在一樓。既然我一直對景觀沒什麼興趣，也就租下來了。我不曉得我還能怎麼辦。

當然，我有意告訴她，但話每次到嘴邊就消失。反正她有自己的打算；現在是夏季，我們看的節目停播，這段時間我們不會定期見面。而當我想著事情的原委時，我並不認為自己應該向她道歉或徵詢她的許可。當我去大樓簽租賃契約時，她也根本不在附近。

我那回拜訪公寓大樓時想通了一件事，或者應該說事後才想到。一個我不認得的男人跟我說話，過了一分鐘後我才發現他是我認識過多年的一個人，過去半輩子曾在街上跟他打招呼。如果我在街上看到他，或許會認出他來，就算有歲月的蹂躪也一樣，但我在這邊居然認不得。我們兩個因此大笑。他想知道我是不是要搬進「墓園」。

我說，我不曉得他們是這樣喊公寓的。不過沒錯，我想我會搬進來。

接著他想知道我玩不玩尤克紙牌[7]，我說我會玩，只到某個程度。

「很好。」他說。

那時我心想，只要活得夠久，問題就會煙消雲散。把你納進某個牌社裡。無論你有過什麼殘缺困難，只要能活到現在，大部分的問題都會煙消雲散。每個人的面子都有遭受打擊的時候，不是只有你而已。

這令我想起奧涅妲，還有她跟我說到要搬進來住時的表情。她的身材不再纖細，每天晚上跟著我熬夜，無疑已變得枯瘦疲憊，但更明顯的是年華老去的痕跡。她的美貌一直是很精緻的，是那種容易臉紅的金髮女性，而且同時古怪地交錯著歉意與高貴的自信，而如今連這點也失去了。當她鼓起勇氣對我提出她的提議時，她看起來很緊繃，表情很古怪。

當然，假如我有得選擇，我自然會根據我的身高挑個更矮小的女孩，比如那個暑假在百貨公司打工的大學女生，嬌小可愛，一頭黑髮，是庫柏家的親戚。

有天那個女孩友善地對我說，如今我的臉有方法補救了。她說，成果絕對會令我大為驚嘆。而且既然有安大略省健保，根本不會花到錢。

她說得沒錯。可是要我踏進某位醫生的辦公室、坦承我想要某樣我沒有的東西，我要怎麼解釋這種事情就是完全不在我考慮之中？

7 Euchre，一種四人紙牌遊戲，分成兩組對抗。

我正在打包和丟東西的時候，奧涅妲出現了，氣色比之前好。她的頭髮做過造型，髮色也稍微變了，也許更偏棕色。

「你絕不能一口氣扔掉所有東西，」她說。「你收集它們是為了寫本鎮的歷史。」

我說我是在篩選，儘管這不完全是實話。就我感覺，我們倆都在假裝在乎鎮上發生過的事，超出我們真正在意的程度。當我現在回想起鎮上的歷史時，我感覺一個鎮終究跟另一個鎮並沒有兩樣。

我們沒有提起我準備搬進公寓大樓的事。好像那早就討論過，被視為理所當然。她說，她又要去旅行了，這回還告訴我目的地：薩瓦里島[8]。好像這樣就能解釋一切。

我禮貌地問島在那裡，她說：「噢，在海岸外面。」

彷彿這樣便回答了問題。

「我有個老朋友住在那邊。」

當然，這也有可能是真的。

「她寄電子郵件給我，說我應該去那裡一趟。我不知道為什麼不是很想，不過我就還是試試看吧。」

「我想妳試過了才會知道。」

我覺得我似乎應該多說些什麼，像是問問那裡的天氣之類，以及她要到什麼地方去。但我還沒能想出任何話題，她就發出最不尋常的小小尖叫聲，用手掩著嘴，小心翼翼跨大步走到我的窗前。

「小心，小心，」她說。「你看。看啊。」

她正在用幾乎無聲的方式大笑，說不定是表示她很痛苦。她把一隻手背到背後，在我站起來時作勢要我保持安靜。

我的房子後面有個鳥浴池，是我多年前放在那裡的，讓我母親能欣賞鳥兒。她很喜歡鳥，不只能分辨牠們的外表，也能分辨牠們的歌聲。我已經遺忘了浴池好一段時間，今早才重新灌滿。

現在怎麼了呢？

浴池裡滿滿的都是鳥兒。有黑有白，掃起一陣風暴。

---

8 Savary Island，位於加拿大卑詩省喬治亞海峽北部的小島。

不，不是鳥。比知更鳥更大，比烏鴉小。

她說：「臭鼬——是小臭鼬。身上白的地方比黑色多。」

可是好美啊。牠們奔跑衝刺，永遠不會擋到同伴的路，讓你數不清到底有幾隻，看不見身體從哪邊起頭、又結束在何處。

我們在注視的時候，牠們挺起身子，一隻隻爬出水面，開始迅速而筆直地對角穿過庭院，彷彿牠們對自己很自豪，卻仍保持謹慎。一共有五隻。

「天啊，」奧涅妲說。「鎮上居然會出現這些。」

她的臉龐光彩奪目。

「你有看過這種景象嗎？」

我說沒有。從來沒有。

我以為她會再說別的事，破壞了當下感受。但是沒有，我們倆都沒說話。

我們都非常高興。

（王寶翔　譯）

柯莉

「像在這樣一個地方，把錢全集中在同一個家族裡不好，」卡爾頓先生說。「我是說，對像我女兒柯莉這樣一個女孩而言。只是舉例，我是說，像她這種女孩。這麼做不好。沒有人門當戶對。」

柯莉就坐在桌子對面，直直地看著訪客。她似乎覺得這句話很好笑。

「她要嫁給誰呢？」她父親繼續說。「她都二十五歲了。」

柯莉揚起一邊眉毛，扮個鬼臉。

「你少算了一年，」她說。「是二十六。」

「請便啊，」她父親說。「儘管笑我。」

她開口大笑。訪客則心想：的確，不然她還能做什麼呢？這位訪客的名字是霍華・里奇，只比柯莉大上幾歲，而正如她父親一見面就問出來的，他已經有個妻子和一個年輕的家庭了。

她的表情變得很快。她有一口白牙與一頭接近漆黑的短鬈髮，高聳的顴骨是整張臉的亮點。她不是外表柔和的女人，骨頭上沒長什麼肉，這點正是她父親接下來可能會拿來說嘴的事。霍華．里奇猜想她是那種會花很多時間打高爾夫跟網球的女孩。儘管她回嘴很快，他倒認為她的思想很傳統。

霍華是個建築師，生涯才剛起步。卡爾頓先生堅持喊他教堂建築師，因為他目前在修復鎮上聖公會教堂的鐘塔，這座鐘塔瀕臨傾倒的命運，直到卡爾頓先生出手拯救。卡爾頓先生並非聖公會教徒——他已經指出這點好幾次。他上衛理教[1]教堂，本人是死忠的衛理教徒，難怪家裡沒放酒。但這間漂亮的聖公會教堂也不應該放任它荒蕪毀壞；不必寄望聖公會教徒會做任何事情——他們是愛爾蘭新教徒[2]裡的窮人階級，只想把鐘塔拆掉、換個會玷汙這座鎮的東西上去。他們手上當然沒錢，也不懂應該要找個建築師，而不是請個木匠。找一位教堂建築師。

餐廳醜得要命，至少就霍華的看法是這樣。現在是五〇年代，可是屋內一切彷彿打從世紀交替時就存在了。食物只有勉強及格，坐在桌首的男人永遠話講個沒完。你會以為那位女孩聽得很累，但她似乎多數時間都在壓抑著別大笑。她還沒吃完甜點就點了根菸。她給霍華一根，用聽得相當清楚的聲音說：「別在意爹地。」霍華接受了，但不覺得這樣有改善他對她的觀感。

被寵壞的有錢人家小姐。沒有禮貌。

她突如其來問道，他對於薩斯喀徹溫省省長湯米．道格拉斯[3]有何看法。

他說，他太太支持他。事實上他太太認為道格拉斯還不夠左翼，不過他沒打算說下去。

「爹地愛死了他。爹地是共產主義者。」

這話讓卡爾頓先生哼了聲，但沒能壓倒女兒的說詞。

「你聽了那人的笑話不是也會笑嘛。」她對父親說。

不久後，她帶霍華出去看屋子周圍。房子前面正對著製造男用靴與工作鞋的工廠，

---

1 Methodism，又稱循道宗，中文譯名以成立人衛斯理（Wesley）兄弟取名，原為聖公會（英國國教）內的一派，美國獨立後就分離為新教之一。

2 美國獨立後，美國與加拿大的聖公會就脫離英國國教，所以有些聖公會教徒會自認為是新教徒。

3 Thomas Clement "Tommy" Douglas（1904-1986），加拿大社會民主主義政治家、新民主黨黨魁，創立北美第一個全民單一醫療保險，在二〇〇四年被加拿大廣播公司稱為是「最偉大的加拿大人」。

後面卻有寬敞的草地，還有條河流經過，在半途打彎繞過城鎮。一道蜿蜒小徑通往河岸，她在前面帶路，讓他看見了他之前不太確定的事。她有條腿是跛的。

「爬回來的路不是很陡嗎？」他問。

「我沒有殘廢成那樣。」

「我看到你們有艘划艇。」他說，有意當成一部分的歉意。

「我以後會帶你坐船，不過不是現在。現在我們要看日落。」她指著一張舊廚房椅，說是用來看夕陽的，要求他坐上去。她自己坐在草地上。他正想問她能不能平安無事爬起來，不過想想還是算了。

「我有小兒麻痺，」她說。「就這樣。我媽也有，然後她死了。」

「真令人遺憾。」

「我想是吧。我不記得她了。我下個禮拜要去埃及，本來很期待的，現在卻興致缺缺。你覺得會很好玩嗎？」

「我得賺錢謀生。」

他很訝異自己說了什麼，而且當然也讓她吃吃笑了。

「我沒有別的意思。」她笑完後大器地這麼說。

「我也是。」

想必到時會有個讓人毛骨悚然的掏金男擄走她，某個埃及人還是什麼的。她似乎同時大膽又幼稚。男人或許一開始會被她迷住，但她的口無遮攔、自鳴得意（假如真能這樣形容）會變得討人厭。當然，她手上有錢，所以某些男人永遠不會覺得厭倦。

「你絕對不能在我爹地面前提起我的腿，不然他會氣到中風，」她說。「有次有個孩子取笑我，他不只懲罰他，還把他全家人都開除了；我是說，連親戚也不放過。」

古怪的明信片從埃及寄來，不是寄到他家，而是寄到他的事務所。嗯，當然了，她怎麼會知道他家住址呢？

沒有一張有金字塔。沒有獅身人面像。

反而有直布羅陀巨巖[4]，旁邊附註說這是倒塌的金字塔。另一張是一塊暗棕色平原，天曉得是哪裡，寫說這是「憂鬱症之海」。此外還有一行小字：「放大鏡可買到，

---

4 Rock of Gibraltar，直布羅陀和西班牙相隔的巨型石灰岩，高四二六公尺，古希臘人稱之為海格力斯之柱，被認為是世界的盡頭。

送錢來。」幸好辦公室裡沒人看得懂。

他本來沒打算回覆的，不過還是回了：「放大鏡有瑕疵，請退款。」

他開車到她住的鎮上，進行沒必要的教堂尖塔巡視，知道她一定從金字塔那邊回來了，只是不曉得她會在家，還是又跑去遠足。

她在家，而且會待一段時間。她父親中風了。

她其實幫不上什麼忙。有個護士每兩天會過來一次，還有個叫莉莉安・沃夫的女孩管爐火，霍華到的時候已經點起來了。當然，這女孩也做其他雜務；柯莉自己不擅長讓爐火燒旺，做菜也不太行，不會打字、不會開車，就算穿著增高鞋也不成。霍華到了以後就接掌大局，確保爐火燃著、打點好屋子四處的各種事，甚至去見柯莉的父親，假如老人能夠見客的話。

他不確定他在床上會對她的腳有何反應。但某方面而言，她的腿似乎比其餘的身體部位更誘人、更加獨特。

她告訴過他她不是處女。後來證明這是一言難盡的半事實，源自她十五歲時鋼琴教師的猥褻。她當時順著鋼琴教師的意，因為她對那種對某些事物渴求得要死的人感到不忍。

「請別覺得我剛才的話是侮辱。」她說，解釋她已經不再對那種人心軟了。

「希望不會。」他說。

然後他也有話要對她說。他掏出保險套不代表他經常勾引女人；事實上她只是他的第二個上床對象，第一位是他老婆。他是在信仰非常虔誠的家庭裡被帶大的，某個程度仍然相信上帝。他把這點當成祕密沒讓妻子知道，因為她是極左翼份子，聽了只會拿來開玩笑。

柯莉說，她很高興他們做的事——剛剛做的事——沒有讓信教的他感到困擾。她說自己從來沒時間崇拜上帝，因為光是她父親就難以應付。

他們想維持這種關係並不難。霍華的工作常常讓他得花上大半天出遠門去視察施工或跟客戶見面，而開車到基奇納不需太久。柯莉現在也獨自住在家裡；她父親過世了，以前在這兒替她工作的女孩辭職去城裡找工作。柯莉贊成這個決定，甚至給那女孩錢學打字，讓她能夠進步。

「妳這麼聰明，不應該瞎忙家務，」她說。「寄信給我，告訴我妳過得如何。」

莉莉安．沃夫究竟有沒有把錢花在打字課或什麼事情上，這點沒有人知情，但她仍繼續在家庭幫傭。霍華跟妻子及其他人受邀到基奇納某位新要人的家中用餐時，發現到了這點。莉莉安就站在桌旁待命，與她在柯莉家看過的男人打了照面：她每次進屋收碗盤或加柴火時，都會看到這個男人用手摟著柯莉。從餐桌上的對話聽來，這位赴宴的妻子從以前到現在都是他太太。

霍華說，他之所以沒有馬上告訴柯莉晚餐宴會的事，是因為他希望這件事會變得無關緊要。那晚的男女主人都不是他的密友，也不是他太太的朋友；後者肯定是真的，因為她事後取笑他們的政治立場。那是某種公益場合，那家人也不是女僕會跟女主人聊八卦的那種。

確實不是。莉莉安說她從沒跟人提過——這話是她在一封信裡說的。她說，就算她非說不可，也沒打算告訴自己的女主人，而是告訴霍華的太太。她的措辭是：他妻子會有興趣取得這項資訊嗎？信寄到他的辦公室，她聰明得查到了地址，但她也找到他家住址；她一直在打探。她提到自己在監視他，並提到他太太那件有銀狐毛領子的大衣。他太太不喜歡那件大衣，經常感到有義務告訴別人說那是她繼承的，不是買來的，而這也是事實。不過她仍喜歡在某些場合上穿，比方那場晚宴，顯然是要讓自己顯得更獨當一面，就連在對她沒用處的人面前也是如此。

「我要是讓一位人這麼好、大衣上還有條大銀狐領子的女士傷心，我會覺得很遺憾。」莉莉安在信裡這樣寫道。

「莉莉安怎麼會知道那是銀狐領子？」霍華覺得有必要把消息轉給柯莉時，她說。

「你確定她是這麼說的？」

「很確定。」

他立刻就燒了那封信，覺得被汙染了。

「所以她知道了一些事，」柯莉說。「我一直覺得她很狡猾。我想我們不能選擇殺了她嘍？」

他完全沒笑，所以她非常嚴肅地說：「我是在開玩笑。」

這時是四月，氣溫仍冷得得生火。她本來想請他在整段晚餐時間負責看火，但他這樣奇怪、悶悶不樂的態度讓她打消了念頭。

他對她說，他太太本來不想出席那場晚宴的。「純粹只是壞運氣罷了。」

「你早該聽她的建議。」她說。

「這樣糟透了，」他說。「天底下最糟糕的事。」

他們倆都直直望著黑色的爐柵。他先前只碰了她一次，為了打招呼。

「唔，不是，」柯莉說。「不算最糟。不算。」

「不算？」

「不算，」她說。「我們可以給她錢。金額其實不多。」

「我沒有——」

「不是你。我有錢。」

「噢，不要。」

「要。」

她逼自己輕描淡寫，但態度變得冷若冰霜。要是他拒絕呢？不，我不能讓妳這樣。這是徵兆，說我們該停止了。她很確定他的聲音、他的臉上會出現這種反應，吐出所有老套的罪過說詞。稱這是邪惡。

「對我不算什麼，」她說。「而且就算你能輕鬆負擔，你也不會願意。你會認為你是在讓家人失去一筆錢——你怎能這麼做？」

家人。她不該說出這個字眼。永遠不該提起。

但他的臉色倒是放鬆了。他說，當然，我辦不到，只是聲音裡帶著猶豫。她這時便曉得一切都不會有事。一會兒之後，他可以實際地談這件事了，他想起信裡提到的另一件事。他說，錢必須是現鈔。莉莉安用不上支票。

霍華說話時沒有抬頭，好像這是在談生意。他說，用鈔票對柯莉也最好，不會牽連到她。

「好吧，」她說。「反正不是什麼無法無天的金額。」

「可是不能讓她知道我們這樣認為。」他警告。

他們得用莉莉安的名字租個郵局信箱；鈔票裝在收件人為她的信封裡，一年放兩次。日期是莉莉安訂的，晚一天都不行。她說，不然她可能就會開始擔心。

霍華仍然沒有碰柯莉，只除了在感激、幾乎是正式道別時。彷彿他是要說，這樣的事必須與我們之間的關係完全切割開來。我們將重新開始。我們能再次感覺自己沒有傷害任何人、沒做錯任何事。他沒說出口的話就是這樣。柯莉則用自己的語言半開了個沒成功的玩笑。

「我們已經對莉莉安的教育做出貢獻——她以前沒這麼聰明。」

「我們可不希望她腦筋變得更好。不然她會要得更多。」

「船到橋頭自然直。反正，我們也可以威脅要報警。哪怕現在就做。」

「可是這樣妳我就完了。」他說。他已經道別過，於是轉開頭。兩人正站在風大的門廊上。

他說：「我無法忍受妳我的關係結束掉。」

「我很高興聽到這句話。」柯莉說。

約定的時間很快就到來，他們甚至沒有談論。她把裝好鈔票的信封交給他。他起先厭惡地小聲咕噥，但日後就變成默許的嘆息，彷彿被人提醒他還有雜務要做。

「時代真是不同了。」

「可不是？」

「莉莉安的不義之財。」柯莉交出信封時可能會這樣說，而他儘管一開始不喜歡這種說法，後來也跟著用。起初，她問他有沒有再看到莉莉安，有沒有去那裡參加過更多晚宴。

「他們才不是那種朋友。」他提醒她。他很少見到那些人，也不曉得莉莉安還有沒有替他們工作。

柯莉自己也沒看到她。莉莉安的同鄉都住在鄉間，而莉莉安就算過來找他們，這些人也不太可能來鎮上逛街，畢竟這個鎮已經在迅速走下坡。如今鎮上主街只剩一家便利商店，人們會去買樂透或短缺的雜貨，此外還有一間家具行，櫥窗裡永遠擺著同一套桌子與沙發，門也似乎沒開過——也許將來都不會開了，直到店主死在佛羅里達。

柯莉的父親過世後，製鞋工廠就被一間大企業買下，他們保證——柯莉這麼相信——會讓工廠繼續營運。結果不到一年便人去樓空，他們要的設備也搬到另一個鎮上去，什麼都沒剩下，只留著少數曾用於製靴和製鞋的過時裝備。柯莉起了個念頭，想成立一間古雅的小博物館展示這些東西；她會親自設立博物館，帶人參觀並解說東西是如何製造的。令人訝異，她靠著幾張照片，居然也懂得這麼多；這些照片是她父親帶去一場演說會展示給婦女會看的，她們那時正在研究本地工業，說不定演講的就是他本人——只是演講記錄的打字很糟糕。到了夏末，柯莉已經帶過幾位訪客參觀了。她在高速公路上放了個招牌、替旅遊手冊寫了段短文後，確信明年的參觀人數就會攀升。

次年早春，她有天早上從房間窗戶往外看，目睹幾位陌生人正著手拆除博物館所在的工廠建築。原來，她以為那張合約讓她能付一筆租金使用建築，合約卻沒准她展示或挪用建築裡找到的任何物品，不管東西早已不值錢了。不過這些古物毫無疑問是她的，此外她也運氣好，買下工廠的那間公司——一開始看似熱心公益——發現她在打什麼主意時，沒有逼她對簿公堂。

假如霍華前一年夏天沒有帶家人去歐洲旅行，他就能在她展開計畫時替她看合約，並為她省下好多麻煩。

等她平靜下來後，她對自己說，沒關係。她也很快就找到新的興趣。

事情始於她厭倦了自己空曠的大房子——她想出去走走，並把目光鎖定在街上的公共圖書館。

圖書館是棟堂皇、容易管理的紅磚建築，再者，它既然是卡內基圖書館[5]，想弄走可不容易，哪怕上門使用的人已經很少——幾乎沒多到能合理化圖書館員的薪水。

柯莉一個禮拜去圖書館兩次，負責打開門、坐在圖書館員的桌子後面，心血來潮便給書架撢灰塵，並打電話給借書記錄中逾期好幾年的人。有時候，她打電話找到的對象會宣稱他們從沒聽過那本書——是他們某位有閱讀習慣的嬸嬸或奶奶借出來的，現在已經過世；她於是去問圖書館財產處，有時還真會在還書籃裡挖出那本書。

坐在圖書館裡，唯一讓人不快的部分是噪音。聲音是吉米．考森斯製造出來的，他負責在圖書館周圍刈草，然後幾乎是一割完就從頭開始，因為他無事可做。所以她雇他割她家的草坪——她有時會為了運動，自己除草，但她的身材其實不需要她這麼做，何況她的跛腳會害她花太多時間。

霍華則被她生命的轉變弄得有點挫折；他更少過來了，但倒是能待得更久。他現在住在多倫多，繼續替同一家事務所工作，孩子不是進入青春期就是上了大學。他的女兒們表現很好，男孩們則不是那麼符合期望，不過男孩子就是這樣。他太太在省內一位政治人物的辦公室做全職員工，有時甚至要加班。她的薪水低得跟沒有一樣，但是她很快樂，比他以前了解的她還快活。

他上個春天帶她去西班牙，當作生日驚喜。那時柯莉有段時間沒聽到他的消息。他要是在生日禮物假期寫信給柯莉，未免太不懂禮數。他絕對不會做這種事；她也不希望他這樣。

「你這樣維持我倆的關係，好像把我的家當成神殿。」柯莉在霍華回來之後說，而他則說：「正是。」他現在愛上大房間的一切了，愛這裡的華麗天花板與黑暗陰沉的牆壁鑲板。他們活在極大的荒誕之中。可是他能發現這種生活對她的意義不一樣；她偶爾需要出門。於是他們開始短程旅行，然後是更長一點的旅行，到汽車旅館過夜——儘管

5 鋼鐵鉅子卡內基從一八八一年起開始捐贈圖書館，現在美國有三千五百間卡內基圖書館（加拿大有一二五間）。圖書館的土地由城市提供，維護費用來自稅收。

從不會超過一夜——並在還算精緻的餐廳用餐。

他們從來沒撞見過熟人，雖然他們很確定有一回差點就碰上了。如今事情改變了，只是他們不懂原因。是因為他們沒有身陷險境，儘管危機確實發生過了嗎？事實是，他們從未卻可能碰見的人，根本不會懷疑他們仍是一對罪人。他大可對別人介紹說她是他表妹，不會引起任何注意——他的確考慮過拿這種牽強的關係當藉口。他確實有些親戚，是他太太壓根兒懶得拜訪的；而且誰會追求一位跛腳的中年女性？沒人的腦袋裡會存著這種資訊，能在危險關頭戳破他們的虛偽。

噢，我們在布魯斯海灘遇到霍華跟他妹妹，不是嗎？他看起來氣色真好。那個也許是他表妹；跛了腳是嗎？

感覺不像什麼值得操心的事。

當然，他們仍會做愛，有時會小心翼翼避開痠痛的肩膀，或是敏感的膝蓋。他們倆在這方面一直很傳統，也依然如此，並恭賀自己不需要倚賴花俏的外來刺激。那是給已婚夫婦用的。

有時候柯莉會淚眼盈眶，把臉埋進他身上。

「只是感覺我們好幸運。」她說。

她從沒問他快不快樂，但是他用迂迴的方式表示自己樂在其中。他說，他的建築設計變得更保守，或者只是沒那麼有自信（她沒讓他知道她的想法：她認為他一直很保守。）他開始上鋼琴課，想給妻子和家人一個驚喜。人在一場婚姻裡，能有某種個人興趣是件好事。

「我很確定。」柯莉說。

「我的意思不是——」

「我知道。」

有一天——那時是九月——吉米．考森斯走進圖書館，跟柯莉說他今天沒辦法替她除草。他得去墓園挖個墳。他說，為了某位住在這附近的人。

柯莉手指撫著《大亨小傳》，問起那位逝世者的名字。她說，這很有趣，有很多人——至少是他們的身體——會跑來這個鎮，用臨終遺願煩他們的親戚；他們可能一輩子都住在附近或是遙遠的城市，滿足地度過餘生，卻不想在那裡入土為安。老人就是有這種怪思想。

吉米說，過世的人不怎麼老，姓沃夫。他忘了名字是什麼。

「不會是莉莉安吧？莉莉安．沃夫？」

他認為是。

事實證明的確是，莉莉安的名字出現在圖書館發行的本地報紙上，只是柯莉從來不讀這份報紙。莉莉安在基奇納過世，得年四十六，將從彌賽亞教堂出殯，葬禮於本日下午二時舉行。

嗯。

今天是圖書館一周裡應該開門的兩天之一。柯莉走不開。

彌賽亞教堂是鎮上的新教堂。鎮上再也沒滋長過什麼，只有她父親喊作「邪教」的東西出現。她能從圖書館的其中一扇窗看見教堂。

她不到兩點就站在窗前，望著為數可觀的致哀人群走進去。

如今不論男女，似乎不再會要求戴帽出席葬禮了。

她該怎麼告訴霍華？只有寄封信到他的事務所一途。她可以打電話過去，但那樣的話他的反應會很有戒心、十分不帶感情，讓他們的解脫感蒸發掉一半。

她繼續讀《大亨小傳》，只是太坐立不安，眼睛讀著字但串不起來。於是她鎖上圖書館，在鎮上遊蕩。

人們總是說這個鎮就像葬禮一樣死氣沉沉，然而當這兒出現真的葬禮時，反而帶來最豐沛的活力。她從一條街區外瞧見葬禮致意者走出教堂大門、停下來交談並擺脫沉重的心情，意識到鎮上變得活躍起來。然後，令她訝異的是，許多人繞到教堂側門重新進去。

當然了。她忘了葬禮結束，闔上的棺材放上靈車之後，所有人都會去享用葬禮後供應的飲料與餐點——只有跟死者夠親近的成員會跟上靈車，目送她下葬。不去墓園的人會在教堂另一個地方等，那邊有主日學教室和能招待客人的廚房。

她看不出有什麼理由別加入他們。

但是在最後一刻，她打算從旁邊直接走過。

太遲了。一個女人在其他人進去的門裡用挑釁的嗓音——或至少是用自信得不像參加葬禮的聲音喊她。

女人靠近她，說：「我們在葬禮上沒看到妳。」

柯莉不曉得這女人是誰。柯莉說，她很抱歉沒能參加，但她得顧著圖書館。

「噢，當然了。」女人說，不過已經轉過去跟某位拿了塊派的人說話。

「冰箱裡還有地方放這個嗎？」

「我不知道，親愛的，妳自己去看了就曉得。」

柯莉根據對她打招呼的女人身上有花朵圖案的衣服，猜想屋內的女人們大概都穿著類似的服裝。就算不是最好的哀悼服飾，也是最好的禮拜服。但也許她對禮拜服的概念已經過時；有些女人跟她一樣只穿褲子。

另一個女人用個塑膠盤端一片切好的蛋糕給她。

「妳一定餓了，」她說。「其他人都是。」

一個女人——以前是柯莉的髮型師——說：「我就跟大家說妳可能會來。我告訴他們，妳得等圖書館關門後才會出現。我也說妳沒能出席葬禮實在太可惜了。我就是這麼說的。」

「葬禮很棒呢，」另一個女人說。「等妳吃完蛋糕，妳就會想喝點茶。」

諸如此類。柯莉想不起任何人的名字。聯合教會教堂[6]和長老會教堂瀕臨解散，聖公會教堂多年前關門了；難道這裡就是大家投靠的新教會？

接待處只有一個女人得到的注意力跟柯莉一樣多，穿著也符合柯莉心目中參加葬禮女人的模樣：漂亮的淡紫色禮服，加一頂柔和的灰色夏帽。

這個女人被別人帶過來見她。女人脖子上圍著一圈樸素的真珍珠。

「噢，沒錯，」女人輕聲開口，口氣愉快，但不超過葬禮允許的程度。「妳一定就是柯莉，我聽過好多妳的事。雖然我們沒見過面，我卻覺得我好像真的跟妳很熟呢。不過妳一定在納悶我是誰。」她說了個名字，對柯莉沒有任何意義。接著女人搖頭，發出小小的悔恨笑聲。

「莉莉安來基奇納以後就一直替我們工作，」女人說。「孩子們喜愛她，然後是我們的孫兒女。他們真的愛戴她呢，天啊。她休假的日子，我就成了最沒資格的替代品。我們其實都很喜歡她。」

她的口氣像是覺得困惑，但又很高興，如此迷人地紆尊降貴，就像是她這樣的女人會展現的風采。她看得出來，柯莉是房間裡唯一跟她有共通語言的人，不會只聽她的話表面。

柯莉說：「我不曉得她生病了。」

「她病倒得就是這麼快。」端茶杯的女人說，問戴珍珠的女人要不要來一點，被拒絕了。

---

6 加拿大最大的新教教會，一九二五年由四個新教教會組成。

「在她這種年紀發病，比真正的老人病得還快，」端茶的女士說。「她在醫院待了多久？」

「我正在想。十天吧？」

「我聽到的時間比那還短。而且短到他們來不及跟她家裡的人通報病情。」

「她口風很緊，」前雇主說，聲音雖然小，話卻很有份量。「她完全不是那種會小題大作的人。」

「的確不會。」柯莉說。

這時一位矮胖、微笑的年輕女人靠過來，自我介紹說她是牧師。

「我們在談論莉莉安嗎？」她問，然後感到驚奇地搖搖頭。「莉莉安擁有天主的恩賜。她真是個難得一見的好人。」

大家都同意。柯莉也是。

「我在懷疑牧師女士。」柯莉在寫給霍華的長信中說——這信是她回家的路上在腦袋裡構思的。

稍後的傍晚，她坐下來開始寫這封信，只是她還不能寄——霍華跟家人去馬斯科卡區[7]的農舍住兩個星期。就像他事前形容的，大家都有點不悅——他太太沒政治可碰，他則得離開鋼琴——但他們都不願意拋棄度假傳統。

「當然，要是認為莉莉安的不義之財多到能蓋教堂，那就太荒謬了，」她寫道。「不過我敢說她蓋了尖塔。反正那尖塔的模樣很愚蠢。我以前沒想過這種倒過來的冰淇淋甜筒尖塔是多麼廉價！那兒正是信仰衰退之所在，是吧？他們自己不曉得，卻大聲昭告天下。」

她揉爛那封信，從頭來過，用更喜氣洋洋的口吻寫。

「黑函的日子結束。大地可聞布穀鳥歌唱。」

她寫道，她從來沒意識到這件事帶給她多大的負擔，但她現在看出來了。不是錢的問題——他也知道她不在意那筆錢，何況那筆錢在這些年裡不算多，只是莉莉安似乎一直沒發現到這點。負擔來自一種不安感，像是永遠不得安寧，兩人長久的愛背負著累贅，讓她因此不快樂。她每次經過任何信箱時都有這種感覺。

她心想，他會不會在信送達前早一步得知消息。不可能；他還沒有到會查看訃聞的

7 Muskoka，安大略省中部鄰近喬治亞灣的避暑勝地。

地步。

以前每年的二月和八月，她會把特別準備的鈔票放進信封，他則把信封塞進口袋。稍後他或許會檢查鈔票，在信封印上莉莉安的名字，再投進她的信箱。

問題在於，他有沒有檢查信箱裡面，看今年夏天的錢有無被拿走？莉莉安在柯莉交款的時候還活著，但想當然沒辦法趕來開信箱吧。想當然不行。

柯莉最後一回見到霍華和把信封交給他時，就是在他去農舍的前不久。她試著想像事情究竟會怎樣：他投遞裝錢的信封後會不會有時間再查看信箱，還是直接去了農舍？他以前待在農舍時，有時會寫信給柯莉。但這次沒有。

她上床睡覺，給他的信仍沒寫完。

接著她早早醒來，天色正在轉亮，儘管太陽還沒出來。

你這輩子永遠會有一天，發現鳥兒都不見了。

她搞懂了某件事。是在睡夢裡想到的。

她沒有消息給他，什麼也不給，因為根本就沒有消息。

不必提起莉莉安，因為莉莉安無關緊要，她一直都不重要。沒有郵局信箱，因為錢其實是直接進了帳戶，或者只是進了錢包。也許是用在一般開銷，也許當成適度的存款，或者換了趟西班牙之旅。誰在乎呢？對於一個有家室、避暑農舍、要上學的孩子和待繳帳單的人——這些人不必煩惱該怎麼用這麼大一筆錢。這些錢甚至無法被稱為意外之財。不必解釋。

她爬起來、迅速著衣，踏過每一個房間，對牆壁與家具介紹這個新概念。屋裡到處都是空洞，尤其是在她的心裡。她煮了咖啡但沒喝。最後她又回到臥房，發現她必須重新對屋子介紹當前的現實。

最後投遞的信是最簡短的字條：

「莉莉安過世，昨天下葬。」

她把信寄到他的辦公室，不過那無所謂了。誰在乎有沒有用急件寄呢？

她關掉電話，不想忍受等待的心情。靜默。她或許再也聽不到了。

但很快就有封信回來，幾乎不比她的信長：

「都沒事了，高興點。快回去了。」

所以這就是他們決定的收尾方式了，想做其他選擇已經太晚。儘管他們本來有可能會落得更糟，糟糕許多的。

（王寶翔　譯）

火車

反正這是列慢車，而且為了過彎而繼續放慢速度。傑克森是車上僅剩的唯一乘客，離下一站克勞佛大概二十哩遠。再過去是雷普利，最後是基克單和休倫湖。他運氣好，事不宜遲。他已經把票根從頭上的車票夾拿出來。

他舉起袋子從後門扔下去，看見它安穩地落在鐵軌之間。現在沒得選擇了——火車不會再減速。

他豁了出去。他是個體態很好的年輕人，跟平常一樣靈活，可是跳下車和落地的部分卻教人失望。他的身體比想像的還僵硬，害他往前倒、手掌重重擦到枕木中間的礫石，擦破皮。椎心刺骨。

火車駛離視線，他聽見它脫離彎道並開始加速。他對疼痛的手吐口水，弄掉礫石，然後拿起袋子開始往火車來的方向前進。如果他跟著火車走，就會在深夜時分抵達克勞佛。他依然可以跟別人抱怨，說他是在車上睡著、醒來時搞混了、以為坐過站，但其實沒有。然後他就腦袋一團亂地跳車，最後只好用走的。

他的說法會被採信。從那麼遠的地方回家，從戰火中歸來，他當然會腦筋迷糊了。還不算太晚；他能在午夜前到自己應該去的地方。

然而他想著這件事的整段時間裡，卻在往家的反方向走。

他叫得出品種的樹不多。楓樹，這大家都知道；橡樹；再來就沒幾種了。他以為跳車的地方是在某種樹林裡，結果不是。樹只沿著鐵路種，堤旁邊最密，但他能看見背後有一抹田野的蹤影：綠色、鐵鏽色或黃色，有牧草、穀物及殘株。他只知道這樣。現在仍是八月。

而火車的聲音一被環境吞沒，他才發現這裡不是他期望的那種完美寧靜。到處都有動靜，有不是風的東西掃動乾燥的八月葉，看不見的鳥兒用喧囂攻擊著他。

跳下火車原本應該是一次取消。你抬起身體、穩住膝蓋，進入一個截然不同的氛圍。你期盼得到空無。然而，這會兒你得到什麼？四周立刻出現一群事物爭奪你的注意力，這種事在你坐在火車上、單純往窗外看時是不會發生的。它們會問：你在這裡做什麼？你要去哪裡？你會感覺被你不曉得的東西監視，而且自己在打擾它們，周遭的生命會從你看不見的角度居高臨下推論你身上的事。

他過去幾年見過的人似乎都認為，你若不是來自城市，就是個鄉下人。這不是真的。除非你住過鄉下跟城市的中間地帶，不然你不會懂那種差別。傑克森自己是水管工之子，這輩子從來沒進過馬廄、趕過牛或堆過穀物束，或是像現在步履沉重地沿著鐵軌走，這條鐵路似乎正在從載運人與貨物的用途倒轉回去，變成長著野生蘋果樹、有荊棘的莓果樹叢與蔓生葡萄藤的鄉間，然後烏鴉——他起碼知道烏鴉這種鳥——會棲在他看不見的地方嘎嘎責罵他。這時一條花蛇溜過鐵軌之間，胸有成竹地認定他的動作沒快得能一腳踩死牠。他懂得不多，不曉得蛇有沒有毒，但蛇的自信把他給激怒了。

那頭小澤西乳牛——名字叫瑪格麗特．蘿絲——一般可以指望她每天早晚自動出現在馬廄、一天擠奶兩次。貝莉通常不必叫她。但是她今早對牧草田旁邊水渠裡，或是欄杆另一邊、藏著鐵道的樹林裡的某物太感興趣。她聽見貝莉的口哨，接著是呼喊，才百般不願地走出來，然後決定回去再瞧瞧。

貝莉放下提桶和凳子，開始踩過被晨露弄溼的草。

「真大牌。真大牌。」

她半哄半責備道。

有東西在樹林裡動。有個男人的聲音喊說沒事。

唔，當然不會有事啦。難道他以為她怕他嗎？倒是他最好害怕那頭角還在頭上的乳牛。

男人爬過欄杆，用自認為有安撫效果的方式揮手。

此舉超過瑪格麗特．蘿絲的忍耐極限。她不得不示威，跳過來又跳過去，甩甩頭上的邪惡小角。這雖然沒什麼，不過澤西乳牛的動作跟發脾氣的速度很快，總能用令人不快的方式嚇著你。貝莉出聲喊了，責罵乳牛並安撫男人。

「她不會傷害你。只要別動就好，她只是覺得不高興。」

她這才注意到他手上的袋子，這可能正是麻煩的起源。她以為他只是沿著鐵軌走走，但他想必是要去某處。

「她不喜歡你的袋子。如果你可以放在地上一會兒的話。我得帶她回穀倉那邊擠奶。」

他照她的話做，然後站著觀看，不想移動半吋。

她把瑪格麗特．蘿絲趕回穀倉邊放著桶子跟凳子的地方。

「你可以把袋子拿起來了。」她喊。然後等男人靠近時，她友善地說：「你只要別拿著它對她晃來晃去就好。你是個士兵對吧？你如果願意等我給她擠完奶，我可以幫你弄點早餐。她叫瑪格麗特・蘿絲。你得喊她時就得叫這個蠢名字。」

她是個矮壯的女人，一頭金中夾灰的直髮，還留了稚氣的劉海。

「這名字是我的錯，」她坐下時說。「我是親英派[1]。或說以前是。我做了麥片粥，放在爐子後面。我擠牛奶不用太久，你如果不介意的話可以繞過穀倉，去她看不見的地方等。真可惜我沒有蛋給你吃。我們以前有養母雞，只是狐狸一直咬走牠們，最後我們受夠了。」

我們。「我們」以前有養母雞。這表示她在這附近有個男人。

「麥片粥就很好了。我很樂意付妳錢。」

「不必，只要暫時走開就好。她會對你太感興趣，不肯乖乖擠奶。」

於是他繞過穀倉走開。穀倉年久失修；他透過木板縫看她有什麼樣的車，卻只能看見一輛舊輕便馬車，還有其他像是機械殘骸的東西。

1 瑪格麗特・蘿絲（Margaret Rose, 1930-2002）或斯諾登伯爵夫人，是英國女王伊莉莎白二世的妹妹。

這地方算是乾淨，卻稱不上勤於維持。屋子的白漆都脫落了，開始轉灰。一扇窗上釘了木板，一定是玻璃破了。她提過老是被狐狸闖入的那個母雞舍破爛不堪，屋頂板堆成一疊。

假如這兒有個男人，他一定有殘疾，不然就是懶到不肯動。

旁邊有條路經過，屋子前面有一小塊柵欄圍起來的地，還有一條對外的土路。空地上有隻模樣平靜的斑紋馬。他曉得養頭乳牛的用意，可是養隻馬？農場的人即使在戰前就開始弄走馬兒，因為曳引機才是新潮流。這女人也不像那種會為了好玩而騎在馬背上到處走的人。

然後他想到了：穀倉裡的輕便馬車。那輛車不是古董，是她僅有的交通工具。

他從一段時間前就一直聽到一個怪聲音。外面的路向上去到一座小山上，正是那山後面傳來喀啦、喀啦的聲音，當中還雜著某種叮噹聲或口哨聲。

這時，一個裝著輪子的箱子翻過山頂，由兩隻很小的馬拉動，比空地那隻馬還小，活力卻旺盛得多。車廂上坐著半打左右的小小人影，全部身穿黑衣、頭戴正式的黑帽。

聲音是他們發出來的，是歌聲。高亢的小小節制嗓音，甜美無比。他們經過時看也沒看他一眼。

這景象令他心寒。穀倉裡的輕便馬車和空地上的馬根本比不上這輛車。

他仍站在那裡東張西望時，聽見女人喊：「都弄好啦。」她站在屋子旁邊。

「從這裡進出，」她對著後門說。「前門在上次冬天就卡死了，不肯打開。你還以為它仍凍著呢。」

他們進屋，走過鋪在不平泥土地上的木板，房間裡因為窗戶被堵起來而黑漆漆的。這裡跟他戰時睡覺的凹坑一樣冷，他那時會不停醒來，試著把身體縮進一個能保暖的位置。女人在屋內不會發抖——她身上散發出新鮮的勞動味，也可能是乳牛皮的緣故。

她在一個盆裡倒新鮮牛奶，拿條放在附近的起司布蓋住，再帶他走進屋子的主空間。這裡的窗戶沒有窗簾，所以光線直射進來，此外燒木柴的爐子正點著。此處也有個水槽跟一具手動打水幫浦，一張桌子鋪著到處磨破的油布桌巾，還有張沙發蓋著縫縫補補的舊被子。

另外還有個會掉出一些羽毛的枕頭。

目前為止還不壞，儘管老舊又邋遢。這裡所有看得見的東西都有用處，但是你抬起眼睛就會看見架上有一疊疊報紙或雜誌，或者只是某種文件，一路堆到天花板。

他忍不住問她，她不怕失火嗎？比方說這裡有火爐。

「噢，我永遠都在這兒。我是說，我睡在這裡，因為沒別的地方能遮擋冷風。我很小心。我甚至沒讓煙囪失火過。有幾次變得太熱，我就直接在火上灑點焙粉。別擔心。

「至少我母親得待在這兒，」她說。「沒有別的地方讓她覺得舒服。我把她的床放在這裡，我會注意一切。我是有考慮過把所有紙張搬到客廳，只是那裡該死的太潮溼了，它們會壞掉。」

然後她說她應該先解釋的。「我母親過世了。五月走的，剛好是天氣轉好的時候。她活到來得及在收音機上聽到戰爭結束。她完全懂——她很早以前就沒辦法說話，但她能聽懂。我已經太習慣沒聽到她講話，所以有時會以為她還在這裡；但當然沒有。」

傑克森覺得自己有義務表達歉意。

「噢，反正是遲早的事。幸好不是發生在冬天。」

她端麥片粥給他，並倒了茶。

「不會太濃吧？我是說茶？」

他喝了滿嘴，搖搖頭。

「我從來不會節省茶葉。要是那樣，幹麼不直接喝熱水算了？不過我們上個冬季天氣好糟，茶葉一度喝完了。打水機壞了，收音機壞了，茶也沒了。我出門擠奶時得在後門綁條繩子抓著。我本來想讓瑪格麗特．蘿絲進後廚房，不過我想她會被暴風雪弄得難受，讓我關不住她。總之她活下來了；我們都撐了過來。」

他在對話中找個空檔，問她這附近是不是有侏儒？

「我沒看過。」

「坐在運貨馬車上？」

「噢。他們在唱歌對吧？一定是門諾教徒[2]的小男孩們。他們會駕車去教堂，一路上都在唱歌。女孩們得跟著父母搭輕便馬車，但是他們願意讓男孩們坐運貨馬車。」

「他們好像根本沒看到我。」

「他們不會管你。我以前會跟母親說，我們住對了路，因為我們看起來就像門諾教徒。我們有馬和馬車，也喝沒加熱殺菌的牛奶。唯一差別在於，我們沒有人會唱歌。

「母親過世時，他們帶了好多食物來，我吃了好幾個禮拜。他們一定以為這裡會舉行守靈什麼的。我很幸運能有他們關照。但是我後來也對自己說，他們也很幸運，因為他們理應要做點施捨，而我幾乎就在他們家門前，他們若想行善可有機會了。」

2 重浸派的門諾．西門（Menno Simons, 1496-1521）的追隨者所組成的教派。

他吃完後提議付錢給她，她卻用手推開他的錢。

她說，不過他可以做一件事。他能不能在離開前試著修好馬的飼料槽？

這件差事其實是要從頭打造一個新飼料槽，他於是得四處尋覓找得到的材料跟工具。他花了一整天，她則端淋了門諾教徒楓糖漿的煎餅給他當晚餐。她說他晚一個星期出現就好了，這樣她就有新鮮果醬給他吃。她會摘鐵軌沿線長出來的野莓果。

他們把廚房椅子放在後門外面，坐到太陽下山。她在跟他說一些她怎麼來到這裡的事，他則只用一部分的注意力聽，因為他在環顧四周，心想這地方怎麼會貧弱成這樣，但若是有人住下來改善狀況，似乎又不至於完全無可救藥。固然得投資一筆錢，但得投入更多的時間和精力，門檻會很高。他幾乎很不捨自己得繼續上路。

他沒有用所有注意力聽的另一個理由，是因為貝莉——她的名字是貝莉——不停述說的人生，他很難想像。

她說她父親——她喊他爹地——買下這裡本來只是要避暑，後來決定他們乾脆整年住在這兒。他在哪邊都能工作，因為他靠著替《多倫多電訊晚報》寫專欄維生。郵差會取走寫好的東西，用火車送走。他寫各種發生的事，甚至把貝莉寫進去，稱她是小貓咪，偶爾也提到貝莉的母親，卻叫她卡薩瑪西瑪公主，貝莉說那名字出自一本書[3]，書名現在已經沒有意義。她母親或許是他們終年定居在此的主因；她在一九一八年染上可怕的流感，那場病害死了好多人，她病癒時也變得很怪。她沒有真的啞掉，因為她能講出幾個字，但大部分的字卻不會說了，或是那些字拋棄了她。她得從頭學習餵自己吃飯、洗澡，除了字，還要學會在炎熱季節別脫掉衣服。可想而知，你自然不希望她在某條市街上亂晃，淪為笑柄。

貝莉在冬天離家去念書，學校名字是斯特羅恩中學[4]，她很訝異他從來沒聽過。她把字拼出來。學校在多倫多，滿是有錢人家的女孩，但也有跟她一樣靠親戚贊助或遺囑才得以入學的。她說，那裡把她教得有點目中無人，也沒教她明白她以後要做什麼工作。

結果一場意外定型了她的人生。她父親有次走在鐵軌上——他很喜歡在夏天傍晚這麼做——結果被火車撞了。她和母親兩人在事件發生前已經上床睡覺，貝莉還以為有農場的動物跑到鐵道上。但她母親可怕地呻吟起來，似乎曉得是怎麼回事。

有時候，她在學校裡結識的女孩朋友會寫信來，問她在那種地方到底能找到什麼事

---

3 *The Princess Casamassima*，作家亨利．詹姆斯（Henry James）於一八八六年出版的小說。

4 Bishop Strachan School，多倫多歷史最悠久的女子寄宿中學，成立於一八六七年，以多倫多第一位主教約翰．斯特羅恩（John Strachan）命名。

做，然而她們根本不懂。她得擠牛奶、煮飯和照顧母親，而且那時還有養母雞。她學會怎麼切馬鈴薯，讓每一塊都有個芽眼，然後種下去，在次年夏天挖起來。她沒有學會開車，大戰爆發之際她就賣掉爹地的車。門諾教徒家庭給她一匹已經沒辦法犁田的馬，其中一人則教她怎麼套馬鞍和讓牠駕車。

有個叫蘿賓的老朋友過來拜訪她，認為她的生活方式非常可笑。她希望貝莉能回去多倫多，可是她母親怎麼辦？她母親現在沉默得多，也學會留著衣服，此外喜歡聽收音機，在星期六下午聽歌劇。她母親當然能在多倫多做這些事，只是貝莉不想強行遷走她。蘿賓說，貝莉在講的人是自己，是她自己深怕離開原地。她——蘿賓——接著離開，加入他們稱為女兵團還是什麼的東西。

他得做的第一件事是整理一個廚房以外的空間睡覺，畢竟天氣很冷。他得趕跑幾隻老鼠，甚至是幾隻大老鼠，牠們因轉涼的氣溫而跑進屋內取暖。他問她為什麼從來不養隻貓，結果聽她講了一段古怪的邏輯。她說，貓老是會殺死東西，然後拖過來給她看，她可不想要這樣。他留意聽捕鼠夾闔上的啪聲，然後趁她發現之前丟掉老鼠。接著他講了她一頓，說廚房裡堆滿的紙張容易失火，她則同意把它們搬去客廳，前提是能擺脫潮溼。於是這成了他的主要工作；他買了臺暖氣、修好牆壁，說服她花大半個月時間爬上去搬下紙來，重讀並重新整理，再擺進他做的新架子上。

她跟他說，這些紙的內容是她父親寫的書。她有時會稱之為小說。他沒想過要問起書的任何事，但有一天她告訴他這是本歷史小說，主角有兩個人，瑪蒂爾達與史蒂芬[5]。

「你記得你學的歷史嗎？」

他以不錯的成績讀完中學五年，在三角幾何學和地理表現優異，但不記得多少歷史。反正，你在最後一年只會想著自己要上戰場了。

他說：「完全不記得。」

「你如果上的是斯特羅恩中學，就會記得清清楚楚。你會被迫吞下去。至少英國歷史的部分。」

她說史蒂芬是個英雄，是講信譽的人，是生不逢時的偉人。他是那種罕見的人，不會全然自私或藉機食言。因此到了最後他並沒有成功。

5 指瑪蒂爾達皇后（Matilda, 1011-1167）以及英格蘭國王史蒂芬（Stephen, 1096-1154），兩人是表兄妹，在一一三五至五三年的內戰爭奪過英國王位。

再來是瑪蒂爾達，她是征服者威廉的直系後代，跟你能想像的一樣殘酷傲慢。只是有些人可能只因她是女人就蠢得聲援她。

「如果我父親能寫完，就會是很棒的小說。」

傑克森當然曉得，書之所以會存在，是因為有人坐下來寫了那些書，不是憑空冒出來的。問題在於為什麼？已經有很多書存在了。他在學校讀過這些書的當中兩本，《雙城記》與《頑童流浪記》，這兩本的語言用不同方式累壞你。這也可以理解；這些書是很久以前寫的。

令他不解的是（雖然他沒打算說出來），如今怎麼還有人想坐下來再寫本書。在現在寫書。

貝莉輕快地說，真是悲慘。傑克森不曉得她指的是她父親，還是那本未完成的書裡的人物。

反正這房間可以住人了，他的心神就轉到了屋頂。總不能修好房間卻放任屋頂的現況把房間搞得一、兩年後又住不下去吧！他補好屋頂，讓她能再多撐幾個冬天，不過他無法保證能撐更久。他仍計畫在聖誕節時動身離開。

隔壁農場的門諾教徒家庭靠較大的女孩做活兒，他之前見過的那些小男孩還沒壯到能做粗重雜務。傑克森在說服他們在秋天收割時雇用他。那時他被帶進屋子跟其他人用餐。令他訝異的是，女孩們端食物給他時舉止輕浮，一點也不像他以為的會沉默肅靜。他注意到母親們盯緊女兒，而父親們則盯緊他。他很高興知道自己能讓父母兩方皆安心，他們會發現他身上沒有不安分的地方。一切都很安全。

當然，這些事沒什麼好跟貝莉說的。他發現她比他大十六歲；若提起這點，甚至只是開玩笑，就會壞了一切。她是某種特定的女人，他則是某種特定的男人。

他們有需要時會去一個叫奧利爾的小鎮買東西，跟他長大的鎮位在反方向。他把馬綁在鎮上聯合教會的牲口棚裡，畢竟主街上已經不再保留栓馬柱了。他起先對五金行和理髮店深具戒心，但很快就意識到小鎮的本質——他應該要想到的，畢竟他就是在小鎮長大。這些店彼此沒有來往，除非是球場或冰上曲棍球場在舉行比賽，人人才會擺出熱情好客的樣子。若這些店主需要買自己店裡沒有的東西，就會去大城市，就跟他們想看本鎮以外的醫生是同樣的道理。他沒碰見任何熟人，也沒人對他感到好奇，儘管他們會多看那匹馬兩眼。到了冬天他們就看也不會看，因為小路上不會剷雪，人們想把牛奶帶到乳品儲藏室、或是把雞蛋運去雜貨店時就用得著馬，跟他和貝莉一樣。

貝莉總是會止步看看電影院在演哪部片，儘管她從沒打算看任何電影。她對電影和電影明星如數家珍，不過也是多年前學來的，有點像瑪蒂爾達跟史蒂芬那樣。比方，她能告訴你克拉克・蓋博變成白瑞德[6]之前，在現實中是跟誰結婚。

很快地，傑克森就會在需要時剪頭髮，並在菸草抽完時買新的。他現在抽起菸來像農夫，捲自己的菸捲，也從來不在室內點火。

有段時間二手車缺貨，不過當新車款終於上市，而戰時賺了錢的農夫準備淘汰舊車時，他就找貝莉商談。天曉得馬兒「雀斑」到底有多老了，而且牠頑固得不肯爬任何坡。

他發現那位車商其實已經注意到他，只是沒想過他會登門拜訪。

「我一直以為你跟你妹妹是門諾教徒，只是衣著不一樣。」車商說。

這讓傑克森有點不安，不過起碼比被誤認成夫婦要好得多。這使他驚覺，他一定在這幾年來變老和改變不少。從前那個跳火車、瘦巴巴又膽小的士兵，在如今他這個人身上已經很難認出來。至於貝莉，就他看來她的人生停在某個地方，一直是那個孩子。她說話的方式也印證了這點，話會跳來跳去、回到過去再回來，以至於她不管是在上次到鎮上、她最後一次跟父母進城看電影，還是在瑪格麗特・蘿絲（現在已經死了）用角指著手足無措的傑克森的時候，感覺並沒有什麼差別。

他們在一九六二年夏天去多倫多時，開的是他們擁有的第二輛車，而且當然是二手車。這是一趟意外之行，時間點對傑克森也很尷尬。首先，他正在替門諾教徒家庭建造新馬房，他們正忙著照料穀物；此外他自己也有蔬菜要收成，他要賣給奧利爾的雜貨店。但是貝莉長了腫塊，她終於被說服要正視病情，也已預約要在多倫多動手術。

改變真大呢，貝莉路上不停地說。你確定我們還在加拿大境內嗎？

說這話時他們還沒經過基奇納。等他們上了新的高速公路，她就真的很緊張了，哀求他找小路走，不然就掉頭回家。他發現自己厲聲回應——路上的交通也讓他很意外。之後她一路上沒吭過半聲，他不曉得她閉上眼睛究竟是投降了還是在祈禱。他從沒聽過她祈禱。

她甚至在今天早上試著改變他的主意，叫他不要去。她說腫塊沒有變大，而是變小了。她說，既然開始有全民健保，大家都一個勁兒跑去看醫生，讓餘生變成醫院跟開刀

6 電影《亂世佳人》（及小說《飄》）的男主角。

的漫長獨幕劇，最後什麼效果也沒有，只害他們人生盡頭的討人厭時期變得更漫長。

等他們下了交流道，真進了城，她就鎮靜下來，心情又變好了。他們開在艾凡紐路[7]上，而儘管她宣稱什麼都變了，似乎仍能在每條街區認出一些事物。有棟公寓是斯特羅恩中學一位老師住過的地方，在地下室有間商店，可以買牛奶、菸和報紙。她說，要是你走進去找到《多倫多電訊晚報》，上面不只有她父親的名字，還有他髒兮兮的照片，是他還有頭髮的時候拍的，這樣豈不是很奇怪？

接著是一陣小小的尖叫聲，在經過一條小巷的時候，她瞧見那間教堂——她敢發誓那就是她父母結婚的教堂。他們曾帶她看過，只是他們沒去教堂；差得遠了。那次只是某種玩笑。她父親說他們是在一間地下室成婚的，她母親卻說是在教堂的聖具室裡。

那時她母親說話還很流利，就跟一般人毫無兩樣。

也許當時有法律規定，你必須在教堂結婚，否則就不合法吧。

她在艾靈頓大道看見地鐵站標誌。

「想想看，我這輩子從沒搭過地鐵。」

她的口氣混和了心痛與驕傲。

「想想看繼續當個這麼無知的人是什麼樣。」

醫院的人已經準備好替她動手術了。她繼續快活地告訴他們，她是如何被交通和種種改變嚇到，並納悶伊頓百貨[8]在聖誕節時會不會有這麼多人；而現在還有人在讀《多倫多電訊晚報》[9]嗎？

「妳應該開車經過中國城的，」一位護士說。「那才叫人山人海呢。」

「我回家時會想去看看，」她大笑，然後說：「假如我回得了家的話。」

「別說傻話。」

另一個護士問傑克森把車停在哪裡，告訴他改停到什麼地點以免收到罰單，並確保他知道這裡有給城外親屬的住處，會比住旅館便宜很多。

他們說，貝莉現在得躺到床上去了。一位醫生會過來檢查她，傑克森可以晚點過來道晚安。他那時可能會發現她有點反應遲鈍。

她聽見了，說她老是很遲鈍，所以他不會覺得訝異。這話讓大家都稍微笑了。

傑克森離開前，護士請他簽某樣東西。紙上問起他跟病人的關係時，他猶豫了。然

7 Avenue Road，即「大道路」。
8 Eaton's，加拿大連鎖百貨公司，成立於一八六九年，於一九九九年結束營業。
9 報社在一九七一年關門。

後他寫下：「朋友。」

他傍晚回去時的確看到了改變，儘管他不會形容貝莉的樣子叫遲鈍。他們要她穿上某種綠色袋裝，露出她的脖子和幾乎整條手臂。他很少看到她露出這麼多身體部分，也不曾注意過鎖骨跟下巴中間模樣顯眼的筋。

她感到嘴巴發乾，因此很生氣。

「他們什麼都不肯給我，只小氣地給我喝一小口水。」

她要他出去替她買瓶可口可樂，就他所知她這輩子從沒喝過這種東西。

「走廊盡頭有臺販賣機——一定有。我看到好多人手裡拿著瓶子走過去，害得我口好渴。」

他說，他不能違反醫生的命令買飲料。

她眼裡泛淚，開始大發脾氣。

「我想回家。」

「很快就可以了。」

「你能幫我找我的衣服。」

「不行。」

「你要是不肯，我就自己來。我自己去火車站。」

「已經沒有乘客列車會開到我們那邊了。」

於是她突然放棄了逃走的計畫。不久後，她開始回想屋子，還有他們做的各種改良——大多是他弄的。屋外壁白漆閃閃發亮，就連後廚房也塗白了牆壁、鋪上木地板。屋頂重新釘上木瓦，窗戶恢復成樸素的舊日風格，而最棒的則是配管系統，在冬天時順暢溜溜，讓人歡欣。

「如果你那時沒出現，我很快就會住在一團髒亂中。」

他沒有吐出心裡話，說她當時已經是那樣了。

「等我動完手術，我要立一份遺囑，」她說。「全都歸你。這樣你的努力就不會白費。」

他當然有想過這種事，你也能預料這種獲得財產的期望會帶給他認真的滿足感，儘管他會老實和善地表示，他希望短時間內還不會發生什麼事。不過當然不能是現在。這感覺上與他好無關，也太遙遠。

她繼續鬧脾氣。

「噢，真希望我在家，不是在這裡。」

「妳動完手術醒來以後就會感覺好很多的。」

雖然根據他聽到的一切，此話是徹頭徹尾的謊言。

他突然覺得好累。

結果他的話比自己想的還要接近事實。腫瘤切除兩天後，貝莉就在另一個房間坐起來，急著想要見他，並且一點也不在意隔壁病床的女人在簾子後面呻吟。她——貝莉——昨天差不多就是這樣呻吟的，那時他根本沒法讓她睜開眼或注意他。

「別理她，」貝莉說。「她完全沒意識，說不定還沒感覺。她明天就會醒過來，腦筋靈光得很。或者不會。」

她表現出來的是種有些滿意、慣例化的權威感，是那種老兵的麻木感。她坐在床上，用一根彎得恰到好處的吸管喝某種亮橘色飲料。她看起來比他不久前帶進醫院的那個女人還年輕許多。

她想知道他有沒有睡夠，有沒有找到喜歡吃飯的地方，天氣有沒有熱到不適合走路，有沒有抽出時間參觀皇家安大略博物館——她以為她有建議過。

只是她沒辦法留神聽他的回答。她似乎處在某種吃驚狀態；克制的驚訝。

「噢，我當然得告訴你，」他正解釋為何他沒有去博物館，她直接打斷。「噢，別那麼一臉訝異嘛，你那種表情會害我笑出來，扯得我的縫線好痛。不過我到底為什麼想笑啊？這件事其實十分哀傷，是件悲劇。你知道我父親吧，我跟你提過我父親的事——」

他注意到她說父親，不是爹地。

「我父母——」

她似乎得搜索思緒，從頭來過。

「房子的狀況比起你一開始看到的樣子要好些。唔，當然會嘍。我們用樓梯頂端的房間當我們的浴室。我們當然得扛著水上下，只有你出現以後我才用樓下的。你知道的，就是有架子的房間，以前是食物儲藏室？」

她怎麼會忘記是他把架子拆下來，裝進浴室的？

「噢，反正這件事有什麼差別呢？」她說，好像在跟隨他的思緒。「所以我把水加熱，扛到樓上準備用海綿洗澡，然後我脫掉衣服；我當然要啦！浴缸上面有面大鏡子——你知道吧，那裡像真正的浴室一樣有浴缸，只是你洗完以後得拉掉塞子、讓水流回提桶。廁所在別處。這樣你能想像了吧。所以我開始洗身體，而且自然光溜溜的，那時一定是晚上九點左右，所以天色還很亮；我有說是在夏天嗎？我有說那個小房間是面對西方吧？

「然後我聽見腳步聲，想也知道是爹地。我父親。他一定剛剛把母親攆上床睡覺。我聽見腳步聲走上樓梯，還注意到聲音聽來很重，跟平常不太一樣。非常細微，還是那只是我的事後印象。你很容易事後誇大事情。腳步聲就停在浴室門外面，而我當時要是有任何念頭，我會想：噢，他一定是累了。我沒有門上門，因為門上根本沒有門。你只要看見門關起來就會認定裡面有人。

「所以他站在門外，我也沒多想什麼，接著他打開門，就站在那裡看我。我得說我的意思是：他在看我全身，不單是我的臉。我的臉正向著鏡子，他則透過鏡子看我，同時也看著我自己看不到的身背。那種眼神根本不正常。

「我告訴你我當時在想什麼。我心想，他在夢遊。我不曉得該怎麼辦，因為你不應該驚醒正在夢遊的人。

「但接著他說：『對不起。』於是我曉得他不是在夢遊。但他說話的聲音很好笑；

我是說真的很怪，很像是他嫌惡我，或在對我生氣，我不知道。然後他就讓門開著、穿過走廊走掉了。我擦乾身體，穿上睡衣就直接上床睡覺。早上醒來時，浴缸裡仍有我沒放掉的水。我不想靠近，卻還是過去了。

「只是一切似乎都很正常，他已經起床，正埋頭打字。他只是對我道聲早安，然後問我有個字怎麼拼。他經常這麼做，因為我比他擅長拼字。所以我回答他，然後我說他要是想當作家，就應該學著怎麼拼字才對，他真是無可救藥。但那天過了段時間，我正在洗些盤子，他從後面靠近我，我僵住了。他只說：『貝莉，我很抱歉。』然後我想，噢，我真希望他沒道歉，那樣嚇到我了。我知道他真的很抱歉，但他公開表達出來，讓我沒辦法忽略。我只說：『沒關係。』只是我沒辦法用輕鬆的口氣帶過，好像真的無所謂一樣。

「我沒法隱瞞。我不得不讓他知道他改變了我們。我倒掉洗碗水，然後回去做我在做的事，沒有多吭一聲。稍後我把母親從午睡叫起來並準備好晚餐，然後我喊爸，然而他沒出現。我跟媽說他一定是去散步了。他寫作遇到瓶頸時經常會這樣。我幫媽切食物，卻忍不住淨想些噁心的事。主要是聲音，我有時會聽到從他們房間傳出來，我會用被子蓋住頭免得聽見。現在我很好奇，母親坐在那裡吃晚餐時在想什麼，不知道她對這些事有何看法，或者是否真的理解。

「我不知道他有可能去哪裡。我把母親安頓上床，雖然這是他的工作。接著我聽見火車來了，然後突然傳出喧囂跟火車煞車的尖叫，所以我那時一定知道發生了什麼事，只是我不曉得我是何時想通的。

「我跟你說過：我說他被火車輾過。

「但我現在也告訴你這件事。這不是要折磨你。起先我受不了，有很長的時間裡還真的逼自己相信，他是沿鐵軌散步時因為心思全放在工作上，結果沒聽見火車靠近。事情就是那樣。我當時不打算相信事因在我，甚至不願管主因是什麼。

「主因是性。

「現在我懂了；現在我真的懂了，那也不是任何人的錯，就只是人類的性的悲劇罷了。我在那裡長大，然後母親變成那樣子，爹地自然會有這番舉動。不是我或他的錯。

「我要說的就是，人們陷在這種狀況的時候應該要給他們一個回應，讓他們有個地方去，而且完全不會覺得羞恥或罪惡。你如果認為我指的是妓院，你猜對了。你若覺得我在說妓女，又對了。你懂嗎？」

傑克森越過她的頭看著旁邊，說他懂。

「我感覺解脫了好多。我的意思不是我沒感覺到悲劇，而是我一直身在悲劇外面。這就只是人性之過。你絕不能以為我臉上掛著笑就表示我沒有同情心。我很有同理心。但我得說我放下了心中的大石，得說我感到歡喜。你聽到這些不會覺得尷尬吧？」

「不會。」

「你明白我正處在不正常的狀況下吧？我知道我是。一切都變得好清楚，我覺得好感激。」

在這整段話裡，隔壁床的女人不曾停止有節奏的呻吟。傑克森覺得那段反覆的呻吟好像烙印在他腦子裡，揮之不去。

他聽見護士鞋子的嘎嘰聲從走廊上傳來，希望她們會進這個房間。的確是。

護士說她來發安眠藥丸。傑克森很怕他有義務得親貝莉一下道晚安。他注意到醫院裡大家都會吻別；他站起來時，很高興沒人提起這件事。

「明天見。」

他早早起床，決定吃早餐前先散個步。他睡得很好，但跟自己說應該擺脫一下醫院的空氣，原因倒不是他擔心貝莉變化這麼大。他想她能或很有可能恢復正常，不是今天就是再過幾天；她甚至可能不會記得自己告訴了他什麼故事。那樣的話就太好了。

太陽已經露臉，跟你在每年這種時候料想的一樣，公車與有軌電車也已經滿街都是。他往南走一段路，然後往西轉到登達斯街，一會兒後就發現自己身在護士提過的中國城。大批他認得和也許不太認識的蔬菜被運進商店，此外剝了皮、顯然可食用的小型動物也已經掛起來待售。街上滿是非法停靠的卡車，還有吵雜、聽來激切十分的中文片段，這些高音喧嚷讓人聽了覺得他們好像在打仗似的，但對他們可能只是閒話家常吧。無論如何，他想躲開，於是鑽進一間由中國人經營的餐廳，儘管廣告上是普通的培根蛋早餐。他走出來時，原有打算循原路走回醫院。

結果他發現自己又朝南行。他走上一條住宅街，兩側林立著高大又相當窄的磚屋，一定是早在人們覺得有必要蓋車道、甚至是在人們有車之前就建好的。他繼續走，直到看見皇后街[10]的路標；他聽過這個地方。他再度轉往西，過了幾條街區後遇上了阻礙。他在一間甜甜圈店前面碰上一小群人。

這些人被一輛救護車擋住，車直接倒車停上人行道，讓你穿不過去。有些人在抱怨事情耽誤了，大聲問難道把救護車停在人行道上是合法的嗎？其他人看來則夠平靜，聊著可能是遇到什麼狀況。有人提到死亡，有些旁觀者提起幾位人選，其他人則說死亡案例是這輛車唯一能開上人行道的合法理由。

最後那人終於被扛出來，綁在擔架上，想當然沒死，不然他們就會蓋住他的臉。但是男人失去意識，皮膚灰如水泥。他不是某些人開玩笑的那樣，是從甜甜圈店抬出來的（算是在挖苦甜甜圈的品質），而是從建築的大門口出來。這棟還不賴的磚造公寓大樓有五層高，一樓除了甜甜圈店還有間自助洗衣店。大門上雕刻的名字表現出自傲，以及某種昔日的愚蠢：

邦尼唐迪[11]。

一位沒有穿救護車人員制服的男人最後走出來，站在那兒用惱怒的表情瞪著正打算解散的群眾。現在唯一得等的就是救護車開回車道駛離時鳴起的響亮警笛。

傑克森是其中一個懶得走開的人。他不會說自己對這些事感到好奇，頂多只是在等命運無可避免地轉彎，帶他回到出發的地方。踏出建築的男人走過來，問傑克森是不是在趕時間。

10 Queen Street，多倫多的主要東西向大道。

11 Bonnie Dundee，出自蘇格蘭歷史小說家、劇作家與詩人華特．史考特（Walter Scott, 1771-1832）作於一八二五年的詩與歌曲。

不，沒特別趕。

這位男人是大樓的主人，而被救護車載走的則是大樓的工友兼管房。

「我得去醫院看看他是怎麼回事。他昨天還好端端的，從沒抱怨過。目前我還找不到跟他夠親近的人能打電話。最糟的是我找不到鑰匙，不在他身上，也不在他平常收的地方，所以我得回家拿備用鑰匙，我在想，你現在能不能幫忙顧一下門？我得回家，得去醫院。我能請某些房客幫忙，但我寧願不要，假如你懂我的意思。我不希望他們追問我是怎麼回事，我跟他們一樣一無所知。」

他又問，傑克森是不是真的不介意。傑克森說不會，沒關係。

「幫我注意所有進出的人就好，叫他們出示鑰匙。跟他們說發生緊急事故，不會耽擱太久。」

男人正準備走開，又轉了回來。

「你不如坐下吧。」

那邊有張傑克森沒注意到的椅子，被折起來推到旁邊，讓救護車有位子停；只是普通的帆布椅，但坐起來夠舒服，也夠牢固。傑克森道謝，坐在不會擋到行人與公寓居民的地方，唯公寓主人沒問起他的事。他正想提起醫院，還有他很快就得回去的事實，但男人非常趕時間，又有滿腦子的煩惱，還保證會盡快回來。

傑克森坐下後，才想到他到處漫步時已經好久沒坐下了。

那個男人跟他說，如果覺得有需要，就去甜甜圈店弄杯咖啡喝或拿什麼東西吃吧。

「跟他們報我的名字就好。」

但傑克森根本不曉得那人叫什麼名字。

屋主回來時致歉說他來晚了。原來被救護車載走的那人死了，必須安排後事，也必須弄一組新鑰匙；鑰匙在這兒。要辦個葬禮什麼的，公寓的老房客要參加，報上的消息或許還會招多些人來。事情解決之前會不太好過。

屋主說，假如傑克森可以幫忙，這樣就能解決問題。暫時的。這只會是暫時的。

傑克森聽見自己說，好，他沒問題。

他聽見這個男人——他的新老闆——說，如果他想歇會兒，可以安排。等葬禮一結束並丟掉一些物品後，他能休息幾天，弄完自己的事並正式搬進來。

傑克森說，這沒有必要。他的事已經辦完，財產也都在身上。

可想而知這話引發了一點懷疑。傑克森不意外地聽說他的新雇主幾天後去找警察，但顯然一切正常。傑克森就和那些獨行者一樣冒出來，他們也許曾在某些事情裡陷得太深，但沒有犯過任何罪。

反正看來也沒有人在找他。

基於習慣，傑克森喜歡公寓大樓裡有年紀較長的人。而同樣出於習慣，他偏好單身者。不是那種你會喊作行屍走肉的人，而是有個人興趣的成員，你或許可稱之為才藝；是那種曾經被人注意到、一度讓他們賴以維生，但沒能支撐一輩子的才華。這裡有個播報員，人們多年前在戰時廣播節目上常聽到他的聲音，但他的聲帶已經毀了。多數人或許相信他已經死了，但他就住在這兒的單身套房，繼續追新聞和訂閱《環球郵報》；他有時會把報紙傳給傑克森看，以防裡面有他感興趣的東西。

有一次的確有。

瑪喬莉．伊莎貝菈．特利斯，《多倫多電訊晚報》長期專欄作家華萊德．特利斯與其妻海蓮娜．特利斯（原姓艾伯特）之女，蘿賓（姓薛令罕）的終生好友，在與癌症的英勇搏鬥中逝世。奧利爾報請轉載。一九六五年七月十八日。

沒有提到她過世時住在哪兒。也許在多倫多吧，畢竟文中特別提到蘿賓。她撐得可能比你預期的還更久一些，說不定過得舒服又精神很好，儘管到了人生盡頭就當然不是了。她有種能順應環境的天賦。也許更甚於他自己的適應力。

並不是說他花了時間想像他跟她共用的房間，還有他在她家做的工作。他不必這樣——他常會夢見這些事，且感覺到惱怒多於思念，好像他得馬上去做以前沒完成的某件差事。

在邦尼唐迪公寓，住客通常對於任何能稱為改良工程的事感到不太自在，心想這可能會導致房租調漲。他用禮貌彬彬的舉止與不錯的財務觀點說動了他們。這地方改善之多，成了人們會報名等空房的地方；屋主抱怨說這兒快要變成瘋子的避難所了，但是傑克森說這些人通常比普通人整潔，年紀也大得不會亂來。這裡有個女人，以前在多倫多交響樂團演奏過；一位發明到目前都沒成功過的發明家，不過依然心存希望；一個匈牙利難民演員，口音對他不利，但他仍有支廣告在世界上某處播放。這些人都行為良好，還不知怎地湊足了一筆錢去「美食家」餐廳吃飯、花整個下午講各自的故事。他們也有幾位真正有名氣的朋友，或許會在藍月[12]出現時登門拜訪。此外，邦尼唐迪公寓有自己的牧師——請別小看這一點，因為這位牧師雖與他的教會關係不牢靠，卻總能在需要的

---

12 藍月這個名詞最常用的意義是隱喻不常發生的事件。

時候主持儀式。

人們真的會習慣在一個地方待到老死，但這樣也總比逃掉或跑路要好。

唯一例外是一對年輕男女，名叫坎德絲和昆西，沒繳過房租，趁大半夜落跑。他們來找房間時剛好是公寓屋主在負責；他事後替自己的壞選擇找了藉口，說這地方需要新面孔。坎德絲的臉，不是她男朋友的。那男孩是個渾球。

某個炎熱的夏日，傑克森把運貨用的雙扉後門打開，讓一點空氣流通，好替一張桌子上亮光漆。他沒花半毛錢就換來這張漂亮的桌子，因為亮光漆全磨掉了。他覺得如果擺在門口用來放郵件，看起來應該會很棒。

屋主在辦公室裡算房租，所以他可以待在外面。

有人輕輕按了大門門鈴。傑克森清理刷子，正要爬起來應門，因為他想屋主正忙，可能不想被打擾。但顯然還好，因為他聽到前門被屋主打開，還有個女人的聲音，帶點疲憊卻依舊魅力不減，語氣中絕對的信心能說服聽聞範圍內的任何人。

她也許是從她的牧師父親那裡繼承到這點的吧。在還沒意識過來時，傑克森就這麼想道。

女人說，這是她女兒最新留下的地址。她在找她的女兒坎德絲，她可能正在跟一位朋友旅行。這位母親是從卑詩省來的，來自她跟女孩父親同住的基隆拿[13]。

伊蓮恩。傑克森不會認錯她的聲音。這個女人就是伊蓮恩。

他聽見她問能不能坐下。然後屋主拿出他的椅子——傑克森的椅子。

她說，多倫多比她想像的熱好多，儘管她很熟安大略省，她在那裡長大。

她問能不能喝杯水。

她一定是把頭埋進掌心，因為她的聲音變糊了。屋主走進走廊，對販賣機投些零錢買瓶七喜。他也許認為這比可口可樂更適合女士。

他看見傑克森在轉角聆聽，所以比個手勢要他——傑克森——接手，也許是因為他更習慣應付心煩意亂的住客。但傑克森用力搖頭。

不。

女人也並未心煩太久。

她請屋主原諒她的舉止，他則說可能是今天的高溫讓人不太正常。

13 Kelowna，卑詩省東部城市。

現在來談坎德絲。情侶住不到一個月就離開了，有可能是三個禮拜前的事。沒有留下後續的地址。

「這種情況下通常不會有。」

她聽懂了暗示。

「噢，我當然可以支付——」

接著是一陣喃喃低語和窸窣摸索聲。

然後：「我想您不會讓我看看他們住過的地方吧——」

「房客現在不在。但就算他在，我想他也不會同意。」

「當然了。我真笨。」

「您還有什麼特別感興趣想知道的嗎？」

「噢，沒有。沒了。您真好心，我耽誤您的時間了。」

她站起來，兩人又開始走動，踏出辦公室、走下通往前門的幾道樓梯。然後門打開，街道聲響吞沒了她的最後道別。倘若真有道別的話。

無論她有多失望，她仍會欣然接受。

屋主回到辦公室時，傑克森走出躲藏處。

「看，驚喜，」屋主只說。「我們收回錢了。」

這人是個沒好奇心的男人，起碼對別人的私事是這樣。這是傑克森敬重他的地方。當然，傑克森很想看看她。現在她走了，他幾乎很遺憾失去了機會。他絕不能低聲下氣地問屋主，她的頭髮是否還是深色、近乎烏黑，身材是不是又高又瘦、胸部很小。他對她女兒沒什麼印象，她的頭髮是金色，但很可能是染的，年紀不到二十，雖然如今這點也很難判斷。被她的男朋友牢牢控制，逃家、逃離帳單且傷透父母的心，就只是為了她男友這樣沒出息的東西。

基隆拿在哪裡？在西邊某處，亞伯達省或卑詩省。千里迢迢的追尋。那位母親當然是個堅持不懈的人，是樂觀主義者，現在可能依舊是如此。她結婚了，除非孩子是私生的，但傑克森覺得不太可能。伊蓮恩總是很有自信，相信自己下回不會身陷悲劇。那個女兒也不會。等她受夠了就會回家，說不定還會帶個寶寶，反正如今的作風就是這樣。

在一九四〇年聖誕節不久前，中學裡傳出騷動，聲音甚至傳進三樓，那兒吵鬧的打字機與加法機通常能遮蔽樓下的噪音。最年長的女孩都在三樓——她們去年學過拉丁文、生物學和歐洲歷史，今年則在學打字。

其中一個就是伊蓮恩・畢夏[14]，很巧地剛好是牧師的女兒，儘管她父親的聯合教會裡沒有主教。伊蓮恩在九年級時跟家人搬過來，而由於按姓氏字母排座位的慣例，她有五年時間都坐在傑克森・亞當斯後面。當時班上其他人都接受傑克森的害羞與安靜，然而這對她卻是新鮮事；所以接下來的五年，她藉由不承認這種特質的辦法，打破了傑克森的隔絕。她跟他借橡皮擦、鋼筆頭和幾何量尺，不是因為她想融冰，而是她天生注意力不集中。他們會交換問題的答案、改彼此的考卷。他們在街上相遇時會打招呼，而那個「哈嘍」在她耳裡不只是一句囁嚅——而是聽得出兩個音節加一個重音。他們之間沒有別的意思，除了兩人會分享某些笑話。伊蓮恩不是害羞的女生，但她聰明、疏遠別人且沒有特別受歡迎，這點或許很合他的意。

大家跑出來看騷動時，站在樓梯上的伊蓮恩很訝異地發現是兩個男孩引起的，其中一位就是傑克森。另一人是比利・華特斯。這兩個一年前仍埋首於書本、盡責地拖著腳走去一個接一個教室的男孩，此刻改頭換面。他們穿上軍裝後似乎身形大了一倍；跑來跑去，靴子發出巨響。他們大叫說學校今天停課，因為大家都從軍去了。他們四處發香菸，而且扔在地板上，讓還沒大到能刮鬍子的男孩撿起來抽。

無憂無慮的戰士，高呼不已的入侵者，醉醺醺得兩眼狂亂。

「我不是膽小鬼。」他們喊著。

校長試著叫他們出去，但由於這時還是戰爭早期，仍未出現一些令人畏怯的特別報告指出從軍的男孩們會變成怎樣，他便使不出一年後的那種鐵腕。

「好了，好了。」他說。

「我不是膽小鬼！」比利．華特斯對他說。

傑克森張嘴，大概想如法炮製，結果這時目光迎上伊蓮恩．畢夏的眼，兩人一時心神交流。

伊蓮恩．畢夏知道傑克森真的醉了，但只為借酒裝瘋，這樣人們就會接受他的醉態（比利．華特斯就只是醉得透頂）。理解這一點後，伊蓮恩步下樓梯，笑著接過一根菸，沒有點燃地夾在指間，然後勾著兩位英雄的手臂帶他們走出學校。

他們在校門外點起菸。

稍後，伊蓮恩父親的信眾們對此事有不一的看法。有人說伊蓮恩沒有真的點菸，只是假裝而已，藉此安撫男孩們；有人則說她絕對有抽。抽菸欸。他們牧師的女兒居然吞

---

14 畢夏（bishop）字面即天主教的主教。

雲吐霧。

比利用雙手摟住伊蓮恩，試圖親吻她，結果踉蹌跌坐在學校樓梯上，像隻公雞那樣怪叫。

他兩年內就會戰死沙場。

這時比利得回家，所以傑克森把他拉起來，他們讓他用手搭著他們的肩膀，然後拖著他走。幸好他家離學校不遠。他們把他放在前門樓梯上，接著開始聊天。

傑克森不想回家。她問，為什麼？他說，因為他繼母在家，而他痛恨他繼母。為什麼？沒有原因。

伊蓮恩知道他母親在他很小的時候死於車禍——人們有時會把他的害羞歸咎於這點。她想，他可能因為喝了酒而誇大事情，但她沒有試著追問細節。

「好吧，」她說。「你可以待在我家。」

碰巧伊蓮恩的母親出門照顧生病的外婆去，伊蓮恩正在用雜亂無章的方式持家照料父親和兩個弟弟。有些人認為這樣著實不幸；她母親雖然不至於大驚小怪，但她會想了解進出的閒人，還會問這男孩是誰？至少她會逼伊蓮恩照常上學。

一位士兵和一個女孩突然走得好近，而過去兩人之間什麼情愫也沒有，只有對數與詞尾變化。

伊蓮恩的父親沒理會他們的關係，他比起某些教區居民心目中的牧師還更熱中於戰爭，而家裡出現一個士兵讓他非常驕傲。此外他也很不高興沒法送伊蓮恩上大學。他一直在存錢，希望有一天讓她弟弟念大學，畢竟他們將來得賺錢謀生。這使他會放縱伊蓮恩做任何事。

傑克森和伊蓮恩不去看電影，不去舞廳，而是在任何天氣裡散步，經常是在天黑之後。有時他們會去餐廳喝咖啡，但沒試著對任何人友好。旁人會問：他們是怎麼搞的，在談戀愛嗎？他們散步時可能會擦到彼此的手，他也逼自己習慣。當她把無心之舉轉變成刻意的碰觸，他發現在克服了一點驚慌失措後，其實也能習慣。

他的心愈來愈沉靜，甚至準備好要吻她。

伊蓮恩一個人到傑克森家拿他的袋子。他繼母對她露出一口明亮的假牙，試著裝出想拿她尋樂子的模樣。

她問他們兩個在打什麼主意。

「妳最好看好那玩意兒。」他繼母說。

這女人素以大嘴巴聞名。事實上還愛出口成髒。

「妳問他，他還記不記得以前是我替他洗屁股的。」她說。

伊蓮恩轉達了這句話，說她自己表現得彬彬有禮、甚至很高傲，因為她實在受不了那個女人。

傑克森卻臉紅了，就像在學校被問問題一樣，被逼到牆角無路可退。

「我根本連提都不該提她，」伊蓮恩這麼說。「你若是住在牧師住宅，就會習慣諷刺別人。」

他說沒關係。

結果那次是傑克森最後一次離營休假。他們互相寫信。伊蓮恩寫道她上完打字與速記課，在鎮執事的辦公室弄到一份差事。她堅決在信中諷刺所有人事物，更甚她在學校裡的作為；也許她認為參戰的人需要聽點玩笑吧。她也堅持自己無所不知。有人透過鎮執事辦公室安排閃電結婚時，她就會稱女方是「處女新娘」。

當她提到有些牧師來訪牧師住所，並在客房過夜時，她在信上猜想床墊會不會減少他們的「怪夢」。

他寫著法蘭西島號上的人們，以及不斷拐彎的航行，藉此躲避U艇攻擊。等他抵達英國，他買了輛腳踏車，跟她講他在附近騎車看到的地方，只要這些地方沒禁止進入。

他這些信儘管比她的乏味許多，卻總會簽上「附上愛」。到了諾曼地登陸時，就進入她所謂的痛苦沉默，而等到他又寫信來，他說一切都很好，只是不被允許多談細節。

終於，勝利日與返家航行到來。他說，頭上滿天都是夏季星火。

伊蓮恩學會裁縫，開始替自己做新的夏裝，用來慶賀他返鄉。是件萊姆綠的嫘縈絲質洋裝，蓬裙剪裁，蓋肩袖，外加一條金色仿真皮細腰帶。她打算在夏帽頂上纏上同款綠色布料做的緞帶。

「我把這些都形容給你聽，這樣你就會注意到並認出我，不會跑去找其他剛好也在火車站的美麗女人。」

他從哈利法克斯[15]寄信給她，說他會搭星期六傍晚的火車。他說他對她的模樣仍記得很清楚，就算那晚火車站剛好塞滿人，他也不可能會把她跟其他女人搞混。

他離家參戰的前一夜，他們在牧師居所的廚房裡坐到深夜，那裡有幅英王喬治六世

15 Halifax，加拿大東部港都。

的照片，那一年你到哪邊都能看見。下面也寫著一段話：

我對站在歲月之門的男子說：

「請給我光，好讓我安然走向未知；」

他回答：「走進黑暗裡吧，讓神牽著你的手。那比給你光更好，比你走在熟悉的道路上更安全。」[16]

然後他們非常安靜地走上樓，他進了客房。她稍後過來找他，這必定是兩人的共識，但他一直不太明白用意。

那件事是災難一場；可是從她的舉止看來，她可能根本沒有意識到。事情愈是糟糕，她就愈狂亂地做下去，他實在無力阻止她嘗試，也無法開口解釋。女孩有可能這麼無知嗎？兩人最後分開，彷彿一切順利。次日早上，他當著她父親與弟弟的面道別。不久後便開始通信了。

他在南安普敦[17]灌醉自己，又試了一次。可是那個女人說：「夠了，小子，你已經不行了。」

他對於女人跟女孩有一點不太喜歡，就是她們的精心打扮：手套、帽子、女人氣的裙子，全都很講究和大驚小怪。可是她怎麼可能知道他不喜歡呢？萊姆綠。他不確定自己是否喜歡那種顏色。聽起來像強酸。

接著他很輕易地想到，他可以不要出現在那裡。

她到時候會不會告訴自己或別人，一定是她弄錯了火車日期？他可以逼自己相信，她想必能生出某種謊話。畢竟她腦筋過人。

現在她走出去到街上，傑克森就真的想見她一面了。他永遠不能問屋主她長得什麼樣，頭髮是黑的還是灰色，身材是否依舊纖細，或是已經發胖。她的嗓音即使在焦急中也神奇地絲毫未改，把所有重要性拉到它那樂音般的境界，同時又表達出無限的歉意。

她從好遠的地方來，但她堅持不懈。你可以這樣形容她。

而那個女孩會回家的，她被寵壞得沒法離家。伊蓮恩的任何女兒都會被寵壞，把世

16 出自社會學、哲學學者Minnie Louise Haskins一九〇八年的詩作〈歲月之門〉（*The Gate of the Year*），喬治六世在一九三九年聖誕節廣播演說中引用之，使它聲名大噪。

17 Southampton，英格蘭東南港都。

界與真相排成迎合自己的模樣，彷彿沒有任何事能難倒她。

假如她看見他，她還會認得他嗎？他想會。不管他有什麼改變都一樣。是的，她也會當場原諒他，一如過去將意見藏在心底。

隔天，他心中對於伊蓮恩離開他人生的自在感消失無蹤。她知道這個地方，或許會再回來。她也許會住進來一陣子，沿著這些街道來回走動，試圖尋找還有蛛絲馬跡的線索，用謙卑但不算真正謙遜的方式問人們，以她那哀求但被寵壞的聲音。他有可能會在門外直接撞見她，而對方只會愣一下，彷彿這輩子都在等他。她會遞出人生的可能性，一如她過去總自認為能這麼做。

事情是可以藏起來別理會的，只需要下點決心即可。他六、七歲時就會躲掉繼母的玩笑，避開她所謂的捉弄跟揶揄；他曾在入夜後跑到街上，她把他帶回家，但她懂了她若不停止，他就會真正逃家，所以她不再那麼做，還說他真是無趣，因為她永遠不認為有人會討厭她。

傑克森在名為邦尼唐迪的大樓繼續住了三晚，給公寓的主人寫了段話，說什麼時候又得維修，還有要維修什麼。他說他被叫走，沒提到原因或要去哪裡。他領光銀行帳戶，打包幾樣屬於他的東西。那天深夜，他就上了火車。

他晚上在車上斷斷續續地睡，而在其中一段夢裡，他看見門諾教徒的小男孩們坐著貨運馬車經過，聽到他們小小的嗓子在歌唱。

他早上在卡普斯卡辛[18]下車。他能聞到磨坊的味道，也被涼爽的空氣鼓舞了精神。他要在這裡工作。這個伐木鎮當然能有工作給他。

（王寶翔　譯）

18 Kapuskasing，安大略省小鎮，在多倫多西北方近七百公里處。

湖景

一個女人去找她的醫生重開處方箋，但醫生不在，她那天休假。事實上是這個女人弄錯了日期，把星期一和星期二搞混了。

這正是女人想跟醫生討論的事，不只是重開處方箋；她懷疑自己的腦筋是不是有點失常。

「真好笑，」她預期醫生會說。「妳的腦筋失常。所有人裡面就數妳最聰明欸。」（這並不是說醫生跟她很熟，但她們的確有共同的朋友。）

結果是醫生助理隔天打電話來，說處方箋已經準備好，也替女人——她的名字叫南西——預約好門診，讓她接受專家檢查心智問題。

不是心智有問題，只有記憶。

都可以啦。這位專家專門應付年長病患。

沒錯，應付腦袋壞掉的老病人。

女孩大笑。終於有人笑了。

她說，專家的辦公室在一個叫海曼（Hymen）的村莊，離南西住的地方大概二十哩遠。

「喔，天啊，婚姻專家[1]。」南西說。

女孩跟她說抱歉，她沒聽懂。

「別管了。我會到。」

過去幾年來的狀況就是專家分散在各處：你的電腦斷層掃描會在一個鎮做，癌症治療在另一個鎮，肺病問題去第三個，諸如此類。這樣一來你就不必跑大城市的醫院，不過花的時間還是一樣久，因為這些鎮上不一定都有醫院，你到了以後也得查看醫生在哪裡。

因此南西決定在預約時間前一天的傍晚，開車去老人專家（她決定這樣叫他）所在的村莊。這樣應該能給她很多時間找，免得驚慌失措地趕到、甚至有點遲到，害她馬上給人壞印象。

---

1 Hymen 就是希臘神話的婚姻之神，此字也指婚姻或處女膜。

她丈夫大可跟她一起去，但她曉得他想看電視上的足球賽。他是經濟學家，花半個晚上看運動節目，另外半個晚上寫自己的書，儘管他跟她說過他要退休了。

她說，她想自己過去找診所。醫師辦公室的女孩給了她怎麼去那個鎮的指示。

那天傍晚很美。只是她開下高速公路往西行駛時，發現太陽剛好低得會直接照到臉。不過她要是坐得很直、抬高下巴，眼睛就能遁入遮蔭，再說她有副好墨鏡。她可以看到路標。路標說她離海曼（Highman）村還有八哩。

Highman。原來字是這樣拼的，沒有雙關笑話。上面寫說人口一五五三人。

他們幹麼連那個三也要放上去？

因為每個靈魂都很重要。

她習慣查看每一個小地方，只是為了好玩，看她能否住在那裡。這個鎮似乎符合資格：一個不小的市集，能買到相當新鮮的蔬菜，儘管它們可能不是出自附近的田裡，至於咖啡則還好。此外，這裡有間自助洗衣店，還有一家藥局，後者就算沒有囤積比較上等的雜誌，也能滿足你的處方箋需求。

當然，這地方也有昔日榮景留下的痕跡。一座已經無法報時的時鐘掛在一個櫥窗上頭，窗內本來該放的是精美珠寶，如今卻塞滿了各種舊瓷器、破玩意兒、桶子以及從鐵絲上脫落的花圈。

她有機會一覽這些垃圾，是因為她選擇把車停在展示窗所屬的店前面。她想她不如用走的去找醫生診所。結果她太快就找到了，差點讓她無緣享受成就感；那一棟單層建築，走上世紀的實用主義風格，她敢打賭診所就在那裡。小鎮醫生喜歡把工作空間當成家的一部分，但這樣一來他們就需要空間停車，於是會蓋起這樣的東西。外面是紅棕色磚頭，而且想當然掛著**內科／牙科**的招牌。建築後面有個停車場。

她口袋裡有張寫著醫生名字的紙，她掏出紙片。霧玻璃上寫的名字是H．W．佛西斯博士，牙醫，以及唐納．麥可米蘭，內科醫師。

南西的紙上沒有這些名字。這也難怪，因為紙上什麼也沒寫，只有一個數字，是她先生已過世妹妹的鞋子尺寸。數字寫著O 七又二分之一。她過了一會兒才想到O是指奧莉薇亞（Olivia），因為是匆促寫下的。她只能隱約記得自己在奧莉薇亞住院時曾替她買過拖鞋。

反正這張紙對她沒用。

一個可能的解答是，她要看的醫生剛剛搬進這棟建築，所以門上的名字還沒改。她應該找個人問問。她首先應該按門鈴，或許有人出於微渺的可能性工作到很晚。她按了，沒人出來，這某方面算是好事，因為她要找的醫生的名字有陣子浮進了腦海。又一個想法。這個人——她在腦子裡選擇喊他治瘋病醫生——他豈不是（或者是她；她和同年齡的許多人一樣，沒辦法自動允許這種可能性）很有可能會在診所外面看診嗎？這樣就說得通了，而且還比較省錢。看瘋病不需要很多器材吧。

因此她繼續從主街上走開。她想起來要找的醫師的名字了，很多事情在度過緊要關頭後就會像這樣冒出來。她經過的房子多數建於十九世紀，有些是木造，有些是磚屋。磚屋通常有完整的兩層樓，木造的則不知為何更節制，只有一層半，斜屋頂構成了上面的房間。有些屋子前門離人行道只有幾呎，有些則在門前搭建寬敞的門廊，少數還裝了玻璃窗。一個世紀以前，人們在這樣的傍晚會坐在門廊裡，或是坐在前門的樓梯上。家庭主婦已經洗完那天的最後一次碗、掃好廚房，男人則對草坪灑完水、正在捲起水管。他們的花園擺設不會像現在這樣這麼空，只剩木梯或者拖出來的廚房椅子。從前的人會聊天氣或跑掉的馬，或是臥病在床而不預期能夠康復的人。這些人會在她一走到聽聞範圍外之後揣測她的事。

但要是她這時停下來問他們：好心人，能不能告訴我醫生家在哪裡？這樣難道不能滿足他們的好奇心嗎？

對話跳出新的內容：她要找那位醫生幹麼？

（她決定讓自己離開這句話的聽聞範圍。）

如今，鎮上每一個人都待在房子裡，與風扇或空調為伍。房屋上露出號碼，跟大城市裡一樣。不見醫生的蹤影。

人行道盡頭是座磚造的大建築，有三角牆和一座鐘塔。也許是學校吧，直到孩子們搭巴士到某間更大更可怕的學習中心。鐘塔的鐘停在十二點，不是中午就是半夜，想當然時間不對。建築旁的大量夏季花朵似乎排得很專業——有些從一輛獨輪手推車冒出來，更多則從旁邊的牛奶桶中探出頭來。那兒有個她沒辦法讀的標誌，因為太陽直射在上面。她爬上草坪，好換個角度看。

葬禮之家。現在她看見了增建的車庫，大概是用來停靈車的。

別管了。她最好繼續處理手邊的事。

她轉進一條小巷，那裡有維護得非常好的住家，證明即使這麼小的鎮也能有郊區。屋子各有些微差異，但不知為何看來又千律一篇：塗上柔和色彩的石頭、淡色磚塊、有尖頂上緣或圓邊的窗子，捨棄實用主義而採取過去幾十年的牧場風格。

這裡出現了人。不是每個人都把自己關進冷氣房。一個男孩正在騎單車，在人行道上斜行。他騎車的樣子有點怪，但她起先想不出來原因。

他在倒著騎車。就是這個。他的外套那樣飄動，讓你——或是她——看不出來有什麼不對勁。

一個女人——老得不可能是男孩的母親，卻依然纖細、很有活力——正站在街上看著男孩。她手裡拿跳繩，正在跟一個男人講話，不可能是她丈夫，因為兩個人對彼此太友善。

這條街是條彎路死巷，再過去沒有路了。

南西打擾大人，說聲抱歉，然後表示她在找一位醫生。

「不，不，」她說。「別緊張。我只要知道他的地址。我想你們也許會知道。」

接著問題來了，她發現自己還是不確定醫師的名字。這兩個人非常有禮貌，沒有面露驚訝，只是幫不了她。

反常騎車的男孩轉回來，差之分毫掠過三人。

兩個大人大笑，沒有斥責孩子。這男孩無禮得要命，他們卻顯然很讚賞他。他們都談論著這天傍晚有多美，南西也轉身走回頭路。

只不過她沒有走到底，沒走到葬儀社那裡。旁邊有條她稍早忽略的小巷，或許是因為它沒鋪過路面，她不認為醫生會住在這種環境裡吧。

巷裡沒有人行道，房屋也全被垃圾包圍。兩個男人正在一輛卡車的引擎蓋下忙碌，她覺得不應該打擾他們。何況，她瞧見前面出現有趣的東西。

有條籬笆直接延伸到街上——高得讓她認為沒辦法越過頂上看過去，但她或許能從縫隙偷窺。

這沒必要。等她經過籬笆時，她發現有塊地——大概是城內四塊空地那麼大——就在她腳前的路上展開，沒有設障。乍看像某種公園，石板步道在刈過及茂密生長的草上以對角線鋪設。小徑之間有花冒出來，她認得一些花種——比如暗金色和淡黃色的雛菊，以及粉紅、玫瑰色與紅心白邊的夾竹桃——可惜她本人園藝不精，一叢叢或蔓生的各色花卉她皆指認不出。有些花爬在格架上，有些自由散布，一切深具藝術美感，卻毫無僵硬之處，就連那座噴泉也不例外：射出七呎左右的水柱，再讓水灑進石頭圍砌成的水塘。她離開街道走進去，想接觸點涼爽的水，然後發現有張能讓她坐下的鑄鐵長椅。

一個男人沿著一條步道走過來，拿著一把剪子。顯然這兒的園丁曾被指望工作到很晚，儘管老實說，他看起來不像雇來的工人，又高又瘦，穿著黑襯衫和合身的長褲。

她沒想到這裡不是城鎮公園。

「這兒真的很美，」她用最有自信、最讚賞的嗓音對他說。「你維護得真好。」

「謝謝，」他說。「歡迎妳在這裡歇腳。」

男人話中略帶冷淡，讓她曉得這裡不是公園，而是私人地產，此人也不是村裡的園丁，而是主人。

「噢，我應該先徵求您准許的。」

「沒關係。」

男人心不在焉地說，彎腰修剪闖入步道的一株植物。

「這裡是您的地方吧？全部都是嗎？」

對方忙了一陣子後說：「全部都是。」

「我早該想到的。太有想像力了，不像公共場所；太罕見了。」

男人沒回答。她正想問他喜不喜歡在傍晚時分坐在這兒，但她最好別問。男人似乎不像是好相處的人，說不定還是對這點引以為傲的那種人。她過了一會兒後就會謝謝他，然後起身。

不過一陣子後，男人過來坐在她旁邊。他開口說話，彷彿有人問他問題。

「其實，我只在做需要做的工作時才會感到自在，」他說。「如果我坐下來，我就得避免看任何東西，不然我會看到更多工作。」

她應該要馬上曉得這個男人不喜歡開善意的玩笑，但她仍覺得很好奇。

這裡以前是什麼？

在他造了這座花園之前？

「是紡織工廠。所有這種小鎮都有類似的地方，你那時能領到不夠餬口的超低薪水。但它們總有一天會關門，然後有個承包商想把這裡改建成養老院。這在當時引發了爭議，鎮上不肯給他執照，覺得這樣會讓附近的老人太多，弄得氣氛沮喪。所以他對建築放了火還是拆掉它，這我不曉得。」

他不是這附近的人。她甚至知道，他就算來自這個鎮上，也不會公開告訴別人。

「我不是來自這附近的人，」他說。「不過我有個朋友是。他過世時我來這兒，本來只想處理掉這地方然後離開。」

「然後我用很低的價格買下這塊地，因為承包商只在地上留下一個大洞，看了讓人眼睛發疼。」

「真抱歉，我似乎太愛打探了。」

「沒關係。若不想解釋，我也不會講。」

「我從來沒到過這兒，」她說。「我當然沒來過，不然我就會看過這塊地了。我在這附近走走，想找一樣東西，以為我停車用走的就能更快找到。其實我是在找一位醫生的診所。」

她解釋說自己不是生病，只是明天有預約，不想在早上東奔西跑找地方。接著她告訴他停車的事，而且她很訝異她想找的醫生的名字遍尋不得。

「我也不能查電話簿，因為你知道電話簿跟電話亭都已經消失了；不然就是你會發現電話簿內頁被撕掉。現在我愈講愈可笑了。」

她跟他說醫生的名字，但對方說沒印象。

「不過我不會看醫生就是。」

「你這樣也許是聰明之舉。」

「噢，我可不會這麼說。」

「反正，我最好回去我的車那裡。」

男人跟著她站起來，說要陪她走回去。

「好確定我不會迷路嗎？」

「完全不是。我總會在傍晚試著伸展雙腿。做園藝會害你肌肉緊繃。」

「我確信一定有合情合理的說法，解釋這位醫生為何失蹤。你有沒有想過，以前的合理解釋比現在要多？」

他沒有回答，或許是在想他那位過世的朋友。或許花園就是為了紀念那位逝世的朋友而建的。

他們一路走著，沒碰見半個人。

很快地他們來到主街，診所建築就在一條街區外。建築的景象使她有點不自在，也說不上來原因，但一會兒後就曉得了。她有種荒謬但讓人緊張的念頭，是給診所建築的景象「觸發」的。假如正確的那個名字，她說她找不到的名字，一直都寫在那裡呢？她走得更快，發現自己在發抖。接著，視野更清楚了，她跟之前一樣只讀到兩個沒用的名字。

她假裝在看櫥窗裡的雜物：瓷頭娃娃、古老的溜冰鞋、尿壺，以及已經變成碎布的拼被。

「真可悲。」她說。

男人沒有注意，說他剛剛想到一件事。

「那位醫生。」他說。

「怎麼了？」

「不知道他是不是跟『家』有關？」

他們又開始走，經過兩個坐在人行道上的年輕人，其中一人伸長了腿，讓兩人必須繞過他。她身邊的男人沒特別留意年輕人，不過壓低了嗓音。

「家？」

「妳如果從高速公路開過來就不會注意到，但妳繼續往離開鎮上的路開、往湖邊走就會經過，離這裡不到半哩。妳經過南邊的礫石堆，再走一點路，它就在路的另一邊。我不知道他們有沒有駐院醫生，不過有的話就很合理。」

「也許吧，」她說。「這很合理。」

然後她希望他不會認為她是在故意學他說話，開蠢玩笑。她確實想跟他多聊一會兒，不管是開蠢玩笑或講什麼都好。

不過她現在遇到了另一個問題——她得回想車鑰匙放在哪裡，她每次上車前都得這麼做。她經常擔心自己是不是把鑰匙鎖在車內，或是掉在哪個地方。她能感受到熟悉、令人厭倦的恐慌。但她在口袋裡找到了。

「值得去看看。」他說。她也同意。

「路寬夠妳的車回轉，讓妳過去瞧瞧。如果那邊有常駐醫師，他，或是她，就不必在鎮上掛名字。」

彷彿他也不太急於分道揚鑣。

「我得謝謝您。」

「只是個直覺罷了。」

他在她上車時幫忙拉著車門，然後關上，站在原地等她把車轉到正確方向，接著揮手道別。

等她駛往離鎮方向，她在後照鏡看見他的身影；他正彎腰跟那兩個坐在人行道上、背靠商店牆壁的男孩或年輕人說話。他稍早忽略他們，她很訝異看見他這時跟他們交談。也許他在跟他們評論些什麼吧，拿她的茫然或愚蠢開點玩笑。或只是取笑她的年紀。讓一個紳士賞她一道汙名。

她本來有想過，她晚點會回到村莊再次向他道謝，告訴他那究竟是不是她要找的醫生；她也可以只是減速，透過車窗大笑著喊他一聲。

然而她現在心想，她只要走湖畔道路離開就好，別再靠近他。

忘了他吧。她看見礫石堆出現在前方。她得專心想自己要去的地方。

就像他說的一樣：有個標示，告示上寫著「湖景安養之家」。然後真的出現了：從這裡可看見一抹湖景，有如天邊一條淡藍色的線。

安養之家有個空間寬敞的停車場，還有一條長長的翼廊，房間看來像是個別的隔間，各自有能讓人坐下的花園或椅子，每個隔間前面也有相當高的格子狀柵欄保護隱私，或是提供安全。儘管她沒看到有人坐在外頭。

當然沒有了。這些安養中心的上床時間都很早。

她喜歡格子柵欄增添了一抹奇想。過去幾年來的公共建築就和私人住宅一樣有所變化，以前那種無情、毫無魅力的外表——她年輕時唯一允許的建築風格——已經蕩然無存。她把車停在一座明亮的圓頂前面，它的模樣散發著歡迎，帶股興高采烈的豐足感。她想有些人或許會覺得這很假吧，可是這就不是你想要的東西嗎？這整面玻璃牆一定能鼓舞老人的精神，甚至可能包括沒那麼老、但腦筋不正常的人們。

她走到門前想找個鈕，找門鈴按下去，不過沒這必要——門自己打開了。她一進去就發現裡頭的空間更寬廣，屋頂挑高、玻璃染了藍色。地上全是銀色地磚，就像孩子們喜歡在上面滑的那種，有那麼一會兒她想像病患因為好玩而滑來滑去，心情就輕鬆不少。想當然，地板沒有表面上那麼滑吧；你可不希望人們跌斷自己的脖子。

「我自己就不敢試。」她用迷人的嗓音對著腦袋裡的某人說，也許是她的丈夫。「這樣不行。我可能會撞見醫生，也就是準備給我測試心智穩定度的人，這樣一來，他會怎麼說？」

目前視線內沒看到半個醫生。

唔，當然不會了，對嗎？醫生才不會坐在這邊的桌子後面等病患出現。她也不是來這邊尋求諮詢的。她得再次跟人解釋，自己是來確定明天預約的時間和地點。想到這裡就讓她覺得好累。

室內有張高度齊腰的圓桌，上面的鑲嵌板像桃花心木，儘管很可能不是。此刻桌子後面沒有人，畢竟現在已經過了看診時間。她想找叫人鈴，但找不到。接著她看有沒有名單列出醫生的名字，或是正在值班的醫生名字，兩者都沒發現。你還會以為無論在哪個時間都找得到人呢，像這樣的地方會有人待命呢。

桌子後面也沒有重要的雜物。沒有電腦、電話、紙張或可以按的彩色按鈕。當然，她不能直接走到桌子後面，而且後面可能有某種她看不見的鎖或桌櫃，有她摸不到、只有接待員能用的按鈕。

她暫時放棄桌子，更仔細地觀察她所在的空間。房間是六邊形，有分散的出口。一共有四道——一扇就是讓光線和任何訪客進來的大門，一扇是桌子後面正式、閒人勿入模樣的門，通行不易。另外兩扇則一模一樣且彼此相對，顯然能帶你進到長長的翼廊，去收容住院者的走廊與房間。這兩扇門的上半部都有窗戶，玻璃看來透明得能讓任何人看穿。

她走到其中一扇或許能通行的門，敲了敲，然後試著轉動門把；但門把轉不動。鎖住了。她也看不清楚窗戶後面；靠近玻璃時能發現它整個表面起伏，扭曲了一切。

正對面門上的玻璃有一樣的毛病，門把也同樣不能轉。

她鞋子在地板上的噠噠聲、玻璃的錯覺、沒用的擦亮門把，讓她比自己想承認的還要挫折。

不過她沒放棄。她又照同樣的順序試過每扇門，這次還盡可能搖晃門把、喊著：「哈嘍？」只是聲音起先聽來又小又愚蠢，然後像是受了委屈，但同樣沒有斬獲。

她鑽到桌子後面敲那扇門，幾乎一樣毫無希望。門上甚至沒有門把，只看得到一個鑰匙孔。

無能為力了，只能離開這裡，回家。

她想，這一切布置得非常愉快優雅，卻完全沒有裝出服務大眾的假象。當然嘍，不管周遭有多麼光鮮亮麗，他們會把住客、病人或管他們怎麼叫的這些人早早趕上床，這在哪邊都是一樣會發生的事。

她想著這件事，推了入口的門一把。門太重。她又推。再推。門文風不動。

她能看見門外的開放空間中有一盆盆的花。一輛車在路上駛過。戶外有溫和的傍晚日光。

她得停下來思考。

屋內沒有人工光源，這個地方會變暗，而外頭儘管殘存著陽光，看起來也要天黑了。沒有人會來，他們的工作都做完了，或至少是結束了讓他們會來這區建築所需的職務。他們不論停留在哪兒，都會待在那裡。

她張嘴想大叫，卻叫不出聲。她開始全身顫抖，而不管她怎麼努力，就是無法把空氣壓進肺裡，好像她喉嚨裡塞了吸墨紙。她要窒息了。她曉得自己必須表現出不同的舉止，甚至得相信不一樣的事。冷靜、鎮靜。呼吸，吸氣。

她不曉得恐慌維持了很長還是很短時間。她的心臟在狂跳，但她就快要安全了。

旁邊有個女人，名字叫珊蒂，寫在她戴的領針上。反正南西也認識她。

「我們該拿妳怎麼辦才好？」珊蒂說。「我們只是想幫您換上睡衣，妳卻像隻害怕被做成晚餐的雞那樣亂跑。

「妳一定是作夢了，」她又說。「妳這次夢見什麼？」

「沒什麼，」南西說。「我夢見以前我丈夫還活著的時候，那時我也還在開車。」

「妳開的是好車嗎？」

「是富豪。」

「看吧？妳的腦筋靈光得很。」

（王寶翔　譯）

多莉

那年秋天，我們有過一些關於死亡的討論。我們自己的死亡。當時法蘭克林八十三歲了，我自己則七十一，我們想當然已經計畫過自己的葬禮（什麼都不做），並會葬在我們已經買好的地（立刻埋葬）。我們決定不採行我們朋友之間流行的火化。只是因為現實中的垂死往往被省略或是交由命運決定。

有一天，我們在離家不太遠的鄉間開車漫遊，找到一條以前從來不曉得的路。這兒的樹木，楓樹、橡樹跟其他樹木都是次生林（不過規模驚人），顯示這裡以前曾被清成空地。一度是農場，有牧場、房屋和穀倉。只是這些都已經不留半點痕跡了。路面沒鋪柏油，不過有人使用，看起來像是一天有幾輛車經過的樣子。也許有卡車會走這條路當捷徑吧。

法蘭克林說，這件事很重要。我們不希望跑去那塊地待上一、兩天，也許一個禮拜，卻什麼事也沒發生。我們也不想丟下車子，讓警察得跋涉過樹林，尋找北美郊狼可能已經在啃的遺骸。

此外，那個日子也不能太陰鬱，不能下雨或下初雪，葉子要變黃但不能掉太多下來，必須像出遊那天一樣，宛如貼著金箔。不過也許那時候陽光就不再燦爛了，否則那些金葉、那個日子的魅力會使我們感覺像破壞美景的人。

我們對於字條的部分意見相左，也就是要不要留字條給別人。我想我們欠人們一個解釋，他們應該得知我們並非因為患了絕症、或是飽受劇痛之苦，必須放棄過不錯的人生。我們應該安撫他們，說這是思緒清晰的決定——你幾乎能說是輕鬆無慮的抉擇。

趁人生仍美好的時候離世。

不。我收回這句話。這麼講太輕率了，這是侮辱。

法蘭克林認為留下絲毫解釋就是一種侮辱；不是侮辱其他人，而是我們自己。我們屬於自身和彼此，他認為任何解釋的行為就跟哭哭啼啼沒兩樣。

我懂他的意思，但我仍傾向不同意。

而就是這件事——我倆的歧見——似乎讓他打消了這樣死去的可能性。

他說，那反正都是無稽之談。他無所謂，不過我太年輕了。我們可以等到我七十五歲時再說。

我則道出了唯一令我稍感不安之事：假如將來再也沒有別的事發生，再也沒有對我們重要或讓我們能照管的事物，那怎麼辦？

他說，我們剛剛才吵過一架，我到底還想要什麼？

我說，那樣太客氣了，不算吵架。

我一直不覺得我比法蘭克林年輕，也許只除了在對話裡提到戰爭的時候——我是指二次世界大戰——這話題如今也很少提起。一個原因是，他比我更賣力運動；他有段時間曾是馬廄督頭——我說的是人們能坐上騎術馬的那種馬廄，不是賽馬。他每個禮拜還是會過去兩、三次，騎騎自己的馬，跟現在負責的人交談，他們偶爾會想聽他的建議。儘管他說，他大多時間都在試著不要插手。

他其實是個詩人；他真的是個詩人和馬術訓練師。他在不同大學接過為期一學期的工作，卻永遠不會去太遠的地方，以免沒法繼續造訪馬廄。他承認公開朗讀過自己的詩作，不過有次他說只在天空出現藍月時才會。他不強調詩人的職業。我有時覺得這種態度很惱人——我稱之為他不愛出風頭的個性——但我能懂原因。當你忙著照顧馬兒的時候，人們看得見你在忙，可是你忙著構思詩時，看起來就好像無所事事，而且得跟人們解釋這點時還會感覺有點古怪或不好意思。

另一個問題也許在於，儘管他沉默寡言，他最出名的詩作在這附近的人們眼中——也就是他長大的家鄉——經常會被形容為「粗鄙」。我就聽他自己說過那些詩相當粗鄙，此話不是在道歉，也許只是在警告某人別碰。他同情那些很敏感的人，知道他們會被特定的東西惹火，儘管他本人向來是自由言論的大力擁護者。

不過考慮到你能大聲唸出來跟付梓的東西，倒也不是說這個地方就一成不變。報上提到的得獎紀錄，其實對他有幫助。

這麼多年來，我在高中教的不是你可能會猜想的文學，而是數學。退休後我待在家，變得坐立不安，開始接其他工作——替一些加拿大小說家們撰寫井然有序、而且希望是有娛樂性的傳記。這些作家很冤枉地遭世人遺忘，或者從沒獲得過合適的注意。我想若不是因為法蘭克林，以及他那我們從不談論的文學名聲，我大概得不到這件寫書的差事——我在蘇格蘭出生，根本不認識任何加拿大作家。

我從不認為，法蘭克林或任何詩人值得我那些對小說家們的同情——我是指同情他們漸褪或消逝的情況。我也不曉得為什麼。也許是我個人認為，詩作本身更像是一種終曲。

我喜歡這份工作，覺得很有意義，而在教室度過那麼多年後，我很高興能掌控生活和享受寧靜。但是有時候，比方說下午四點，我只希望能有人陪伴和休息。

有一天，就在這種枯燥的關門作業日子裡，一個女人帶著一堆化妝品來到我家門前。換作其他時間，我根本不會因為看到她而高興，但她選對了時辰。她的名字是葛玟；她說她之前沒來拜訪我，因為人們跟她說我不是「那種類型」。

「管他是什麼類型，」她說。「不過嘛，我想說就讓她自己發聲。她想拒絕的話，說個不就行了。」

我問她想不想喝杯咖啡，因為我剛煮了些。她說當然。

她說，她本來已經準備好要重新打包東西的。她呻吟一聲放下重擔。

「妳沒有化妝。我要不是做這行，自己也不會擦化妝品。」她說。

她若沒有這樣跟我講，我會以為她的臉跟我一樣素。素顏、灰黃，嘴角的皺紋多得驚人。她的眼鏡放大了她的眼睛（最淡的藍眸），而她身上唯一刺眼的地方是黃銅色的稀疏頭髮，剪出水平的劉海。

也許被人請進家門，讓她感到不自在吧。她不停緊張地稍微左瞥右看。

「今天真是太冷了。」她說。

接著她突然衝口說道：「我在這邊沒看到任何菸灰缸，對吧？」

我在櫥櫃裡找到一個。她掏出自己的香菸，寬慰地在椅子上往後一靠。

「妳不抽菸？」

「以前會。」

「大家可不都是。」

我替她倒咖啡。

「黑咖啡耶，」她說。「噢，這種東西真棒不是嗎？我真希望沒打擾您做的任何事情。您是在寫信呀？」

我於是忍不住告訴她那些遭人忽略的作家，甚至講了我正在寫的作者：瑪莎・奧斯登索[1]，寫過一本叫《野鵝》的書，還有其他一堆如今全被遺忘的著作。

「妳是說這些全都會印出來？像是印在報上嗎？」

我說，會印成一本書。她有點不相信地呼氣，我意會到自己想要跟她講點更有趣的事。

「據了解她丈夫寫了那本小說的一部分，奇怪的是書上沒有一處提到他的名字。」

「也許他不希望其他男人笑他吧，」她說。「就像，妳知道的，別人會對那種寫書的男人做何感想。」

「我倒是沒想過這點。」

「可是他卻不介意賺錢，」她說。「妳也知道男人就是這樣。」

然後她開始微笑，搖搖頭說：「妳一定是個聰明人。等著瞧吧，我回家時要跟他們說我看到一本正在寫的書呢。」

為了岔開正開始讓我難為情的話題，我問起她家裡有哪些人。

她說了一些我沒聽清楚，或可能是我懶得仔細聽的人名。我不確定這些人名被提起的順序是什麼，只知道她丈夫排在最末尾，而且已經過世。

「去年走的。只不過他不算我正式的丈夫，妳懂吧。」

「我的也不是，」我說。「我是說，他還活著。」

---

1 Martha Ostenso（1900-1963）。她的歷史小說《野鵝》（*Wild Geese*）出版於一九二五年。

「是嘛？現在很多人都會這麼做，不是嗎？以前的人都會說天啊，這樣真可怕不是嗎，現在只會說搞什麼啊？然後還有人同居了好多年，最後就說噢，我們要結婚了。妳聽了會想，這是為什麼呢？到底是為了禮物，還是想把自己包進白紗裡。會讓妳大笑的，我都要笑死了。」

她說，她有個女兒就經歷過這種鋪張愛現的結婚儀式，卻對她沒半點好處，因為她很笨，現在因販毒在坐牢，是被她嫁的那個男人拖累的。所以葛玟現在必須賣化妝品賺錢，外加照顧女兒兩個年幼的孩子，他們沒有別的親人能倚靠。

她這整段時間都用非常愉快的幽默感跟我講這些故事。但她把話題轉到另一個相當成功的孩子——一位合格護士，已經退休並住在溫哥華——時，卻變得猶豫煩躁起來。那個女兒希望母親拋開其他家人，搬過去跟她住。

「可是我不喜歡溫哥華。我知道其他人都喜歡。但我就是討厭。」

不。真正的原因在於，她如果搬過去跟那個女兒住，她就得戒菸。問題在於戒菸，和溫哥華沒有關係。

我付錢買了些化妝水，號稱能恢復我的青春，她也保證下次在附近時會帶貨過來。

我回家跟法蘭克林講了她所有的事。我說她的名字是葛玟。

「感覺就像接觸另一個世界。我其實還滿喜歡的。」我說。然後我不太喜歡自己這樣講。

他說，我也許應該更常出門走走，然後登記我的名字申請當代課老師。

葛玟很快就帶著化妝水出現，令我訝異，畢竟我已經付過錢了。她甚至沒有試著推銷我其他東西。這並不是策略，對她似乎反而是種慰藉。我又煮了咖啡，我們輕鬆談話，甚至像之前那樣聊得起勁。我送她一本《野鵐》，是我用來寫瑪莎·奧斯登索的材料。我說她可以留著，因為等這系列印出來後，我會自己再買一本。

她保證無論如何都會讀。她不知道自己以前什麼時候讀過整本書，因為她好忙，但這回她拍胸脯保證。

她說，她從來沒認識過像我這樣的人，這麼有學識又好相處。我覺得有點受寵若驚，同時也保持戒心，就像你發現某位學生暗戀你那樣。然後我會感到不好意思，彷彿無權置身在這麼優越的位置。

她出去發動車子時已經天黑了，她沒辦法發動。她試了又試，引擎發出哀鳴，然後再沒有反應。法蘭克林開車進到院子、被葛玟的車擋住而過不來，我趕緊出去告訴他發生了什麼事。葛玟看見法蘭克林過來時爬出駕駛座，開始解釋引擎最近老是當著她的面瘋狂熄火。

法蘭克林試著幫她發動，我們則站在他的卡車旁讓出空間。法蘭克林也沒成功。他進屋打電話給村裡的車行。葛玟不想再進屋裡，儘管外頭很冷；有一家之主在場，似乎讓她變得沉默。我跟著她等。法蘭克林走到門邊對我們喊說車行打烊了。

既然別無他法，我們只好請她留下來用晚餐和過夜。她立刻一臉愧疚，不過坐下來抽根菸後就自在許多。我開始拿出東西準備晚餐，法蘭克林去換衣服。我問葛玟想不想打給家裡的任何人。

她說好，她最好打通電話。

我心想她說不定有親人會開車過來帶她回家；我可不想講一整晚的話，讓法蘭克林只能坐在旁邊聽。他當然可以回自己的房間——他不願意把那裡稱為他的書房——但這樣一來我會覺得這種放逐是我的錯。此外我們也想看新聞，葛玟則會想在新聞播放期間一直聊天。我的所有女性朋友都會這樣，法蘭克林很討厭這點。

或是葛玟會安安靜靜地坐著，顯得不知所措。這也一樣糟。

電話似乎沒人接，所以她打給鄰居——孩子們目前待在那裡——然後是很多致歉的笑聲，接著是跟孩子們說話，要他們守規矩，然後是更多的擔保，以及衷心感謝他們幫忙看管孩子。結果她得知這些朋友明天得去某個地方，所以孩子們得跟去，說穿了還是沒有那麼方便。

她掛上電話時，法蘭克林剛好走回廚房。她轉身面對我，說那些人要出門的事有可能是捏造的，他們就是那樣。根本不在意她在他們需要時幫過人情。

接著她和法蘭克林撞上彼此。

「噢，老天爺！」葛玟說。

「不是，」法蘭克林說。「只是我。」

兩人停在半途——他們說，不知道自己怎麼會沒看見對方。我想他們意識到，張開雙手擁抱彼此是行不通的吧。他們轉而做出奇怪的不連貫動作，彷彿得環顧四周才能確定這是現實世界。他們也用帶點嘲弄跟氣餒的口氣重複彼此的名字，但不是我料到他們會吐出的名字：

「法蘭克。」

「多莉。」

過了一會兒，我才想到葛玟——葛玟多琳（Gwendolyn）——的確可以暱稱為多莉（Dolly）。

而任何年輕人都寧願被喊成法蘭克，而非法蘭克林。

他們沒有忘記我也在場，至少法蘭克林沒有，只除了那個瞬間。

「妳以前有聽過我提起多莉吧？」

他的口氣堅持我們回歸尋常，而多莉或葛玟的語氣則堅持要講這個天大或超自然的笑話，說他們如何認出彼此。

「我沒辦法告訴你們，我什麼時候聽過我這樣稱呼自己；這世上沒有別人知道我的這個名字。多莉。」

現在奇怪的是，我開始加入這種普遍的歡愉感了；因為奇事必須在我眼前變成樂事，而這就是此刻正在發生的事。這整個相認的驚喜得迅速拐個彎、改頭換面。而我顯然太想貢獻一份心力，甚至拿出了一瓶酒。

法蘭克林已經不喝酒了。他一直喝得不多，然後靜悄悄地戒掉。因此就輪到我和葛玟閒聊，用我們新發現的興高采烈感解釋事情，並不停地評論事情有多麼湊巧。

她跟我說，她認識法蘭克林時是個保姆，在多倫多工作、照顧兩個英國小孩，他們的父母把他們送到加拿大躲避戰火。屋子裡有其他雇傭，所以她幾乎整晚都能休息，也會出門享受好時光，畢竟哪個年輕女孩不會這麼做呢？她邂逅了法蘭克林，他正在過最後一次離營休假，接著就要去海外參戰，於是他們有了段你能想像的瘋狂時光。他或許給她寫了一、兩封信，但她忙得沒時間回。接著戰爭結束，她盡快搭上一艘船把英國小孩送回家，結果在船上認識一個男人，並嫁給了他。

但婚姻維持不久——戰後的英國太陰鬱，她覺得她會死在那裡，所以回到家鄉。

她這部分的人生我還沒聽過，倒是對她跟法蘭克林共度的那兩個星期耳熟能詳；我說過，其他許多人也知道。至少他們要是讀過法蘭克林的詩就會曉得。他們會知道她的愛極其豐富，卻不像我知道她曾相信自己沒辦法懷孕，因為她是雙胞胎之一，把過世姊妹的一束頭髮裝在脖子上的小匣裡。她有各式各樣的這種念頭，還給過法蘭克林一顆魔法牙齒——他不知道是誰的——保護他在海外的平安。他想辦法立刻丟掉，不過仍撿回了一命。

她也有一條規則，就是她若用錯的那隻腳走下路緣，那天就會過得很不順利，所以他們兩個得退回去重走一次。她的這些規則迷住了他。

坦白說，聽到這裡時，我私下並不覺得有多迷人。我當時心想，如果女孩長得夠好看，男人就會被她們頑固的怪癖迷倒。這種事當然已經褪流行了，起碼我希望是如此。

看看那幼稚女人大腦裡面的愉悅啊。（我剛開始教書時，他們跟我說不太久以前，女人有段年代是從來不教數學的，因為智力缺陷使然。）

當然，這位女孩、這位我以前纏著他告訴我的風情萬種的女孩，有可能大體上是胡謅出來的。她有可能是任何人的想像。但我不這麼認為。她很有自己的風格。她太鍾愛自己了。

想當然耳，我那時對於法蘭克林告訴我的事，還有他寫進詩裡的東西，選擇不予回應。他大多數時間也絕口不提那些事，只會談起多倫多在那段熱鬧的戰時日子是什麼模樣，還有愚蠢的禁酒令，以及教會遊行的鬧劇。聽到這裡，我要是以為他可能拿自己的某件作品當成禮物送她，那麼我似乎也搞錯了。

法蘭克林累了，先上床睡覺。我和葛玟或者多莉在沙發上鋪床給她睡。她坐在沙發邊緣，點起最後一根菸，叫我別擔心，她不會把房子燒掉，她會抽完才把菸放下。

我們的房間很冷，窗戶開得比平常大很多。法蘭克林已經睡著了；是真的睡著。我一直看得出來他是不是在假睡。

我痛恨放著桌上的髒盤子不管就跑來睡覺，可是我突然覺得好累，不想在葛玟的幫忙下整理——我知道她會幫忙。我打算明天早早起床，把東西都清掉。

只是我在陽光中醒來時，廚房裡有嘩啦聲、早餐的味道以及菸味。也有交談聲，而且不是如我預料的葛玟在說話，而是法蘭克林。我聽見她對他說的任何話大笑。我立刻爬起床，匆忙穿上衣服、梳頭，我在這麼早的時候通常懶得梳頭。

昨晚我感覺到的安全感跟愉快感蕩然無存。我發出很大的聲音走下樓梯。

葛玟正站在水槽前面，排水碗架上有一排乾淨得發亮的玻璃罐。

「盤子都是用手洗的，因為我怕不會用妳的洗碗機，」她說。「然後我看到上面櫥櫃的罐子，心想我不如就順便洗了吧。」

「它們已經有一百年沒洗過了。」

「是啊，我想也是。」

法蘭克林說他又出去嘗試發動過車子，但沒奏效。不過他連絡上了車行，他們說有人今天下午能過來看看。但他認為與其待在這裡等，不如他把車拖過去，讓他們早上就能檢查。

「好給葛玟機會掃完我廚房剩下的地方。」我說，但兩人都對我的笑話沒興趣。法蘭克林說，不，葛玟最好跟他去一趟，車行會想跟她談談，畢竟那是她的車。

我注意到他得說「葛玟」，把「多莉」推到一旁，稍微顯得吃力。

我說，我剛才是在開玩笑。

他問他能不能幫我做早餐。我拒絕了。

「她到底是怎麼保持身材的啊？」葛玟說。不知如何，這句讚美又成了他們兩個能共享笑聲的事。

兩人都沒露出絲毫跡象，顯示他們曉得我的感受，儘管我覺得自己似乎表現得很奇怪，我吐出來的話都像某種不友善的嘲弄。我想，他們好自以為是。我不知道這個形容是從哪裡冒出來的。法蘭克林出去準備車子時，她跟了過去，彷彿唯恐會片刻失去他的蹤影。

她出門後，回頭喊說她對我真是感激不盡。

法蘭克林按喇叭跟我道別，這是他平常不會做的事。

我好想追上他們，把他們痛揍一頓。我走來走去，被悲痛的激動感逐漸淹沒。我完全不懷疑我該怎麼做。

相當短的時間內，我已經出門、坐進我自己的車，從大門郵件口把我的家門鑰匙丟進去。我帶了個皮箱，儘管我多少忘記自己放了什麼進去。我寫了張簡練的字條，說我得去考據瑪莎．奧斯登索的一些事實，然後開始寫更長的字條，本來想註明給法蘭克林，不希望葛玟跟他回來（想也知道會）之後會看到。字條上說，他必須能自由做自己想做的事，而天底下我唯一無法忍受的就是欺騙，或者也許是自我欺瞞。沒有其他辦法了，唯有讓他承認自己想要什麼。逼我在旁邊看實在太荒謬殘忍，所以我決定直接離開。

我繼續寫道，畢竟這世上沒有哪個謊言勝過我們對自己說的謊，而且我們很不幸地得繼續騙自己，以便把所有的嘔吐物壓抑在肚子裡、活活蠶食我們，而他很快就會發現到這點。我這樣寫下去，讓這段譴責塞進愈來愈小的空間，似乎有點反覆跟雜亂，並拋棄愈來愈多尊嚴與風度。我這時發現，我得重寫才能給法蘭克林看，所以我只好把它帶在身上，晚點再用信寄給他。

我在我們的車道口轉往另一個方向，與村莊和車行相反，接著我似乎沒過多久就在主要高速公路上往東行了。我要去哪裡？若不快點做決定，我可能會發現自己出現在多倫多，而我感覺在那兒不但不能找到藏身之處，只會撞見跟我過去人生的幸福——以及法蘭克林——息息相關的地點與人物。

為了避免發生這種事，我轉彎往科堡[2]去。一個我們倆從沒一起去過的城鎮。

2 Cobourg，安大略省東部靠湖城鎮。

我抵達的時候還不到中午。我在市中心的汽車旅館找了個房間，經過女傭，她們正在打掃昨晚有人住過的房間。我的房間稍早沒人住過，所以非常冷。我打開暖氣，決定去散散步，打開門時卻喪失了意願。我全身發抖打顫。我鎖上門，和衣躺到床上，但我仍抖得要命，於是把被子拉到耳際。

等我醒來時，早就進入明亮的下午，我的衣服汗溼得黏在身上。我關掉暖氣，在皮箱裡找到幾件衣服，於是換上並出門。我走得很急；儘管肚子餓，卻覺得我永遠不能放慢速度，也不能坐下來吃飯。

我想，發生在我身上的事並不罕見吧，無論在書上或真實人生裡都不算罕見。所以它們應該——一定有——歷久不衰的解決辦法才對。比方像這樣快走。但你總得止步，你在這麼小的鎮上也得停下來等車經過或等紅燈。而且這兒還有人用好笨拙的方式閒晃，走走停停，也有成群像我以前得維護秩序的那種學校孩童。為什麼他們有這麼多人會這麼笨，鬼叫和講一堆多餘的話，自身絲毫沒有存在的必要？到處都有這種人當著你的面侮辱你。

誠如商店與它們的招牌是侮辱，汽車的走走停停是侮辱，所有地方都在高喊說這就是人生。好似我們需要更多人生似的。

到了商店終於減少的地方，就出現幾間無人的小屋，窗戶釘了木板，等著被人拆除。汽車旅館出現以前，人們就會過來住在這種小屋，度過比較寒酸的節日。然後我想起來了，我也曾待過這裡；沒錯，我住過這種小屋，當時它們已經淪落——也許那時是淡季吧——淪落到只能接待下午出現的罪人。我那時仍是實習老師，而若非這些如今窗戶釘起來的小屋，我甚至不會記得我待過這個鎮。跟我一起來的男人是個老師，年紀更大。他家裡有太太，毫無疑問還有小孩。一群等著被干涉的生命。那個女人絕不能知情，因為這會傷透她的心。但我當時不在乎；就讓她的心破碎吧。

我如果努力回想，就能記起更多，但這樣不值得，雖然這使我慢下來到更正常的步伐，並轉身走回汽車旅館。梳妝臺上就放著我寫的信，已經封好但沒貼郵票。我又走出去找到郵局，找了張郵票，把信封扔進它歸屬的地方，心裡毫無任何思緒或疑慮。其實，我大可把信留在桌上，這又有什麼差別呢？一切都結束了。

我稍早散步時注意到一間餐廳，入口在幾階樓梯下面。我找到它，看外面貼的菜單。法蘭克林不喜歡在外面吃飯；我喜歡。我又散步了一段路，這回用普通速度，等著餐廳開門。我在一面櫥窗看見我喜歡的絲巾，心想我應該進去買，會很適合我。但我進去拿起來時又不得不放掉。它絲的質感讓我覺得反胃。

我在餐廳喝了葡萄酒，然後花很長的時間等食物送來。餐廳裡幾乎沒有人——他們才剛準備好今晚的樂團。我去洗手間，發現自己的模樣沒怎麼變，感到詫異。我心想餐廳裡會不會有些男人——老人——考慮約我。這念頭很可笑——不是因為對方可能的年紀，而是我腦袋裡除了法蘭克林，從來沒辦法去想其他男人。

食物端來後，我幾乎食不下嚥。不是食物的錯。問題只是一個人坐著、一個人吃飯的古怪感，這種敞開的孤獨感跟不真實感。

我有想到要帶安眠藥來，儘管我以前幾乎沒吃過。事實上我留著那些藥好久，我不知道它們還有沒有藥效。但藥效確實還在——我沉入睡夢，沒醒來過，直到接近隔天早上六點。

有些大卡車已經從汽車旅館的車位開走了。

我知道我人在哪裡，也知道我做了什麼好事。我知道我鑄下可怕的大錯。我盡快著衣，離開汽車旅館。我幾乎沒法忍受櫃檯後面那個女人的友善攀談。她說晚點會下雪，還對我說保重。

高速公路上已經很塞，而且還出了場車禍，進一步拖慢車速。

我心想法蘭克林可能會出來找我，他也有可能會發生意外。我們說不定會從此天人永隔。

我只把葛玟當成一個製造了荒唐問題的闖入者；她那粗短的腿、顏色愚蠢的頭髮、滿臉皺紋，你或許可以說她的模樣就像誇張的漫畫人物，你沒辦法責怪這種人，也永遠無法認真看待他們。

然後我到家了。我們的屋子絲毫沒變。我開上車道，接著看見他的車。感謝老天他在家。

不過，我注意到他的車沒停在平常的位置。

原因是那個位置停了另一輛車。葛玟的車。

我無法理解。我這整段路上想到她的時候——假如我有想到她——我把她當成已經被掃到一旁的人，她在製造出最初的騷動後，再也無法於我倆的生命裡占一席之地。我依然滿心欣慰能回到家，他也平安待在家，信心淹沒我，使我全身仍準備好跳下車、奔向屋子。我甚至摸索家門鑰匙在哪兒，因為我忘了我拿它怎麼了。

我反正也不需要鑰匙。法蘭克林這時打開了我倆屋子的門。他沒有驚訝或放心地大叫，就連我走下車靠近他時也沒有。他只是平穩地走下房屋階梯，在我伸手想抱他時用話語阻止我。「等等。」

等等。當然了。她在屋子裡。

「回去車上，」他說。「我們不能在這裡談，太冷了。」

等我們坐進車裡，他說：「人生真是完全難以捉摸。」

他的嗓音溫和、難過得不尋常。他沒有看我，卻直盯著前方的擋風玻璃，看著我們的家。

「我對妳道歉也無濟於事。」他對我說。

「妳知道，」他繼續說。「問題甚至不在於人，而像是某種氛圍，某種魔咒。當然問題的確在人身上，可是氛圍會包圍他們，附身他們。或者它們會具體化——我不知道。妳懂嗎？就像日蝕還是什麼的一樣突然出現。」

他搖搖頭，無比沮喪。

你看得出來他很想談她的事。但是這番高談闊論平常應該會讓他厭惡的。就是這點令我萬念俱灰。

我感到內心變得冰冷刺骨。我本想問他，他有沒有告知第三方這種轉變，然後我心想他當然有了，她也跟我們待在一起，身在廚房裡，與她擦亮的東西為伍。

他的魔咒好沉悶，跟其他人一樣。枯燥。

「別再說了，」我說。「拜託別再說話。」

他第一次轉頭看我，開口說話，嗓音裡也毫無他那特別的好奇靜默感。

「天啊，我是在開玩笑，」他說。「我還以為妳會聽懂。好啦好啦，看在老天的分上，閉嘴聽我說。」

因為我這時出於憤慨和寬慰，開始哭哭啼啼。

「好，我是對妳有點生氣。我覺得我害妳不好過。我回家時發現妳跑掉了，我到底該做何感想？好啦，是我混帳；別這樣，停下來。」

我不想停。我知道現在都沒事了，可是痛哭的感覺好舒服。然後我想到能發牢騷的新事情。

「那她的車在這裡幹麼？」

「他們沒辦法修，已經成了廢鐵。」

「可是它怎麼會在這裡？」

他說，因為上面還有沒壞掉的東西，雖然不多，現在都屬於他了。屬於我們。因為他給她買了一輛車。

「一輛車？新的？」

夠新了，比她的舊車好。「她其實想去北灣市[3]。她在那裡有親戚還什麼的，她想在弄到一輛合適的車之後去那裡。」

「她在這邊有親戚，不管她是住在哪裡，她有兩個三歲小孩得照顧欸。」

「嗯，顯然北灣市更適合她。我不知道三歲小孩的事。也許她會帶他們走。」

「她有請你買車給她嗎？」

「她絕不會開口要任何東西。」

「所以，」我說，「她現在介入我倆的生活了。」

「她人在北灣市。我們進屋裡去吧。我甚至沒穿外套。」

我們走回房子時，我問他有沒有跟她說他的詩。或是讀給她聽。

他說：「噢，天啊，沒有；我幹麼那樣？」

我進廚房看到的第一樣東西，是閃閃發亮的玻璃罐。我拉過一張椅子、爬上去，開始把罐子擺回櫥櫃最上層。

「你能幫我嗎？」我說。他從下面把瓶罐遞給我。

我心想——他會不會對詩的事情撒謊？她有沒有聽到他唸詩給她聽？或者詩放在那裡讓她讀？

若是如此，她的反應想必不會很滿意。誰會呢？但假如她說詩很美呢？他一定會討厭她這樣講。或者她可能會大聲納悶，他怎麼有辦法靠這種東西逃過指責？她也許會說，這些詩是淫穢之作。這樣就更好了，儘管沒有你可能會想的那麼好。誰又能對詩人的詩作說出最完美的評論呢？多一分則太多，少一分則太少，必須恰到好處。

他用手臂抱我，把我從椅子舉下來。

「我們承受不起口角。」他說。

確實不行。我已經忘了我們有多老，忘了一切狀況。想想看這世界上，直有折磨和抱怨。

我現在能看見鑰匙了，被我從郵件口扔進來的鑰匙。它躺在毛茸茸的棕色腳踏墊跟門檻中間的縫裡。

我也得留意我寫的信，早一步攔截它。

---

3 North Bay，安大略省城市，在尼皮森湖（Nipissing）西北岸。

假如我在信寄來之前就過世了呢？你可以自認為處於良好的體態，結果突然逝世，事情就是有可能這樣。我是否該留張字條讓法蘭克林能找到，以備萬一？

在字條上說，倘若你收到我寫給你的信，就把它撕了。

事實是他會照我的話做。換作是我，我就不會聽話。不管我承諾過什麼，我照樣會拆開信。

他會服從。

他願意這樣，我居然會感到雜在一塊兒的憤怒與欽佩。這種情感涵蓋了我倆一同度過的整段人生。

（王寶翔　譯）

終曲

本書的最後四則作品不太算是故事，而是自成獨立單元，在情感上屬自傳性質，儘管並不完全忠於事實。我相信它們是我這輩子第一次和最後一次——也是最接近的一次——訴說我自己人生的故事。

（王寶翔　譯）

眼

我五歲大的時候，我父母突然變出一個男寶寶，我母親還說這是我一直想要的。她是從哪裡想到這點的，我也不知道。她倒是費了不少工夫詳細描述，儘管說詞都屬虛構，只是很難反駁。

一年後，一個小女娃冒出來，於是又引發一陣騷動，不過程度比第一次弱得多。直到第一個寶寶出現之前，我沒注意過我的內心感覺跟我母親口中我的感受有出入。而且在寶寶到來前，整個屋子裡到處都有我母親的存在，即使她不在房間裡，她的腳步聲、嗓音、粉末般但不祥的氣味也會逗留在裡頭。

我怎麼會用不祥形容呢？我那時並不覺得害怕，直到她開始真的告訴我說我應該有何感受。她在這方面是權威，完全毋須質疑，不只是小弟的出現，還包括紅河牌穀片對我很好，我必須喜歡它。她也插手我對於掛在我床腳的耶穌畫像的解讀，畫中顯示耶穌讓（suffering）那些小孩子來找他。suffering在那時的意義其實不一樣[1]，不過這不是我們討論的重點。我母親指出畫中一個半躲在轉角的小女孩，說她想去找耶穌，只是太害羞了。我母親說那個女孩就是我，我想也是吧，雖然若不是她告訴我，我自己是想不到這點的；我也希望她沒跟我這麼講過。

讓我真正覺得悲慘的是《愛麗絲夢遊仙境》裡的愛麗絲，她變得人高馬大又困在兔子洞裡，可是我還是邊讀邊笑，因為我母親似乎覺得很樂。

然而，等到我弟弟降臨、她成天講說他是我的某種禮物時，我才開始接受事實：母親對我的大部分想法跟我並不一樣。

我想，這就是為什麼莎蒂過來替我們工作時，這種覺悟讓我能夠接受莎蒂。我母親躲回照顧寶寶的領域。她沒那麼常在身邊之後，我就能思考事情的真偽。我夠懂事，沒和任何人提起這念頭。

莎蒂這個人身上最不尋常的地方——雖然在我們家裡被輕鬆看待——就是她是名人。我們鎮上有個電臺，她會彈吉他，唱節目開場曲，是她自己寫的。

「哈嘍，哈嘍，歡迎各位啊——」

半個小時後則會聽到：「拜拜、拜拜，大家再會。」她穿插演唱觀眾點播曲與自己挑的曲目。鎮上比較上流的人習慣拿她的歌和整個電臺開玩笑，還取笑說電臺是全加拿大最小的；這些人聽多倫多電臺，它們會廣播當時的流行曲——三隻小魚跟媽媽大魚[2]——以及吉姆・杭特嚷叫著播報告急的戰爭新聞。不過住農場的人喜歡聽本地電臺，以及莎蒂會唱的那種歌。她嗓音有力又悲傷，唱著孤獨與悲痛：

靠著大畜欄上的
老舊頂欄杆
順著微光小徑尋找
我久散的故友——

1 在〈馬太福音〉十九章和〈路加福音〉十八章都提到，有些人帶小孩子來見耶穌，希望他摸他們，遭到耶穌門徒斥責，耶穌就說：「讓小孩子到我這裡來（Suffer little children），不要禁止他們；因為在天國的，正是這樣的人。」suffer字面是忍受或受難。

2 出自電臺主持人、樂團領班Kay Kyser（1905-1985）的一九三九年暢銷曲〈三隻小魚〉（Three Little Fishies）。

我們這塊鄉間的大部分農場，大概是在一百五十年前清出來及定居的，且你從每戶農家往外看，幾乎都能看見在幾塊田以外的另一戶人家。然而這些農人想聽的歌曲卻清一色唱著孤獨的牧牛地、遙遠異鄉的誘惑與失望，以及因痛苦罪行而送命的亡命之徒，臨死前嘴邊吐出母親或上帝的名字。

莎蒂便用宏亮的女中音唱著這種傷痛，然而她替我們工作時卻精力充沛、自信十足，很樂意與人聊天，多數時間是談她自己。家裡通常沒別人能談，只有我。她和我母親的職責讓她們大多時間錯開出現，我也不知為何認為她們反正不會喜歡一起聊。我母親誠如我稍早指出的那樣，是個嚴肅的人，教我之前在學校教過書。她也許會喜歡把莎蒂當成她能協助的對象，教她不要說youse[3]。但莎蒂沒露出想接受任何人幫忙的跡象，或是想用跟她老習慣不一樣的方式說話。

吃完正餐——也就是午餐——我和莎蒂會獨自待在廚房。我母親休息睡午覺去，運氣好的話，寶寶們也會睡著。她起床後會換件衣服，彷彿期待有個休閒的午後，儘管顯然有更多尿布得換，還有一些不體面、我試著別看的事，即最小的寶寶猛喝一邊乳房的母奶。

我父親也會睡午覺——或許在沙發上睡十五分鐘，把《星期六晚間郵報》蓋在臉上，然後再回去穀倉。

莎蒂在爐子上燒水，接著在我的幫忙下洗碗盤，並放下百葉窗隔絕高溫。我們洗完後，她會抹地，我則負責擦乾地板，用的是我發明的方法——踩在破布上滑來滑去。然後我們取下一捲捲黏答答的黃色捕蠅紙，是早餐時放上去的，已經黏滿死掉或奄奄一息的黑蒼蠅，接著把新的捕蠅紙掛起來，到晚餐時就會沾上新的死蒼蠅。這整段時間裡，莎蒂會跟我聊她的生活。

我那時還不太會判斷年紀；對我來說，人們不是小孩就是大人，我也把她當成成人。也許她那時十六歲，也許十八或二十。不管是幾歲，她都不只一次宣稱自己並不急著結婚。

她每個周末都會去跳舞，但是只會一個人去。她說，就她自己一個，為自己而跳。

她告訴我舞廳的事。鎮上主街有一間，冬天時那裡會有冰壺場[4]。你每跳一支舞都

3 youse是某些英語地區使用的第二人稱複數詞（即you加s。）

4 冰壺（curling）是種團隊冰上運動，把石壺推過四十餘公尺的冰道，盡可能靠近得分區。

要付一角硬幣，而且到臺上去跳，讓四周的人瞠目結舌地旁觀，但她絲毫不在意。她總是喜歡自己掏一角錢付，不想欠人恩情，但有時會有個傢伙早一步找上她。這人會問她想不想跳舞，而她回答的第一句話是你會跳嗎？她就這樣直言不諱地問對方。然後那人會用奇怪的表情看她，說他會跳，意思是不然他幹麼來這裡呢？而通常事實證明，他所謂的跳舞是用兩隻腳挪來挪去，並用兩隻冒汗的大手抓著她。有時她會直接掙脫，讓那人擱淺在原地，她則自己跳舞——反正她本來就喜歡這樣。等她跳完付錢的那場舞後，假如收錢的人抗議、試圖要她付兩人份而不是一人份的錢時，她就會跟他說他鬧夠了吧。他們若想笑她一個人跳舞，也隨他們去。

另一間舞廳在鎮外，在高速公路旁邊，你得在門邊付費，而且不是只能跳一支舞，而是跳整晚。那地方叫「皇世」。她去那邊也都自己付錢。那兒的舞者通常好上一級，不過她確實會試著了解邀請者的舞技，然後才讓他們帶她進舞池。這些人通常是鎮民，另一間舞廳則是鄉間人士。鎮民跳起舞來比較好，只是你得留意的並非他們的腳，而是他們會想抱住你。有時她會厲聲喝斥他們，跟他們說要是他們不放手，她就要對他們做什麼事。她會讓他們知道她是來這裡跳舞的，而且付了自己的錢，此外她也曉得該戳他們身上哪些地方。接著他們就會守規矩了。有時對方是很棒的舞者，她便會跳得很盡興，等他們跳完最後一支舞後她就衝回家去。

她說，她不像某些人。她沒有打算被逮住。

逮住。她說這個詞的時候，我腦袋裡想像一張大鐵絲網落下來，某種邪惡的小生物拿它一圈圈纏住你、讓你窒息，永遠逃不掉。莎蒂一定看見我臉上的表情，因為她說不用害怕。

「這世界上沒有什麼好怕的，只要顧好妳自己就行了。」

「妳跟莎蒂聊得很多嘛。」我母親說。

我知道事有蹊蹺，應該要提防，只是我不曉得是什麼。

「妳喜歡她，對嗎？」

我說對。

「噢，妳當然喜歡她。我也是。」

我希望話能在此打住，有陣子也真以為是這樣。

然後：「現在我們家有了小寶寶，妳我在一起的時間沒那麼多了。他們沒給我們太多時間，對吧？

「可是我們的確愛他們，對嗎？」

我很快說對。

她說：「真的？」

她得聽到我說真的才肯罷休，所以我講了。

我母親非常想要某樣東西。是人很好的朋友嗎？那種能打橋牌的女人，丈夫會穿著西裝與背心工作？不太算是，反正也找不到這種人。或者是以前的我，為了捲一頭香腸小鬈髮可以站著不動，還能把主日學的經文倒背如流？她沒時間監督我做這些事了。我心裡則有些地方背棄了她，儘管她不明白為什麼，我也不曉得原因。我在主日學裡沒跟鎮上的任何人交上朋友；我轉而崇拜莎蒂。我聽到我母親對我父親提起這件事：「她崇拜莎蒂。」

我父親說莎蒂是上帝派來的。這是什麼意思？他語氣愉悅。也許是說他不打算站在任何人那邊吧。

「但願我們有像樣的人行道給她用，」我母親說。「要是我們有真的人行道，她就能學溜冰和交朋友了。」

我的確希望學溜冰。儘管我不知道為什麼，我曉得我永遠不會承認這點。

接著我母親說了些話，說什麼開學後事情會好轉，說我還是莎蒂的狀況會改善；我不想聽。

莎蒂正在教我一些她的歌，我也知道我不是很擅長唱歌。我希望這不會就是母親口中沒好轉就得停止的事。我真的不想停止學唱歌。

我父親則沒什麼意見。我是我母親負責教的，除了後來我真的開始亂講話，非挨揍不可。我父親正在等我弟弟長大，好變成他的責任；男孩子就不會這麼難管。

的確，我弟弟管起來不麻煩。他會順順利利地長大。

接著學校開學了，就在幾個禮拜前，那時樹葉還沒變紅和變黃。此時樹葉幾乎已經掉光。我穿的不是學校外套，而是我的好外套，有暗色天鵝絨袖口跟領子的那件。我母親穿她上教堂的外套，用條頭巾蓋住幾乎所有頭髮。

我母親在開車，前往我們要去的地方（不管那是哪裡）。她不太常開車，駕駛方式永遠比我父親更莊嚴、更猶豫。她在任何彎道都會按喇叭示警。

「到啦。」她說，不過她花了一點時間才把車停好。

「我們到了。」她的口氣似乎是想鼓勵我。她碰我的手，給我機會握她的，但我假裝沒注意到，於是她把手抽開。

這間房子沒有車道，甚至沒有人行道。看起來還不錯，就是很樸素。我母親舉起戴著手套的手敲門，結果這其實是多此一舉；有人替我們打開門。那時母親正開始對我講些鼓勵的話——好像說什麼事情會比妳預期的更快過去之類——只是她沒講完。她對我說話的語氣有點嚴峻，卻稍帶安撫，而口氣在門打開時一變，轉為更壓抑、更柔和，好像她低下頭。

門其實不是為了讓我們進去而開的，而是放幾個人出來。有個女人回頭喊，一點也沒試著壓低嗓門：

「是她的前雇主，還有那個小女生！」

然後有個滿精心打扮的女人過來跟我母親說話，並幫她脫下外套。接著我母親替我脫外套，對那女人說我特別喜歡莎蒂，希望帶我來沒關係。

「噢，真可愛的小東西。」女人說。我母親則輕輕碰我，要我打招呼。

「莎蒂喜歡小孩，」女人說。「真的很喜歡。」

我注意到在場還有另外兩個孩子，是男孩。我在學校看過他們，一個念一年級，另一個則念更高的年級。他們從看來像是廚房的地方探頭，較小那個正用滑稽的方式往嘴裡塞一整片餅乾，較大的那個則做個噁心的鬼臉。不是對塞餅乾的男孩，而是對我。他們想當然討厭我了。男孩子在學校以外的地方不是會忽略你（他們在學校也對你視而不見），就是會對你做鬼臉、喊你難聽的綽號。我要是得靠近一個男生，我會全身僵住不知所措。這兩個男孩保持沉默，我卻有點難受，直到有人把他們兩個拖回廚房為止。然後我注意到我母親那格外溫柔、同情的聲音，比她正在交談的女發言人的口氣更像個貴婦，所以我想那張鬼臉也許是對她扮的。有時人們會在學校模仿她喊我的嗓音。

跟我母親說話的女人似乎掌控全局，她帶我們到房間一角，那兒有個男人和女人坐在一張沙發上，一臉好像不太清楚自己為何在那裡的模樣。我母親彎下腰，非常尊敬地對他們說話，並把我指給他們看。

「她真的很愛莎蒂喔。」她說。我知道我那時應該說點什麼，但我還沒能開口，坐在沙發上的女人就發出一聲嚎叫。她沒看我們任何人，那嚎叫就像是野獸在咬你或啃你時你會發出的叫聲。她猛拍手臂，活像想弄掉什麼東西卻徒勞無功。她瞪著我母親，彷彿我母親應該處理這件事。

旁邊的老人要她安靜。

「她受的打擊很深，」帶我們過來的女人說。「她不曉得自己在做什麼。」她彎下腰說：「好啦，別這樣，妳會嚇到小女孩的。」

「嚇到小女孩。」老人服從地說。

老人說完這句話時，女人已不再發出聲音，只是輕拍刮傷的手臂，像是不曉得手發生了什麼事。

我母親說：「真可憐的女人。」

「而且還是她的獨生女。」負責的女人說。她轉向我說：「妳不用擔心。」

我很擔心，儘管不是因為喊叫。

我知道莎蒂就在這裡某處，而我不想看到她。我母親其實沒有說我得見她，但也沒說我不必。

莎蒂是從「皇世」舞廳走回家時送命的，在舞廳停車場跟鎮上正式人行道中間的一小段石礫路上被一輛車撞倒。她想必是像平常那樣沿路匆匆忙忙地走，無疑也認為車子能看見她，或者認為她跟他們一樣有路權，或是她背後的車偏轉了方向，或她跟認定自己所在的地點有些差距。車從後面撞上她；撞她的車正想讓路給後面第二輛車，後者則打算在第一個彎道拐進鎮上的街。人們在舞廳裡喝了點酒，雖然你不能在那邊買酒。而且跳完舞後，舞廳外面總會有按喇叭、嚷叫跟飛快迴轉的車。莎蒂在這些車輛中急急忙忙地趕路，甚至沒帶手電筒，活像一副大家都得讓路給她的樣子。

「一個沒男朋友的女孩，用走的去跳舞。」那位仍跟我母親好聲好氣的女人說。她的聲音放得很輕，我母親也遺憾地喃喃了幾句。

那位友善的女人繼續更小聲地說，這樣走路無疑是在自找麻煩。

我在家裡聽到一些話，當時我沒聽懂。我母親想讓莎蒂和撞她的那輛車獲得應得的報應，但我父親要她別插手。他說，我們不能管鎮上的閒事。我甚至沒試著搞懂這是什麼意思，因為我試著別想莎蒂，更別提她死了的事實。當我發現我們要去莎蒂家時，我實在不想去，卻找不到辦法脫身，除非我想表現得非常無禮。

現在，度過了老女人的崩潰後，我覺得我們也許該轉身回家了。這樣我就不必坦承，其實我怕死了任何死人。

正當我以為這點有可能成真時，我聽見我母親和她此刻似乎正在串通的女人提起最可怕的事。

去看莎蒂。

我母親說，對，當然了。我們一定得看莎蒂。

死去的莎蒂。

我一直壓低目光，視野多半只有不比我高多少的兩個男孩，以及坐著的兩名老人。這時我母親卻牽起我的手，把我拉往另一個方向。

房間裡一直擺著一具棺材，我稍早以為那是別的東西；由於我缺乏經驗，我並不知道棺材到底長什麼樣子。我們靠近的東西像是用來擺花的架子，或是關上的鋼琴。

也許是棺材附近有別人，多少掩飾了它真正的外型、大小和用途吧。而這些人現在尊敬地讓開，我母親則用更小的聲音開口。

「來吧。」她對我說。她的溫柔在我聽來非常可恨，象徵勝利。

她彎下腰盯著我的臉，我很確信這是為了阻止我做我剛想到的事——緊緊閉上雙眼。接著她拉開目光，卻仍緊握住我的手。我成功在她一撇開眼後就垂下眼皮，只是我沒辦法完全闔上，怕我絆跤或有人在我不想待的地方推我一把。我只能看見模糊的僵硬花朵，以及擦得發亮的木頭。

然後我聽見我母親抽鼻子，感覺她縮回手。她的皮包打開時發出喀一聲。她得把手伸進皮包，所以對我的掌控力就減弱了，我也得以掙脫。她在哭。我把注意力放在她的眼淚和抽噎上，結果忘了克制自己。

我直接望進棺木裡面，看見莎蒂。

車禍饒過了她的臉與脖子，但我沒辦法一眼看清楚那些部位。我只得到一種粗略的印象，她身上並沒有我害怕的壞模樣。我趕緊閉眼，結果發現我忍不住又睜開眼看。首先，有個黃色小墊子撐在她的脖子底下，同時還蓋住喉嚨、下巴跟我能輕易看見的那邊臉頰。訣竅在於很快地瞥她一眼，然後轉回墊子上，下次再多看一點你不怕的地方。最後我看著莎蒂整個人，或起碼是我能從側面看見的部分。

有東西在動；我看見了，她靠我這側的眼皮在移動。不是張開、半張或類似的事，就只是盡可能稍稍抬起來，就像要是你在她體內，就能透過眼皮看到外面那樣。也許只是想區分外頭事物的明暗。

我當時並不覺得訝異，也一點都不害怕。這現象立刻吻合我對莎蒂的一切了解，並且不知怎的，歸類為我專屬的特別經驗。我也沒想過叫任何人注意這件事，因為這不是給他們看的，而是給我一個人的。

我母親再次牽我的手，說我們要走了。她和人們交談幾句，不過我感覺好像沒過多久，我們就到了戶外。

我母親說：「做得很好。」她捏我的手說：「好啦，都結束了。」她得停下來跟走向屋子的某人講話，然後我們坐上車開回家。我感覺她希望我說些什麼，也許甚至是告訴她什麼，只是我沒有。

我後來再也不曾遇過這種奇譚，而事實上莎蒂很快就從我的腦海消失，因為我在學校受到了震撼洗禮：我在那兒不知如何學會用一套怪招來應付：一面嚇得要死，一面賣弄。其實，她的重要性在九月的第一個星期就消褪了，當時她說她得回家照顧父母，再也沒法替我們工作。

後來我母親得知，莎蒂是在乳品廠工作。

但這之後好長一段時間，每當我想起她，我從來不曾質疑她讓我看見的事情。更久、再久以後，在我已經對任何超自然現象完全失去興趣之時，我依然知道有這種事發生過。我只是很容易就信了，一如你會相信、甚至記得你曾有另一副牙齒，即便如今已經不見，但那仍然是真的。直到有一天，或許直到我成了青少女的時候，我內心有個隱約的小洞讓我明白，我如今再也不相信這種事。

（王寶翔　譯）

夜

還記得我小時候，每當有人生產，或是闌尾破裂、或突然發生重大傷病時，沒有一次躲得過暴風雪。當其時道路封閉，根本別想把汽車挖出來，只得套上馬車，趕一段路到鎮上的醫院去。說來那時還有馬可騎，算是很幸運的了。照道理那時應該已經沒人在騎馬才對，但戰爭加上煤氣配給的緣故，事情變得不大一樣，至少有段時間是如此。

因此當我側腹開始疼痛時，按常理已經是晚上十一點鐘左右，而且肯定正下著大雪。由於那時我們家沒養馬，只得向鄰人借來馬匹，駕著馬車送我去醫院。不過一哩半的路程，依舊險阻重重。醫生在等我，而且無人感到意外；他準備取出我的闌尾。

那時候有很多人跟我一樣，得把闌尾取出嗎？我知道大多數情況是如此，而且的確有必要——我甚至知道有人死於沒盡快割掉——不過就我記憶所及，割闌尾像是我們那個年紀的人必經的儀式，倒不是說要割的人有那麼多，只是一旦發生，也不會太讓人意外，而且也不能說太不愉快，因為這表示可以不必上學，同時你會覺得自己暫時獲得某種地位，與其他人暫時區別開來，因為你被死亡的翅膀搧了一下。只有當你還小時，才會覺得發生這種事值得開心。

所以我躺在床上數日──少了一節闌尾──望向病房的窗外，看著雪花在常綠樹間飄移，感覺很陰鬱。我應該從沒想過，為了我這次變得跟人不一樣的經驗，爸爸要怎麼付這筆錢（先前處分爺爺的農場時，他留下了林場，我想他應該是賣掉了林場。他原本可能想在這裡設陷阱捕捉獵物，或種植製糖植物，也可能他只是出於難以形容的懷舊感，才保留那片地。）

之後我回學校上課，好一段時間（其實沒必要那麼久）都不必接受體能訓練。某個星期六早上，我跟媽兩人在廚房裡，媽告訴我，正如我所想的那樣，我的闌尾在醫院裡割除了，但同時還割除了別的。醫生發現這樣東西時，覺得必須拿掉，但他主要是擔心它有變大的趨勢。它變大了，媽說，有火雞蛋那麼大。

不過不用擔心，她說，已經都拿掉了。

但我從沒想過這是癌症，她也沒提過。換作是今日，要對病人宣布這種事，一定得問問題、深入檢查到底是不是腫瘤；如果是，那是惡性的還是良性，我們馬上就想知道。為何我們從來不提癌症這個詞，我想唯一的解釋應該是因為這個詞被一團雲霧籠罩著，如同提到性時，也是雲裡霧裡，說不清楚。搞不好更糟。儘管性不堪入目，當中總還包含著滿足——我們很清楚性愛的確令人滿足，雖然我們媽媽那一輩的女性不知道——但癌症這個詞只會讓你想到某種腐爛、發出惡臭的動物，在路上看到你會一腳踢開，看都不看一眼。

所以我沒多問，也沒人跟我解釋，只能猜想應該是良性的，也可能醫生技術很高明，清除得很乾淨，總之我到今天還活著。也因為我後來沒再想過這件事，每當有人要我列出曾動過的手術時，我都不假思索地回答或寫下「闌尾」。只有闌尾而已。

跟我媽在廚房裡的對話應該是在復活節前後，那時已經不再有暴風雪，山頂的雪開始融化，小溪重又漲滿了水，挾帶一切可能的東西順流而下，響亮刺耳的夏日就快到來。我們家鄉的氣候從不跟你開玩笑，從不講情面。

初夏豔陽高照時節，我離開了學校。我的成績算過得去，不必參加最後一次考試。我看起來氣色不錯，會幫忙做家事，像平常那樣閱讀，沒人知道我身體有問題。

我妹跟我共用一個房間，現在我要說明一下床鋪是如何安排的。因為房間很小，沒辦法並排放兩張單人床，只能用上下層床鋪代替，旁邊放一把梯子，讓上鋪的人爬上去。那就是我。我年紀更小一點時喜歡戲弄我妹，有時會掀開床墊的一角，威脅睡在下鋪不知如何是好的妹妹，說我要吐口水囉。當然我妹——她叫凱瑟琳——並不是真的毫無招架之力。她會躲在被單底下。不過我的招數是等她氣悶或出於好奇探出頭來，說時遲那時快，朝她臉上吐口水（有時並沒真的吐），保證會激怒她。

生病那年我已經不是小孩子，大到不再玩這種把戲了。那年我妹九歲，我十四。我們倆的關係始終有點緊張，我有時折磨她、有時用愚蠢的方式捉弄她，有時充當什麼都懂的人生顧問，有時也會講恐怖故事，叫她聽得汗毛直豎；有時我會從媽剛嫁過來時的舊箱子裡找出過時衣物，哄她穿上，那些衣服料子很好，裁成棉被嫌浪費，穿上又嫌老氣。有時我會拿出媽當年的口紅盒跟脂粉，給她化妝，告訴她這樣好漂亮喔。我妹真的很漂亮，不過我總把她化成詭異的外國洋娃娃。

我的意思不是說我完全控制住她，或我們倆做什麼都在一起。她有自己的朋友，也有自己愛玩的遊戲。她不愛花哨的遊戲，多半是家常的扮家家酒：把洋娃娃裝在玩具馬車裡、帶它們出門散步，或把小貓打扮一番，逼牠們在洋娃娃的小房子裡走路，但小貓總是在裡頭橫衝直撞，只想逃出來。有時也演戲，其中一個扮演老師，要是看到其他人犯了錯或幹了什麼蠢事，就會敲他們的腕關節，還叫挨打的人假哭。

我說過，那年六月我不必上學，自己一個人自由自在，這在我的成長過程中是絕無僅有的。我會做點家事，但沒什麼可幫的，我媽那時想必身體健康，能把大部分家務都打理好；也可能她那時有足夠的錢，找來她——我媽——口中所謂的女僕幫忙，雖然大部分人管她們叫女傭。無論如何，我不記得那年有什麼家務需要我幫忙，不像往後幾年夏天，我開始自動自發地整理家務，盡量讓家裡看起來井井有條。似乎那顆神祕的火雞蛋給了我類似病人的待遇，讓我能夠在家裡晃來晃去，像客人一樣。

儘管並未追蹤那團特殊的雲霧。家中卻沒有人可以倖免。其實這只是我內心的感覺——覺得自己既沒用又奇怪。但也不總是那麼沒用。我記得我還是照常削薄小紅蘿蔔，那是每年春天該做的事，這樣它的根部才會長大，可以食用。

一定是因為一天裡沒時時刻刻有事做的關係，不像那之後與之前的夏天。

也許真是因為這樣，我晚上開始睡不著。一開始我以為這只不過是全家人都入睡了、自己一人在床上躺到半夜，想著為什麼毫無睡意。我會看看書，像平常那樣累了就關燈，然後等待。不會有人早早來叫我關燈睡覺。有生以來第一次（這應該也算特殊待遇吧），我可以不受約束，自己決定該怎麼做。

當白晝的光慢慢退隱，屋裡的燈光一直點到夜間，家裡慢慢變了個樣子。此時日常活動的喧雜已經消匿，該收的東西都已收好，剛做的事已經做完，家似乎變成一個有些陌生的地方，裡面的人跟指揮他們人生的各項工作暫時解散，各項事物的用途暫時失效，所有的家具各歸各位，因為沒人注意的關係，彷彿根本不存在。

你可能會覺得這是解脫。一開始或許是吧。自由。陌生。但當我無法入睡的時間愈來愈長，最後非得等到黎明才睡著之際，我愈來愈感到困擾。我開始編歌謠，甚至做詩，剛開始是想哄自己入睡，但後來變得不受意志控制，這樣做只是在愚弄自己罷了；我在騙自己，文字愈來愈無稽，最後變成毫無章法的一堆蠢話。

我不再是我自己。

在那之前，我三不五時會聽人這麼說別人，但從沒想過這話是什麼意思。

那麼你覺得自己是誰？

這話我也聽過，也總以為這只是一句普通的嘲諷，從沒想過話中隱含的威脅。

再想想。

但這時候我要的不是睡眠。我知道光說睡眠是不正確的，甚至不是我此時此刻真正想要的。某件事控制了我，我必須與之對抗，才有希望。我隱隱覺得該這麼做，卻似乎力不從心。不管那是什麼，似乎都在驅使我去做，沒有任何理由，只是想確定能不能辨到而已，彷彿是在告訴我不需要動機。

需要的只是讓步而已。真奇怪。不是出於報復，或其他正常的理由，只因為你想到某件事。

我的確在想。我愈想趕跑腦中的念頭，它就愈常回來找我。並非為了報復或恨意，這我已經說過了，有的只是冷冷的、深深埋藏的念頭，與其說是衝動，不如說是沉思，攫住了我。我想都不能想，但我還是想了。

那個念頭就在那裡，在我腦子裡來回擺盪著。

那念頭是：我可以勒死我妹妹。她就睡在下鋪，她是我這世上最愛的人。我可能不是出於嫉妒、惡意，或憤怒而這麼做，只是因為瘋狂，晚上我與瘋狂共枕。也不是殘暴的瘋狂，只是帶點戲弄的意味；一種懶洋洋的、嘲弄的、慢吞吞的暗示，似乎已經等了很久了。

可能有人會說為什麼不。為什麼不去做最壞的事？

最壞的事。在我們最熟悉的地方，我們每晚入睡的房間，自以為在這裡最安全。我可能因為沒人（連同我在內）了解的原因就去做了，只因為我控制不了。

唯一能做的是下床，逼自己離開房間、走出屋子。我爬下梯子，看都不看睡在那兒的妹妹一眼。然後悄悄下樓，不驚動任何人，走進廚房，那裡的一切於我而言是如此熟悉，不需要開燈也能摸索到路。廚房的門並不真的鎖上——我甚至不知道我們有沒有鑰匙——只是拿一把椅子擋在門把下方，若有人開門進來，會發出很大的噪音。試著小心緩慢地搬動椅子，就不會發出任何聲響了。

經過第一晚，我開始能夠毫無困難地行動，不會碰壞東西，不過短短兩秒我人已經站在門外。

當然沒有街燈。我們家離鎮上太遠了。

每樣東西都顯得比平常大。沿著屋子種植的樹各自有名字可以稱呼：山毛櫸、榆樹、橡樹、各色品種的楓樹，後者統稱為楓樹，並不加以區別，反正都種在一塊兒。現在看起來都非常黑。連白丁香樹（花早已謝盡）、紫丁香樹都是黑的。我們都稱做丁香樹，不是丁香叢，因為它們長得太高。

前、後及兩側的草坪相通，容易跨越，因為我修整草地時打定主意向鎮上看齊，弄得體面一些。

房屋東側及西側的風景像是兩個世界，至少對我來說是這樣。東側朝著鎮上的方向，儘管你根本看不到城鎮。大約不到兩哩之外，一排排房屋矗立著，還有路燈及自來水。雖然我說過你看不到鎮上的情況，我也不確定是否真看不到；或許你盯得久一點，就能看到那裡的輝煌呢。

往西看，只瞧見長而彎曲的河流、田野、樹木，甚至落日，大片風光毫無遮蔽地呈露。我心裡覺得，那一帶沒住人，也跟普通生活扯不到一起。

我來回走著，先是沿著房屋外緣走，等眼睛適應黑暗後，便到處走走看看，知道自己不至於撞到抽水的泵柄，或上面掛著曬衣繩的平臺。有幾隻鳥受驚，開始鳴叫，彷彿棲息在樹上的每隻鳥，自己會決定要不要叫。牠們遠比我以為的起得早，但在第一輪鳴唱之後，天色開始有點泛白。突然間我睏倦得不得了，於是回到屋內，陡然覺得屋子裡一片黑暗，而我小心翼翼、不發出聲音、盡責地把歪到一邊的椅子靠門放好，擱在門把下方。然後不發出任何聲響地上樓，提醒自己走路、開門都得輕聲，儘管這時我已經快睡著了。我倒在枕頭上，睡到很晚才醒，約莫八點左右在家裡醒來。

那時我記得每一個細節，但真的是太荒謬了——最糟糕的地方就在於太荒謬——其實我很容易就可以忘掉這一切。我弟弟、妹妹已經去上課，他們讀公立學校，但餐盤都還放在桌上，溢出的牛奶上飄著幾顆米果。

荒謬。

等我妹放學回到家，我們就爬到吊床上玩，一個人扶住一側，盪來盪去。

大部分時間我都躺在吊床上，這可能是我晚上睡不著的原因。因為我沒跟任何人提過我晚上睡不著，所以也沒人告訴我，白天多做點事晚上比較好睡這個簡單的道理。

當然晚上一到，我的痛苦就又回來了。惡魔再度控制住我。沒多久我就知道乾脆直接下床，不必假裝情況有可能好轉，只要再努力點肯定能入睡。我像前幾天一樣，輕手輕腳地走出大門。我發現四處走動愈來愈不成問題，即使是家中各處也都清晰可見，只是感覺更陌生。就連這房子剛蓋時（那應該是一百年前了）在廚房天花板上施作的榫舌與凹槽也一清二楚，以及北邊窗戶被晚上關在家裡的狗咬掉一截的窗框，那都是早在我出生以前的事了。我記起了以為完全忘掉的事：我本來有個沙箱，放在北窗外方便我媽看到我的位置，現在那裡改種了一大叢繡線菊，茂盛到彷彿會流動，幾乎擋住視線。

廚房的東牆沒有窗戶，不過有一扇門，底下是個短短的廊道，我們會站上去晾沉甸甸的濕衣物，等到衣物晾乾，散發出清新、令人振奮的味道就收進來，有時是白色床單，有時是厚重的深色工作服。

夜間散步時，我有時會在廊道上停下。我從來不坐下，望著鎮上的方向讓我感到安慰，或許只是為了呼吸令人頭腦清楚的空氣。過不了多久，人們會起床、到自己開的店裡去工作，打開門鎖、把牛奶瓶拿進來，各忙各的事。

有一天晚上，我不確定那是第二十或二十一天、或只是第八或第九天，總之我晚上起床散步，我突地有種感覺——但有點太遲、來不及加快腳步——轉角有人。有人在那裡等著，而我什麼也做不了，只能往前走。若是那時轉過身，我一定會被那人抓住，那樣比直接面對更糟。

那是誰？不是別人，是爸。他坐在廊道上，也正望著鎮上和幾乎渺不可見的燈光。他穿著白天工作的衣服：深色工作褲，有點像是工作服但不完全是，以及深色粗布襯衫與靴子。他正在抽菸，當然是自己捲的菸。或許是菸味讓我察覺到有人，儘管那時候不管到哪兒都可能聞到菸味，無論是室內或室外，根本不可能特別去注意。

他說早安，盡量表現出自然的樣子，但其實一點都不自然。我們家的人很少這樣打招呼，並非因為感情不好，我想只是覺得沒必要吧，反正每天三不五時都會見到。

我也說早安。應該真的快天亮了吧，否則我爸不會已經穿好外出的衣服。天空想來已現出魚肚白，只是被枝葉茂密的樹擋住罷了。鳥在鳴叫。我堅持離床鋪遠遠的，愈晚回去愈好，儘管這麼做已經不像剛開始那麼令我安心。邪惡的可能性一度侷限在臥室與雙層床之間，如今正蔓延向每一處。

現在我不禁要想：為什麼我爸不是穿他的工作服？他那樣穿，比較像一早要去鎮上辦事的樣子。

我不能繼續散步，整個節奏已經被打亂了。

我本能反應想說不是，然後我想到還要解釋我只是到處走走，於是回答說是。

「睡不著？」他說。

他說夏天晚上容易睡不著。

「你累得半死上床睡覺，以為自己已經睡著了，卻發現自己非常清醒。是這樣嗎？」

我說是。

那時我就知道，他不是只在今晚聽到我起床散步的聲音。當一個人房屋外頭養著牲口、所有家當都在身邊，抽屜裡還放著把手槍，樓板上微細的一點聲響或門把的輕輕轉動，就足以驚醒他。

我不確定他是不是還想繼續聊我睡不著的事，他似乎想說睡不著很煩人，但就這樣了嗎？我完全不想對他透露更多。如果他真的暗示他知道我另有隱情，甚至暗示他來這裡就是為了聽我說原因，我想他不可能從我口中套出什麼話來。我必須真的想說，才會說出實情，承認自己睡不著，得起床散步。

為什麼這樣？

我不知道。

不是惡夢？

不是。

「笨問題，」他說，「妳總不會被好夢追趕，趕下床鋪吧。」

他靜靜等著我繼續說，什麼也沒問。我本想打住，卻滔滔不絕說下去。我全盤托出，只改了一點點地方。

提到妹妹時，我說很怕自己會傷害她。我覺得這樣說就夠了，他應該能明白。

然後我說：「掐死她。」我終究忍不住說了出來。

說出的話沒辦法收回，我再也不能做回原本的自己了。

爸聽到了。他聽到我說覺得自己會趁小凱瑟琳睡著時勒死她，沒有任何理由。

他說：「唔。」

接著又叫我別擔心，說：「人有時就是會有這種念頭。」

他說這話時相當嚴肅，沒有表現出驚駭或大驚小怪的樣子。人們有時會有這種念頭或恐懼吧，如果要這麼說的話，但沒什麼好擔心的，不過是個夢，我們可以這麼說。

他沒特別指出，我不必害怕真的做出這種事。他好像覺得這種事本來就不可能發生。因為注射乙醚的關係，他說。醫院的人給你打了乙醚。這不過是個夢，毫無道理，絕對不會發生，就像隕石不會撞到我們的房子（不是真的不會，但發生的機率小到被歸為不會發生）。

他倒是沒怪我會有這種想法。沒什麼好驚訝的，他這麼說。

他其實可以多說點什麼，比方問我對小妹的態度，或對目前為止的人生有什麼不滿。如果這事發生在今天，他應該會替我預約精神科醫生的時間（換作是我，也會安排孩子看醫生。我們這一代的思維跟收入會這麼做。）

事實上，他的說法真的有效。他這樣說——既沒有嘲弄也不驚慌——讓我可以繼續在這個世界裡待下去。

有些念頭，過一陣子就不會再想了。這種事常發生。

如果你在這個世界活到為人父母的年紀，你會發現對自己犯下的錯，有些你根本不想去了解、有些又太過了解；你內心多少感到自慚形穢，有時又對自己感到厭惡。但我不認為我爸有這種感觸。我只知道一旦惹惱了他，他會拿磨剃刀的帶子或腰上的皮帶抽我，說些不喜歡也得忍之類的話。打過就算了，他不會一直想著這事，在他看來，這不過是對一個多嘴多舌的小孩該有的教訓，誰叫她以為自己可以當家作主。

「妳覺得自己很聰明是吧。」每次體罰他都會拿這話當理由。的確那時候常聽人這麼說，聰明這檔事，常拿來當作無禮的小毛頭必須調教的理由，免得他繼續作怪。不然他長大以後，真以為自己有多聰明，那就糟了。當然換作她也一樣適用。

然而，在那個天色濛濛亮的早晨，他對我說的正是我最需要聽的話，我甚至也該聽過就忘。

我想過，他穿上比較好的工作服，或許是因為那天早上他跟銀行有約，對方說貸款無法再展延，儘管他早就料到了。他盡可能努力工作，但市場景氣沒有好轉的跡象，他必須找別的出路、養活這個家，同時償還欠下的錢。或者他可能已經發現，我媽精神不穩定是一種病，不可能會好。或者他是愛上一個不該愛的女人。

那都不要緊。從那時起，我睡得著了。

（王敏雯　譯）

聲音

母親還是少女的時候，全家人常一起去跳舞。舞會大多辦在小學校舍裡，不然就是在有間大起居室的農家舉行。不分老少，人人都參加。有人負責彈鋼琴——可能是那戶人家的鋼琴，也可能是學校的——有時會有人帶小提琴來。方塊舞形式複雜，舞步也很繁複，當天會找個特別機伶的人（通常是男的）鼓足嗓門大喊，十萬火急似地叫大家加入行列，但催也沒用，除非你本來就會這種舞。當然每個人都會跳，十歲、頂多十二歲，就把所有舞步都學會了。

儘管是已婚婦女，又生了我們三個小孩，依我媽的性情與年紀，假如她當時還住在舞會依然盛行的真正的鄉下，她應該仍樂於其中。她也會享受男女雙雙對對跳的圓舞，那時圓舞已有逐漸取代方塊舞的趨勢。不過她的情況——應該說我們的情況——有點尷尬。我們家不住在城裡，卻也不是真的住在鄉下。

我爸比我媽受歡迎得多，相信人生就是接受一切安排。我媽可不這麼想。她本是生長在農家的女孩，後來升格當了老師，但這樣還不夠，不算達到她想要的地位，也無法交到想交的城裡朋友。她生錯地方，錢也不夠多，不過反正她的條件也不足。她只會玩紙牌、不會打橋牌，看到女人抽菸就一副惱火的樣子。我想很多人會覺得她愛出風頭、過分注重文法——她會講出「樂意之至」或「確乎如此」這種話。她說話的方式會讓人以為她在什麼奇怪的家庭裡長大，每個人都這樣講話。其實她不是。她們家的人不是這樣的。我阿姨跟舅舅住在農場，講話方式跟一般人差不多。而且他們也不大喜歡我媽。

我不是說她成天盼望一切並非如此。就像其他必須把洗衣盆拿進廚房、沒自來水可用、夏天時花大把時間儲備冬天食糧的女人一樣，她總是忙個不休，忙到甚至沒空對我表示失望，儘管她非常想。她不明白為什麼我不從鎮上的學校帶幾個像樣的朋友回家；或為何我總不帶朋友回家；或為什麼我不再像從前那樣熱中參加主日學的朗誦。還有為什麼我回家時，髮捲都沒了——其實還沒到學校我就弄亂了——因為根本沒人像她那樣捲頭髮。或者為什麼我總刻意抹消過去朗誦詩篇的驚人成就，連稍稍炫耀一下也不肯。

但我並不總是整天生悶氣或跟人吵架。至少還沒有。那時我大約十歲，滿心熱切等著打扮好，陪媽媽去參加舞會。

那次舞會是在我們家這條路上的其中一戶人家舉辦。這一帶建築看起來還可以，但談不上富麗堂皇。一棟大型木造房屋，裡面住著的人我完全不認識，只知道先生是在鑄造廠裡工作，儘管他老得可以當我祖父。那時的人不會辭掉鑄造廠的差事，只要還能做，就會一直做下去，盡可能多存錢為將來做不動時打算。即使在經濟大蕭條（這詞我是後來才聽說的）最慘的時期，靠政府發的養老金過活都是很丟臉的事。人家也會覺得你的子女很丟臉，無論他們自己過得多拮据。

有些問題過去沒想過，現在想想有點奇怪。

住在那棟房子裡的人辦這場舞會，只是為了給大家帶來歡樂嗎？有收錢嗎？他們應該也不好過，就算男主人有工作。比方醫生的帳單，我知道那對一個家庭是多恐怖的重擔。我妹妹身子弱，人們都這麼說，她的扁桃腺已經割掉了。我弟跟我每年冬天就會得嚴重的支氣管炎，常請醫生來看。看醫生花很多錢。

還有一件事我也想不透：為什麼要叫我陪我媽去？應該由我爸陪才對。不過其實這也不難猜，或許我爸不喜歡跳舞，但我媽喜歡。何況家裡有兩個小孩要照顧，而我還不夠大。印象中我爸媽從沒請過臨時保姆。我不確定那時有沒有人用這個詞。後來我十幾歲時當過臨時保姆，但那時風氣已經不同了。

我們好好打扮了一番。照我媽對鄉村舞會的記憶，沒人會穿後來在電視上看到的那種誇張低俗的衣服出席，每個人都隆重打扮，要是不這麼做的話（也就是圍上領巾、衣裳上綴滿褶邊，公認是鄉村居民常有的裝扮），就是對主人不敬、對其他賓客失禮。媽替我用柔軟的羊毛做了一套衣裙，粉紅色裙子加黃色上衣，用一撮染成粉紅的羊毛做成心形，綴在左側乳房的位置，儘管那時我還沒發育好。我的頭髮沾溼後捲成肥肥的長髮捲，讓人聯想到臘腸，我每天都在到校前把它們打散。我跟她抱怨，說不想捲成這樣去舞會，因為其他人不會這樣捲；我媽反駁說，那是因為她們沒這種好運氣。於是我不再抱怨，因為我實在太想去了，也可能是因為想到應該不會在舞會上遇到同學，所以沒關係。我一直最怕被同學嘲笑。

媽的衣服不是自己裁的。那是她最好的一件衣裳，上教堂穿顯得太雅致，穿去參加葬禮呢，又覺得不夠肅穆，因此沒什麼機會穿。那是用黑色天鵝絨做的，袖長只到手肘，領口很高。最美的部分在胸前縫滿了各色小珠子：金色、銀色，以及許多其他的顏色。每當她走動、或僅僅是因呼吸而胸口起伏時，珠子會在燈光下變換著顏色。她編了頭髮，那時髮色還很黑，用類似后冠的裝飾在頭頂固定住。假如她不是我媽，我一定會說她美豔不可方物。我想我還是覺得她很美，但當我們走進那間奇怪的屋子時，我不得不注意到她最好的衣裳跟其他女人實在沒得比，當然她們一定也是穿最好的來赴會。

我所說的其他女人都在廚房裡。我們也走進廚房，看到大餐桌上擺著許多餐點。各式各樣的水果餡餅、餅乾、鹹派、蛋糕，琳瑯滿目。我媽也拿出她做的精緻小點，忙著把帶來的點心弄得好看些，一面說每樣東西看起來都叫人流口水。

我沒記錯嗎，她是說叫人流口水嗎？不管她說什麼，聽起來都不大對。那時我真希望爸也在場，他說話總是恰當得體，即使也很注重文法——他在家時會這樣，到外面就不一定了。在外面時，他很容易就切入別人在聊的話題，因為他知道，重點是別說出太別的話。我媽剛好相反。她說起話來咬字清楚、音調響亮，就是要吸引旁人的注意。

現在她又開始這麼說話，我聽見她在笑，聽起來非常愉快，彷彿在填補沒人跟她說話的空白。她問人大衣應該放哪兒。

別人告訴她到處都可以放，不過如果我們想要的話，可以放到樓上房間的床上。那裡有個四面是牆的樓梯間，就直接走上去，不過樓梯間暗暗的，走到頂層才有燈。媽叫我先去，她一分鐘後就來。我照做了。

這裡有個問題是：參加這次舞會需不需要繳錢。我媽可能是為了付錢才耽擱的。但另外一個問題是：既然得付錢才能參加，還需要帶點心來嗎？點心是不是真如我記憶中的豐盛？大家都那麼窮。不過也許他們不再覺得自己很窮，戰爭造就了工作機會，出外打仗的兵士也會寄錢回家。如果我真的只有十歲——我記得是十歲沒錯，過去那兩年情況應該已略有好轉了。

樓梯間可以從廚房上去，起居室也通，兩者會合變成一組樓梯，通往樓上的臥房。我在前面那間收拾得整齊的臥室脫下大衣、靴子之後，還能聽見我媽在廚房裡講話的聲音，不過我也聽到起居室傳來的音樂，便從起居室那端下樓。

起居室裡的家具都搬走了，只留下一架鋼琴。墨綠色窗幔——我覺得最沉悶無聊的顏色——整個拉下來覆住窗戶。但起居室的氣氛一點都不沉悶，許多人正在跳舞，非常有禮地牽著舞伴的手，拉長步幅或搖擺身體，各自圍成小圈子跳著。兩個看起來還在讀書的女生跳著當時正流行的舞步，面對面移動著腳步，兩人的手時而相握、時而放開。她們看見我，對我笑笑算是打招呼，我開心到快要融化了。但凡年紀比我大又有自信的女生注意到我，我都會感到無比興奮。

起居室裡有個女人，你無法不注意到她。她那身衣裳把我媽整個比下去了。看年紀應該比我媽大上一截，頭髮是白的，大波浪鬈髮梳理得舒柔有致，服貼在頭顱上；她身量相當高大，雙肩挺直、臀部寬闊，身上是橙金色的塔夫綢洋裝，領口剪裁成方領，開得很低，裙長只到膝蓋。手臂被短袖緊緊箍住，臂上的肉看來厚沉沉的、光滑白皙，像塊豬油。

眼前的景象太教人吃驚。之前我不知道，原來衰老與文雅、肥胖與優美可以同時存在，她令人聯想到黃銅，如此大膽卻又尊貴無比。你可以說她厚顏，可能我媽之後這麼說過，那是她會用的字眼。性情較好的人可能會說她架式十足。除了那身衣裳的樣式和顏色，她沒有其他炫耀的舉動。她跟身旁的男人一起跳舞，態度莊重卻又那麼漫不經心，就像夫妻。

我不知道她叫什麼名字，過去從沒見過她。我也不知道原來她在鎮上名聲很壞，甚至更遠的鄉鎮也都知道她這個人。聽說是這樣。

假如我不是記述真正發生過的事，而是在寫虛構小說，我想我絕對不會讓她穿那身衣裳。她不需要那樣標榜自己。

當然了，假如我真的住在鎮上，而不是每天上下課才進城出城，我應該會知道她是個有名的妓女，也一定有機會看見她，儘管可能不會看到那身橙金色的衣服。而且我就不會用妓女這個詞，比較可能叫她壞女人；我會知道她這個人潛藏著令人作嘔、危險、大膽的特質，儘管可能說不上來到底是什麼。就算真有人試著告訴我這一切，我想我也不會相信。

有幾個鎮上來的看起來不尋常。或許在我眼裡，她跟他們是同一類人。有個駝背的男人，每天只負責擦亮市政廳裡裡外外的門，而且就我所知他別的事都不必做。還有一個外表很正常的女人，不停大聲地自言自語或對著空氣罵人。

而總有一天我會知道她叫什麼名字，也會發現她真的是做那一行的，儘管說了我也不信。與她共舞的那個男人（我永遠不會知道他的名字）開了一間彈子房。我讀中學時，某天跟兩個女生走過那間彈子房，她們倆用話激我，賭我不敢進去。於是我走進去，看到他在裡面，是同一個男人。雖然他更禿更胖了，穿得也更加邋遢；我不記得他有跟我說什麼話，儘管他的確沒開口的必要。我轉身跑出彈子房，回到我朋友身邊——她們其實不算真的朋友——什麼也沒說。

我看到彈子房老闆時，舞會那天的情景在眼前一幕幕浮現：震耳欲聾的鋼琴聲、小提琴演奏，還有那件橙色衣裳——現在想起那件衣服，我會說實在很誇張——以及我媽突然在我面前出現，穿著她一直沒脫下的人衣。

她在那裡叫我，穿過陣陣音樂聲，用那種特別令我反感的音調，似乎刻意提醒我，多虧有她，我才能夠來到這世界。

她說：「妳的大衣呢？」就好像我放錯了地方。

「在樓上。」

「去拿來。」

她如果真到過樓上，一定會看到。她肯定沒走出廚房，穿著大衣（解開鈕釦但沒脫下來）繼續在那裡東摸西摸，想把食物弄好看些。然後她看到起居室裡舞會開始了，知道穿著橙色衣服的那個人是誰。

「別拖拖拉拉。」她說。

我沒有要拖延。我打開通往樓梯間的門，跑上幾階之後，在樓梯轉角處看到幾個人坐在那裡，擋住了去路。他們沒看到我，看起來像在談什麼很嚴重的事；也不算是爭論，只是口氣很迫切。

其中兩個是男的，都穿著空軍制服，一個坐在樓階上，另外那個站在下面一階，一手放在膝蓋上，身體往前傾。有個女孩坐在較高的樓階上，離她最近的那個男人安撫似地拍拍她的腿。我想她一定是因為樓梯太窄跌倒了，受了傷，不然幹麼哭呢。

佩姬，她叫佩姬。「佩姬、佩姬。」兩個年輕男人叫著她的名字，語氣裡透著熱切，卻不失溫柔。

我聽不出她說了什麼。她說話的口氣很幼稚，抱怨著，聽起來像在埋怨不公平。你反覆地說某件事不公平，但語氣很無助，彷彿並不真的期待那件不公平的事能夠解決。碰到這種情況，還有另外一個字：卑鄙。真的好卑鄙。卑劣小人。

回家以後，我聽到媽跟爸說的話，才了解發生了什麼事，儘管那時我沒辦法完全理解。哈奇森太太出現在舞會上，是那個彈子房老闆開車載她來的，那時我還不知道他是開彈子房的。我不知道媽叫他什麼，不過他這麼做讓她非常驚愕。大家都在繪聲繪影講這次舞會，以及從艾伯特港（也就是空軍基地）來的那幾個男孩也來參加的事。那當然不是什麼問題。那幾名年輕空軍不壞。令人感到羞恥的是哈奇森太太。還有那個女孩。

她把她手下其中一個女孩也帶來了。

「可能只是想出門透透氣，」爸說，「或者只是喜歡跳舞而已。」

但媽似乎根本沒聽見。她說真是丟臉啊！你本來以為可以玩得很愉快、跟附近鄰居好好地跳一回舞，結果全都毀了。

看到比我大的女孩子，我會仔細打量她們的外表。我不覺得佩姬算特別漂亮。也許是因為流淚的關係，她的妝花了，原本向上攏起、用髮夾夾住的鼠灰色頭髮有幾綹掉了下來。她手上擦了指甲油，還是看得出她習慣咬指甲。她看上去並不比我認識的那些老愛嘀咕、說人壞話、永遠在抱怨的女孩成熟，但那些男孩對待她的方式，就好像絕不能讓她忍受片刻的不愉快，彷彿每個人都應該安撫她、討她歡心、對她俯首帖耳似的。

其中一個拿了支捲好的菸給她。這動作本身在我看來是善意招待，因為我爸都自己捲菸，我看其他人也是一樣。但佩姬搖搖頭，用一種受傷的語調說她不抽菸。然後另一個人拿了片口香糖給她，這回她接受了。

到底怎麼回事？我完全搞不懂。遞口香糖給她的男孩注意到我，一面用手掏摸著口袋，一面說：「佩姬？佩姬，有個小女生看起來想上樓。」

她垂下頭，所以我看不到她的臉。我經過她身邊時，聞到一陣香水味，也聞到菸的氣味，還有雄糾糾的毛紡制服和發亮長靴的味道。

我穿上大衣下樓時，他們還在那裡，不過這次他們知道我會下來，所以在我經過時，沒人說話。只有佩姬大聲抽著鼻子，靠她最近的那男生不斷撫摸她上半截小腿。她的裙子往上拉起，我看到裡面長統襪上的絆扣。

那之後很長一段時間，我不斷想起那些聲音。我細細思索著那些聲音。不是佩姬，而是那兩個年輕男人的。我現在知道，早期有些駐紮在艾伯特港的空軍是英國人，來到這裡接受訓練，跟德國人作戰。所以我在想那應該是英國某個地方的口音，那時的我覺得非常柔和，令人著迷。的確那時我從沒聽過男人用那種方式說話，對待女人的方式如同對待一種極其美好、值得珍愛的生命，不管別人用什麼刻薄的話講她，或做出什麼事，都違反了法律、都是一種罪。

佩姬到底為了什麼事哭泣？我那時又是怎麼想的？其實我並不是那麼感興趣。我本身並不是勇敢的人。還記得八、九歲時，有天我在放學回家的路上被人追趕、用小石頭扔，我就哭了。有次老師當著全班同學的面，說我的書桌髒亂不堪，我也哭了。後來她打電話給我母親，把這件事告訴她，媽放下電話後開始流淚，有如忍受著多大的痛苦，因為我丟了她的臉——我也哭了。似乎有人天生特別勇敢，有人並不。一定是有人跟佩姬說了什麼，她才會抽著鼻子哭，因為她跟我一樣，臉皮都很薄。

我想，一定是因為那個穿橙金色衣裳的女人很壞，沒有任何理由就凶她。肯定是女的。因為如果是男的，安慰她的空軍朋友至少有一個會跳出來修理他，叫他講話小心點，搞不好還把他拖到外面痛打一頓。

所以我感興趣的不是佩姬，不是她的眼淚或哭到一塌糊塗的樣子。她讓我想到自己，太像了。教我驚奇的是那兩個安慰她的男孩，他們是那麼願意在她面前低下頭來，對她宣誓效忠。

他們說了些什麼？沒什麼特別的。沒事了。他們對她說。沒關係啦，佩姬。他們說。喏佩姬，好了好了。

這麼溫柔和善。誰都可以做到。

沒錯，或許這些來我們國家接受轟炸訓練、當中有許多在出任務時死去的年輕男人，說的只是各地的口音：康瓦爾、肯特郡、赫爾，或蘇格蘭地區。但在我聽來，他們一開口就是要給人祝福，當下的祝福。那時我沒想到，他們的未來注定是場災劫，屬於他們的平凡人生已經抛出窗口，在地上摔個粉碎。我想到的只有祝福，能夠領受祝福是多麼美妙的事啊，而佩姬的運氣真是好到不可思議；她不配得到這些。

在那之後一段時間，我不記得有多久，我常想到他們。一個人面對房裡冷清的黑暗之際，是他們搖著我，讓我沉沉睡去。我可以像扭開電視一樣，把他們叫出來，眼前就出現他們的臉龐和聲音——噢不，更棒，現在他們是對著我說話，不是那個礙事的第三者。他們拍拍我細瘦的大腿給我祝福，而他們的聲音彷彿是在對我保證，我，同樣值得愛。

儘管他們還活在我帶有一些些綺念的幻想當中，他們已經不在了。當中一些人，許許多多，已經永遠地離開。

（王敏雯　譯）

親愛的人生（拼了命）

我年輕時住在一條長路的盡頭，或說一條我覺得很長的路。當我從小學，然後中學，走回家的路上，我的背後是有活動、有人行道、入夜後有路燈的真正的小鎮。小鎮的盡頭以兩座橫跨梅特蘭河的橋為標記：一座是鐵製的窄橋，有時會因為不知誰的車該靠邊等而有點麻煩，另一座則是個木製通道，橋上偶爾會缺一塊木板，讓人可以直接看見下頭發光湍急的河水。我喜歡，但最後總是有人來把木板補上。

再來是一座小山谷，有幾棟每年春天都會淹水、搖搖欲墜的房子，但人們——不同的人——還是搬進去住在裡頭。然後是另一座橋，橋橫跨磨坊的水道，水道雖窄，卻深得足以溺死人。再過去之後路分成兩部分，一部分向南往山坡而去，跨過一條河，再變成真正的高速公路；另一部分則平緩地繞過一個舊市集地，再轉向西邊。

向西的路是我的路。

還有一條往北邊去的路，路邊有一段很短但真正的人行道，幾棟屋子聚集，感覺像在鎮上。其中一棟的窗戶掛了個招牌，寫著「薩拉達茶」[1]，證明那裡從前有賣雜貨。然後是一所學校，這輩子我在那裡讀過兩年書，而且希望永遠不要再看到它。那兩年過後，我媽讓我爸在鎮上買了一間舊房子，這樣一來他就會付鎮上的稅，我也能到鎮上的學校就讀。結果她其實不必這麼做，因為就在我開始去鎮上讀書的同年同月裡，我們對德國宣戰，而很神奇地，那個霸凌者搶我的午餐、威脅要痛打我、在混亂中好像沒有人學到東西的舊學校，被縮編為一半，只剩下一間教室和一位教師，他在下課時間大概不會鎖門。那些總是在口頭上嚇人地問我想不想要幹的男生，只想趕快找到工作，他們的兄長則一心只想從軍。我不曉得那時學校廁所是否改善了，但那真是糟透了。雖然我們在家也得去外面用茅坑，但至少乾淨，甚至還鋪了亞麻地板。在那所學校，不知道是因為不屑或是別的理由，沒有人費工夫去瞄準。很多方面而言，我在鎮上也不好過，因為其他人從小學一年級就是同學，而我還沒學到的東西很多。不過看見新學校乾淨的馬桶座、聽見那高尚的都市化的沖水馬桶聲，讓我覺得安慰多了。

---

1 Salada Tea，發源自加拿大的茶包品牌。

我在第一所學校念書期間沒交過半個朋友。有一個女孩，我暫且稱呼她為黛安，在我小二讀到一半時轉學進來。她跟我年紀差不多，住在有人行道的那些房子裡。有一天，她問我會不會跳蘇格蘭高地舞，我說不會，她說要教我，於是下課以後我們就去她家。她母親已經過世，她搬來這裡跟外公外婆住。跳蘇格蘭高地舞，她跟我說，需要穿踢踏鞋，她有，而我自然是沒有，但我們的腳差不多一樣大，因此她教我的時候我們可以交換著穿。最後我們口渴了，她外婆拿水給我們喝，不過那是來自掘井的難喝井水，跟學校的一樣。我解釋了我家裡鑽井水的優越性，那位外婆完全沒有被冒犯，她說她也希望家裡有個鑽井。

但後來，我媽竟然很快出現在門外。她先去學校問了我的下落。她按喇叭叫我，甚至沒回應那位外婆友善的揮手。我媽不常開車，她開車都是有緊急狀況發生。回家的路上，她吩咐我永遠不能再踏進那間屋子一步（結果這不是什麼難事，因為幾天後黛安就沒來上學——她被送去別的地方。）我跟我媽說黛安的母親死了，她說對，她知道。我跟她說蘇格蘭高地舞的事，她說將來我有機會好好學，但不能在那間屋子裡。

我並不曉得那位母親是娼妓，死於常見於娼妓的疾病。她的心願是在家鄉下葬，於是我們教會的牧師負責儀式。他講了一句引起爭議的話，有些人覺得他不應該講出口，但我媽相信他這樣做是對的。

罪的工價乃是死。2

這些事她過了很久才告訴我，或說在我感覺好像過了很久之後。那時我正在憎恨她說的許多話的階段，特別是她用一種激動而顫抖的堅持口吻，那顫抖彷彿愈來愈常出現，無論是否刻意。

我不時會碰見那位外婆。她總是給我一個堆滿皺紋的笑容。她說我能繼續上學太好了，她也回報黛安的近況：她也持續了一陣子，無論在哪兒——但沒有我那麼久。據她外婆說，後來她在多倫多找到一份工作，上班要穿有亮片的服裝。那時我已經夠大也夠惡毒，能假設那個地方也會把人身上的亮片服裝脫掉。

不是只有黛安的外婆覺得我在學校待了很久。在我家的那條路上，有幾棟間距比鎮上屋子遠一點，但還稱不上擁有私人土地的房屋。其中位在小山丘上的那棟屬於威特·史崔特，他是一次世界大戰退下來的獨臂老兵。他養了一些綿羊和一個老婆，我只在她來抽水站裝水時看過她一次。威特喜歡開玩笑說我念書這麼多年，可惜就是考試考不過

2 For the wages of sin is death，出自《聖經．羅馬書》第六章第二十三節。

無法畢業。我也同他開玩笑，假裝這是真的。我不知道他是否相信。路人之間的認識就到這程度，這裡不是真正的鄉下，人們通常熟知別人家裡的模樣，大家的謀生方式也差不多。

我沒有花更長的時間讀完中學。我跟其他人一樣，都是讀完整整五個學年。只是，能做到這點的學生很少。在當年，沒有人期待九年級入學的人每一個都滿肚子知識從十三年級畢業。大家先找臨時工，漸漸地臨時工變成全職工作。女孩子結婚後生小孩，或是生小孩後結婚。到十三年級，原始班上大概剩下四分之一的人，班上有股學術氣氛和認真的成就感；或許只是一種特別的不切實際感，無論未來會發生什麼事。

我覺得自己和九年級認識的大部分人好像距離了一輩子之遙，更遑論那第一所學校的人。

我家餐廳角落有一樣東西，每次我拿出伊萊克斯吸塵器吸地都讓我吃驚。我知道那是什麼——一個全新的高爾夫球袋，裡頭有球桿和球。我只是不知道家裡放這東西幹麼。我對這運動幾乎一無所知，但對於打高爾夫球的人自有我的想像。他們不是穿工作服的人，像我父親，雖然他到鎮上會換一條好一點的工作褲。但我多少能想像我媽穿上必備的運動服，在她細柔蓬鬆的頭髮上綁一條絲巾。但她不會真的試著把球打到洞裡。這麼輕浮的行為她肯定做不出來。

她肯定一度懷抱過別的夢想。她一定是以為她和我爸會把自己變成另一種人，能有一點閒暇享受生活的那種。高爾夫球，晚餐派對。也許她說服自己，某些界限並不存在。她已經設法讓自己脫離加拿大地盾區的貧瘠農場——比我爸出身的農場還無可救藥——她成為教師，說起話來連自己家的親戚都覺得不自在。她一定以為經過這麼多努力，她會到處受歡迎。

我爸的想法不一樣。他不覺得鎮上的人或任何人比他優秀，但他相信那些人覺得是如此。他寧願永遠不給那些人機會證明。

在高爾夫球這件事，似乎是我爸贏了。

他也並非樂於照父母的期待接收他們的良田與農場。當他和我媽拋下自己的社群，在陌生小鎮旁一條路的盡頭買下這塊地，幾乎能確定他們是想藉由飼養銀狐（之後是貂）來致富。我爸年輕時就發現到，追蹤陷阱比在農場幫忙或上高中更讓他開心——而且能帶來前所未有的財富——他興起這個念頭，決定終生做這事。他投入自己的全部資金，我媽貢獻她存下來的教師薪餉。他親手搭建給動物住的圍欄和住所，用鐵絲搭起動物們牢籠生活的空間。那塊面積五公畝的土地大小適中，還有一塊乾草場，足以供應給我們自己的乳牛，以及等著被送去餵狐狸的老馬。牧場一直延伸到河邊，有十二棵榆樹為遮蔽。

回想起來，那兒的殺戮還真不少。馬匹得轉換成肉，有毛動物一到秋天就宰殺，只留下種畜。但我習以為常，能輕易忽略之，給自己建構出類似我喜愛的讀物裡淨化過的場景，例如《清秀佳人》或《銀色森林的芭特》[3]。籠罩著牧場及河流的榆樹、一條意外從牧場高處的河岸流下來的小溪，都幫助我的想像：小溪供水給難逃一死的馬匹，和乳牛，我也用撿到的錫杯從小溪喝水。新鮮馬糞總是隨時可見，但我不管它，《清秀佳人》裡的安一定也如此。

那些日子裡，有時我得幫我爸的忙，因為我弟的年紀還不夠大。我用抽水機汲新鮮的水，在圍欄裡走上走下，清空動物的飲水槽再注滿。我很享受，工作的重要性和頻繁的孤獨正對我胃口。之後我得待在屋裡幫母親的忙，我一肚子不滿和滿嘴爭辯的話。那叫做「頂嘴」。我讓她傷心，她說，後果就是她走去馬房跟我爸告狀。他只得放下手邊工作，用他的皮帶打我一頓。之後我到床上躺著哭，計畫離家出走。但那個階段也過去了，我變得好管教，甚至快活，特別愛說些在鎮上或學校裡聽來的趣事。

我們家的房子相當大。我們不知道確切的建造年分，但一定不到百年，因為一八五八年第一個拓荒者在一個叫博德明（Bodmin）的地方停駐——現在這個地方已經消失——蓋了一艘木筏，順水乘到下游，清出了一塊林地成為後來的村莊。早期村莊裡很快出現一間鋸木廠、一間旅館、三間教堂和一所學校，也就是讓我畏懼的那第一所學校。然後河面上搭起一座橋，人們發現河對岸的生活實在便利許多，因為地勢較高，原始拓居地於是逐漸凋零、破敗，最後變成我剛提過的那個奇怪的半村落。

我們家不是拓居地的早期房屋之一，因為它們只有木頭，而我們的外面覆蓋了磚塊，但八成也是在那些房屋落成後沒多久蓋的。它背對村莊，面朝西邊緩降的田野和看不見的河灣道，叫做「大彎」。河對面有一片深色的常綠樹林，可能是杉木，但太遠了很難辨識。再過去是座小山坡，上面有棟房子面對著我們，從這個距離看起來相當小。我們永遠不會去那屋子拜訪或認識認識，它就像故事裡小矮人的家。但我們知道住在那裡的人叫什麼名字，或說曾經在裡頭住過的那個人，因為他現在可能已經死了。他叫做

3《清秀佳人》（*Anne of Green Gables*）及《銀色森林的芭特》（*Pat of Silver Bush*）兩部皆為加拿大作家Lucy Maud Montgomery的暢銷長篇小說。

羅利．格蘭，我後面不會再提到他，儘管他有個小矮人般的名字。因為這不是一個故事，不過是人生。

我母親生我之前流產了兩次，因此當我出生時，時間是一九三一年，一定帶來相當程度的滿足，儘管時機愈來愈不好。事實就是，我父親進毛皮業有一點太晚。他預期中的榮景比較可能發生在二〇年代中期，當時毛皮正開始流行，人們也有錢。但他不是在那時候起步。話雖如此，我們還是一直撐到戰爭開打，甚至到戰後一定也還有一段振奮人心的忙碌期，因為我父親在那年夏天整修家裡，在傳統紅磚外加了一層棕色漆。磚頭和木板在組裝上有點問題，沒有如預期地隔絕寒氣。照說塗上一層油漆會有幫助，但我印象中並沒有。我們也有了一間浴室，原本的送菜升降梯改成廚房櫥櫃，有開放式樓梯的大餐廳變成封閉式樓梯的普通房間。這個改變不知不覺地讓我感到慰藉，因為我挨爸爸的揍都發生在餐廳裡，痛苦和恥辱總是讓我想死。現在那整套場景彷彿消失了，甚至很難想像曾經發生過那種事。我已經上中學，表現一年比一年優異，抽紗花邊縫和用墨水筆寫字都被拋諸腦後，上完社會學課程可以上歷史課，還能學拉丁文。

然而過了重新裝潢的樂觀的一季，生意再度凋零，這次再也沒有復甦。我父親剝了所有狐狸皮，然後是貂，拿到的錢少得驚人；接下來他拆掉了事業誕生和隕落的房舍，去鑄鐵廠擔任五點鐘的守衛，在午夜時分回家。

這是我受本地學校教育的最後一年。一放學我就回家準備我父親的午餐。我煎兩片火腿、放很多番茄醬在上面；我在他的保溫壺裡灌很濃的紅茶，最後放一個塗果醬的麥麩馬芬，或是一大塊家裡自己做的派。有時候我會在週六做派，有時我母親做，但她的烘焙變得愈來愈靠不住。

家裡發生了一件比失去收入更意料之外、日後造成更巨大破壞的事，但當時我們還不曉得。那就是帕金森氏症初期症狀，在我媽四十幾歲的時候。

一開始還不算太糟糕。她眼神恍惚的情況還很少見，過量分泌而緩緩流出的口水只見於她的嘴唇四周。早上在協助下她還能自己更衣，在家裡偶爾也能幫忙家事。她靠自己的力量堅持了出奇長的時間。

你也許會覺得這一切太不堪。生意沒了，我媽的健康也沒了。奇怪的是，那段時間在我的記憶中並不會不快樂。家裡的氣氛並不會特別的愁雲慘霧。也許是因為我們還不明白我母親的狀況不會改善，只會惡化。至於我爸，他身強體壯，而且還能維持好一段時間。他喜歡在鑄鐵廠的同事。大部分的人跟他一樣，都碰過一些挫折，或是生活中多了額外的負擔。他也喜歡除了早班守衛之外的挑戰性工作內容：他必須把熔融的金屬倒進模具裡。鑄鐵廠製作老式火爐，銷售到全世界。工作有危險性，但自己小心就好，我父親這麼說。而且薪資優渥——對他而言是新鮮事。

我相信他慶幸能出門，即使是做這麼辛苦而高風險的工作。離開家，加入其他也有困境、但做出頂級產品的男人。

他出門後我就開始準備晚餐。我會做我覺得有異國風情的餐點，比方義大利麵或蛋捲，只要是便宜的就可以。清潔過碗盤之後——我妹負責擦乾，我弟得讓人三催四請才會把洗盤子的髒水拿去黑夜裡的田野倒掉——我坐下來，把腳放在已經沒有門的烤箱保溫層裡，開始讀我從鎮上圖書館借回來的厚書：《獨立人民》描述冰島人的生活，比我們艱辛得多，但壯麗到不行；或是《追憶似水年華》，講的是我完全不了解的事，但正因為如此讓我無法放下；或《魔山》，關於肺結核以及兩個立場的偉大辯證，一邊似為對生命的一種溫和而前衛的看法，一邊則為黑暗但又帶點刺激的絕望。我從不在這種珍貴時刻做作業，但臨考前我熬夜惡補，在腦中塞進我該知道的東西。我的短期記憶力過人，非常適合這種需要。

雖然有一些困境，我相信自己是個幸運的人。

有時候我媽和我聊天，大多聊她年輕的時候。現在我很少反對她對事物的看法。甚至當她用顫抖的聲音提到性為何聖潔（因為帶來小孩），現在的我也能忍受或忽視。

她好幾次跟我說到退伍軍人威特．史崔特房子的故事——就是對我在學時間長度感到驚奇的那位。這故事跟他無關，而是關於更久以前的屋主，一個叫奈特菲爾德太太的瘋女人。奈特菲爾德太太跟大家一樣，都用電話訂雜貨送到家。某天，我媽說，雜貨店老闆忘了放她訂的奶油，或是她忘了訂，當送貨男孩打開貨車後門，她發現這個錯誤，怒了起來。但從某方面而言她其實已經做好準備。她帶著一把短柄斧頭，舉起來好似要懲罰送貨男孩——這當然不是他的錯——他衝到駕駛座開車離開，連後門都來不及關。

這個故事有幾個令人困惑之處，但當時的我或我母親都沒想過。那個老婦人怎麼能確定少了奶油？為什麼她在知道出錯前就已經準備好一把短柄斧？她是否隨身攜帶，以防任何衝突場面？我母親跟我說奈特菲爾德太太年輕時是一位女士。

關於奈特菲爾德太太還有一個更有意思的故事。故事裡有我，而且發生在我們家。

那是個美麗的秋日。我被放在嬰兒車裡，在外頭新長的小草坪上睡覺。我父親那天下午不在——可能是去舊農場幫他父親的忙，他有時候會過去——我母親在水槽前洗衣服。第一個嬰兒有很多針織品、緞帶等衣物要小心用手洗。我母親在水槽前洗衣擰乾，她的面前並沒有窗戶。要看外面的話，得穿越室內走到北面的窗戶。在那裡可看見從信箱到家裡的車道。

為何我母親會放下要洗和擰乾的衣物走過來看車道？她沒有在等人。我爸也不是回來晚了。也許她要他去雜貨店買晚餐要用的東西，她在想他能不能來得及在她開始做飯前回到家。當年的她是個花哨的廚師——令她婆婆和婆家其他女性頗不以為然。你看看這個開銷，她們這麼說。

也許和晚餐無關，而是一塊他順道要去拿的花布，或是她準備要做新洋裝的布料。

她從沒解釋她為何要去看車道。

我父親家裡擔憂的不只她的廚藝。她們一定也討論過她的衣服。我想到她總是穿個小禮服，就算只是在水槽邊洗東西。她用完午飯會睡半小時午覺，起床之後再換一件洋裝。後來我看照片，都覺得當時的流行不太適合她，或任何人。洋裝都沒款沒形，鮑伯頭也不適合我母親柔軟的圓臉。但這不會是我父親的女性親戚反對她的理由，她們住得不遠，能就近監視她。她的錯在於她沒有她該有的樣子。她看起來不像在農場長大，或是願意留在農場上。

她沒看到我爸的車開進巷子裡。而是看到那位老婦人，奈特菲爾德太太。奈特菲爾德太太一定是從她家走了過來。她家就是很久以後開我玩笑的獨臂人，跟他那位我只看過一眼、在打水的留鮑伯頭的老婆住的那間。也是早在我聽說之前，就發生瘋女人為了奶油拿短斧頭追殺送貨男孩的同一間屋子。

在奈特菲爾德太太走向我們家這條路之前，我母親一定至少看過她幾次。也許她們從沒說過話。但也可能有。我媽可能特意這麼做，即便我爸跟她說這麼做沒有必要。搞不好惹上麻煩，我爸可能會這麼說。我媽對怪異的人懷抱同情心，只要他們行為得體。

現在她卻顧不得友善或得體。她從廚房的門衝出去，一把將我從嬰兒車裡抱走。她拋下嬰兒車和被子在原地，衝回屋裡，鎖上廚房的門。前門不必擔心——它總是鎖著。

但廚房的門有問題，不是嗎？就我所知，那扇門一直沒有一個恰當的鎖。我們只習慣在晚上拿一張餐椅頂住門，椅背靠在門把的下方，這樣一來若有人推門進來就會發出巨大聲響。在我看來，這實在是亂七八糟的維護居家安全的方式，而且還有個落差，因為我爸在書桌抽屜裡放了一把左輪手槍。況且，在一個必須朝著馬開槍的男人家裡，有來福槍和獵槍也是正常的事。當然是沒有上膛的。

當我母親把門把卡好，是否想到任何武器？她這輩子是否拿過槍，或是讓槍上膛？

她是否閃過一個念頭，覺得也許老婦人只是來串門子？我不覺得。她的走路方式會不一樣，沿路走過來時會有一種決心。

我母親可能有禱告，但她沒提。

她知道嬰兒車裡的毯子被檢查過，因為就在她拉下廚房的百葉窗之前，她看見其中一條毯子被丟到地上。之後她沒有再試圖拉上其他百葉窗，而是抱著我躲在不會被看見的地方。

門口沒傳來得體的敲門聲，椅子也沒有被推動。沒有敲打或震顫聲。我母親躲在送菜升降機旁，抱著一絲希望，但願寂靜代表了婦人已改變心意回家。

沒有。她沿著屋子慢慢走，駐足在一樓的每一扇窗戶前。這時節防雪窗當然還沒裝上。她可以把臉貼在每一塊窗玻璃上。百葉窗全都開到最高，因為今天天氣好。那婦人不是很高，但她無需伸展就能看到裡面。

我母親怎麼知道這些？她可沒有抱著我在屋裡四處走、躲在不同家具背後，心焦如焚又恐懼地偷瞄到一對瞪得大大的眼睛，或許還有個瘋狂的咧嘴笑容。

她待在升降機旁。否則還能怎麼辦？

當然了，還有地下室。那邊的窗戶很小，人不可能擠過去。但地下室的門內側沒有鐵鉤。要是被困在黑暗裡，而婦人不知怎麼終於進了屋裡、往地下室的臺階走，肯定會更可怕。

還有樓上，但我媽得穿過那個大房間才能上去——就是未來我在裡頭挨打，然後樓梯被封閉之後就沒那麼糟的那個房間。

我不知道我媽第一次告訴我這個故事是什麼時候，但早期的版本好像就說到這裡——奈特菲爾德太太把臉和手貼在玻璃上、我媽躲起來。然而後來的版本不只看，還有後續發展。她開始不耐煩或憤怒起來，接著傳來震顫聲與敲打聲。沒提到喊叫聲。老婦人大概沒那個力氣大喊。或許她氣力用盡以後，忘了自己為何而來。

總之，她放棄；就這樣。她巡過窗戶和門，然後離開。我母親終於鼓起勇氣看看四周，推斷奈特菲爾德太太去了別的地方。

不過，她一直等到我父親回家才把椅子從門把移開。

我並不是暗指我媽常提這件事。它不在我媽常提、我耳熟能詳且大多覺得有趣的那一整套敘述裡：她爭取上高中；她教書的學校，在亞伯達，那裡的學童騎馬上學；她在師範學院認識的朋友；她們一些天真無邪的把戲。

我總是聽得懂她在說什麼。別人聽不懂的時候我就是她的翻譯。最讓我痛苦的是，有時我得複述咬文嚼字的詞語或她認為的笑話。看得出來別人恨不得趕快抽身。

老奈特菲爾德太太的探訪，她都這麼稱呼，不是一件需要告訴別人的事。但我曉得這件事應該已經很久了。我記得我曾經問她知不知道那女人後來怎麼了。

「她被帶走，」她說。「沒有被留在那邊孤零零等死。」

我結婚搬去溫哥華之後，還會收到我生長的小鎮發行的週報。我想是有人，可能是我爸和他的第二任老婆，確保我是訂戶。通常我只隨便瞄一眼，但某次我瞄的時候看見奈特菲爾德的名字。那不是目前還住在鎮上的人，而是一個住波特蘭州奧瑞岡市的女人用她的本姓，寫了一封信給報社。這個女人跟我一樣，是家鄉報紙的訂戶，她寫了一首詩描述她在那裡的童年。

我知道一片青草山坡
俯瞰清澈河流
那是個寧靜喜樂的地方

我心珍重的回憶

還有好幾段，我一邊讀，一邊發現她說的是我曾經以為屬於我的河床。

「我附上的詩行描述回憶中的山坡，」她說。「若有幸能在擁有悠久歷史的貴報得到一小塊版面，我心存感激。」

河流上方的太陽
不斷閃爍著光芒
在河岸對面
色彩豔麗的野花綻放

那是我們的河岸。我的河岸。另一段描述一片楓樹林，我相信她記錯了——是榆樹才對，那時已染上荷蘭榆樹病害而死光。

信的後面說得更清楚。那女人說她的父親——他姓奈特菲爾德——在一八八三年跟政府買了一塊地，就在後來所稱的下鎮。那塊地延伸到梅特蘭河。

越過河畔鳶尾花
楓樹林灑落大片陰影
河邊濕地上
飼養了成群白鵝

她略過不寫的，如同我也不會寫，是春天被馬蹄踩成泥濘且骯髒。還有馬糞。其實我自己也構想過非常類似的詩，不過現在都不見了，可能當初根本就沒寫下來。讚美大自然的詩行，當年的我還不太會收尾。創作時間會是在我最受不了我媽，還有被我爸痛打那個時期。被毒打一頓，那個年代的人會喜滋滋地這麼說。

這女人說她生於一八七六年。她從年輕到結婚以前，都住在她父親的房子。位在小鎮盡頭、農田的起點，從屋裡可以看到夕陽。

我們的房子。

我母親可能從來不知道這點，不曉得我們的房子曾經是奈特菲爾德家的住所，那老婦人望向窗內，看著曾經是自己的家。

有可能。我到老年，開始有興趣查記錄。我不厭其煩地搜尋，發現介於奈特菲爾德賣掉房子之後到我父母搬進去之前，還有好幾個家庭曾是這間屋子的屋主。你也許好奇那個女人還有好多年的壽命、房屋為何被處理掉；她是否因喪夫而缺錢？誰知道。究竟是誰來把她帶走，像我母親說的那樣？也許是她女兒，就是寫詩住在奧瑞岡那位。也許那位成年而疏遠的女兒，就是老婦人去嬰兒車找的。就在我媽說她拚了命[4]一把將我抱起之後。

那女兒住得離我，成年的我，並不遠。我大可寫信給她，甚至去拜訪。如果我不是忙著自己的小家庭，不是一天到晚為了寫作而耗盡心神，不是對她的文學作品和觀點那麼嚴峻的話。但她可能不樂於聽到我會告訴她的事。當時我真正想聊的人會是我母親，但她已經不在了。

4 片語「for dear life」意思是逃命似的或拚了命做一件事。這篇小說的英文原標題是「Dear Life」，乍看是「親愛的人生」之意，但作者行文至此又巧妙地把Life／人生併入片語中。

我沒有在我媽生病的末期回家陪她，也沒有參加她的葬禮。我有兩個年幼的孩子，在溫哥華找不到人照顧。我們幾乎無法負擔旅費。我丈夫對正式場合不屑一顧，但為何要怪他？我也有同樣的感覺。我們說到有些事情無法原諒，或是某些事讓我們永遠無法原諒自己。但我們總是原諒自己——而且一天到晚這麼做。

（李佳純　譯）

【譯者簡介】

王敏雯

專職譯者，目前於臺師大翻譯研究所進修中。酷愛翻譯，享受閱讀，同時認為翻譯是最美妙的閱讀。

王寶翔

譯者，譯作近二十。blog.yam.com/krantas

謝佳真

自由譯者，譯有《殘酷天才》、《坦柏頓暗影》、《肢解記憶》、《最後的禮物》、《紐約公寓》等。賜教信箱：oggjbmc@gmail.com。

汪芃

自由譯者，現於師大翻譯所進修。熱愛文學翻譯，譯有《大亨小傳》等書。facebook.com/translatorwangpeng

李佳純

生於臺北，輔大心理系畢業。曾旅居紐約六年求學就業，二〇〇二年返臺後正職為翻譯，副業為音樂相關活動。譯有《喬凡尼的房間》、《白老虎》、《等待藥頭》、《十一種孤獨》等書。